Als Huxley zu sich kommt, weiß er nichts mehr. Nicht mal seinen Namen. »Huxley« ist ihm auf den Unterarm tätowiert. Offenbar befindet er sich an Bord eines fremdgesteuerten Militärschiffs auf der Themse. Und er ist nicht allein. Da gibt es noch fünf weitere Überlebende. Den sechsten findet er tot auf, Selbstmord. Sie alle sind nicht zufällig hier: Zusammen sind sie Polizist, Soldat, Ärztin, Physikerin, Historiker und Polarforscherin. Über ein Satellitentelefon erhalten sie von einer mysteriösen Stimme Anweisungen. Unaufhaltsam steuern sie in ein zerstörtes und ausgestorbenes London hinein. Doch schließlich stellen sich ihnen nicht mehr nur Schiffswracks und Brückenruinen in den Weg. Immer lauter werden die Schreie in der Ferne. Im dichter werdenden Nebel lauert ein Grauen außerhalb ihrer Vorstellungskraft. Mit jeder Seemeile wird deutlicher, dass ihre Reise ins Unbekannte ein schreckliches Geheimnis birgt.

ANTHONY RYAN, geboren 1970 in Schottland, studierte Mediävistik. Er ist New York Times-Bestsellerautor. Mit seinem Roman *Das Lied des Blutes* gelang ihm auf Anhieb der internationale Durchbruch. Anthony Ryan lebt in London.

SARA RIFFEL studierte Amerikanistik, Anglistik und Kulturwissenschaft in Berlin. Sie übersetzt u. a. William Gibson, Tim Burton, Peter Watts und Joe Hill. 2009 erhielt sie den Kurd-Laßwitz-Preis.

ANTHONY RYAN

EIN FLUSS SO ROT UND SCHWARZ

Aus dem Englischen von Sara Riffel

TROPEN

Tropen
www.tropen.de
Die Originalausgabe erscheint 2023 unter dem Titel »Red River Seven«
im Verlag Orbit, London
© 2023 by Anthony Ryan
All rights reserved including the rights of reproduction in whole
or in part in any form
Für die deutsche Ausgabe
© 2023, 2024 by J. G. Cotta'sche Buchhandlung Nachfolger GmbH,
gegr. 1659, Stuttgart
Alle deutschsprachigen Rechte vorbehalten
Cover: © Zero-Media.net, München
Illustration: ©FinePic®, München
Gesetzt von C.H.Beck.Media.Solutions, Nördlingen
Gedruckt und gebunden von Druckerei C.H.Beck, Nördlingen
ISBN 978-3-608-50258-9
E-Book ISBN 978-3-608-12196-4

Im Andenken an Nigel Kneale, Schöpfer von *Quatermass* und Meister der High-Concept-Apokalypse.

Man kann nicht zweimal in denselben Fluß steigen,
denn alles fließt und nichts bleibt.

Heraklit

EINS

Eher war es der Schrei als der Schuss, der ihn weckte. Es war kein menschlicher Schrei.

Dass ein Schuss gefallen war, wusste er. Als er den Kopf hob, dröhnte ihm noch der schwindende, aber vertraute Nachhall in den Ohren. Er blinzelte, seine Augen brannten von Salz und Sprühregen.

Wieder ertönte der Schrei. Er drehte sich auf die Seite und presste die Hände auf eisiges, mit Gummi überzogenes Metall, drückte sich von einer Oberfläche hoch, die schwankend auf und nieder wogte. Er drehte sich in die Richtung, aus der der Schrei gekommen war, so schrill und durchdringend, dass ihm Schmerzen durch den Schädel blitzten. Nach mehrmaligem Blinzeln kam der Urheber des Schreis in Sicht, der tatsächlich kein Mensch war.

Die Möwe legte den Kopf schief. Eine steife Brise zerzauste ihr Gefieder, während sie an Deck auf und nieder wippte, als machte sie sich startbereit. Wollte sie sich auf ihn stürzen? Möwen konnten nämlich ziemlich fies sein. Aber das Tier riss nur den gelben Schnabel auf und stieß ein neuerliches Kreischen aus, bevor es seine beeindruckend großen Schwingen ausbreitete und sich in die Luft erhob. Er sah der davonfliegenden Möwe nach, die über aufgewühlte graue Wellen hinwegsegelte und schließlich in einem Dunstschleier verschwand.

»Meer …« Das Wort raspelte über eine trockene Zunge, bevor es ihm über die Lippen kam. »Ich bin auf dem Meer.« Aus unerfindlichem Grund kam ihm das witzig vor, und er lachte. Das Ausmaß seiner Belustigung überraschte ihn. Die lauten, atemlosen Lachsalven ließen ihn erneut aufs Deck sinken, und er krümmte sich zusammen. *Deck*, bemerkte er, als er sich wieder beruhigt hatte. *Ich bin auf einem Boot oder Schiff.*

Sofort wollte er wieder hochkommen und seine Umgebung genauer in Augenschein nehmen, doch aus genauso unerfindlichem Grund gab er dem Impuls nicht nach. Eine geschlagene Minute lag er zusammengerollt auf dem Deck, das Gesicht nur wenige Zentimeter von der Gummimatte entfernt. Sein Herz raste, und er suchte nach dem Grund für seine Lähmung. *Ich habe Angst. Warum?* Die Antwort dämmerte ihm so beschämend offensichtlich, dass er beinahe wieder losgelacht hätte. *Der Schuss, du Idiot. Da war ein Schuss. Jetzt steh auf, bevor der nächste folgt.*

Mit zusammengebissenen Zähnen stemmte er sich gegen das Deck und kam mühsam auf die Knie. Er drehte den Kopf auf der Suche nach Bedrohungen. Sein Blick schweifte über in Dunst gehüllte Wellen, das weißgraue Kielwasser des Bootes und ein kleines, mit einer Plane abgedecktes Schlauchboot, das an einer Leine ins Wasser hing. *Kleines Boot, großes Boot*, dachte er und musste wieder einen Lachanfall unterdrücken. *Hysterie*, korrigierte er sich. Er holte tief Luft.

Was er sah, als er nach rechts schaute, ließ jeden Rest Heiterkeit sofort verfliegen.

Ein Leichnam lehnte an einer Schottwand, deren Dunkelgrau von einer schwarz-roten Fontäne verunziert wurde, die vor Kurzem erst aus dem Schädel des Toten gespritzt sein musste. Der Mann trug einfache Militärkleidung und Stiefel, ohne Abzeichen oder Namensschild an der Jacke. Sein Kopf baumelte zur Seite, sein Gesicht war das eines Fremden. Eine durchs Kinn geschossene Kugel, die oben am Scheitel wieder austrat, kann die Züge eines Menschen aber auch ziemlich entstellen. Ein Arm hing schlaff herab, der andere ruhte im Schoß des Toten, in der Hand eine Pistole.

»M18, SIG Sauer«, murmelte er reflexartig. Die Waffe war ihm vertraut. Es handelte sich um eine klassische US-amerikanische Dienstpistole. Siebzehn Schuss Ladung. Reichweite fünfzig Meter. Noch wichtiger war in diesem Moment die Erkenntnis, dass er zwar die Pistole benennen konnte, seinen eigenen Namen aber kannte er nicht.

Ein Stöhnen entwich ihm, in dem heftige, fast schon schmerzhafte Verwirrung lag. Er schloss die Augen, sein Herz hämmerte noch schneller. *Mein Name. Mein Name ist ... Mein verdammter Name ist ...!*

Nichts. Nur stille Leere. Als würde er in einen Kasten ohne Inhalt greifen.

Kontext, sagte er sich, als Furcht in Panik umzuschlagen drohte. *Du hast einen Schlag auf den Kopf bekommen. Ein Unfall oder so was. Das ist ein Traum oder eine Halluzination. Stell dir einen Kontext vor. Ein Zuhause. Einen Job. Dann fällt dir der Name schon ein.*

Ächzend rang er um Konzentration. Aus den Augen rannen ihm Tränen, so fest presste er die Lider zusammen.

Ein Zuhause. Nichts.

Ein Job. Nichts.

Geliebte, Ehefrau. Nichts.

Mutter, Vater, Schwester, Bruder. Nichts.

In der Dunkelheit vor seinem geistigen Auge schimmerten Sterne, die sich zu nichts Vertrautem zusammenfügen wollten. Keine Gesichter und ganz sicher keine Namen.

Orte, dachte er. Inzwischen hatte ein fiebriges Zittern von ihm Besitz ergriffen. *Benenne einen Ort. Irgendeinen … Poughkeepsie. Wie bitte? Warum ausgerechnet Poughkeepsie?* Kannte er Poughkeepsie? Stammte er von dort?

Nein. Das war aus einem Film. Eine Dialogzeile von Gene Hackman. Aus dem Film mit der großen Verfolgungsjagd unter der West End … *The French Connection. Ich kann mich an Dialogfetzen aus Filmen erinnern, aber nicht an meinen eigenen Namen?*

Er klatschte sich mit den Händen gegen die Schläfen, um nachzuhelfen, und hielt inne, als er die rauen Stoppeln auf seiner Kopfhaut spürte. *Geschoren*, erkannte er. Mit den Fingern fuhr er über die von Gischtspritzern feuchte Haut. *Kurzgeschoren …* Seine Finger verharrten, als sie auf einen Bruch in der stachligen Oberfläche stießen, eine gewölbte Linie, die von seinem linken Auge am Schädel entlang bis hinauf zum Scheitel verlief. *Narbe.*

Wieder stiegen Gedanken an Unfälle und Verletzungen in ihm hoch, doch er unterdrückte sie. Die Gleichmäßigkeit der Narbe, der schnurgerade Verlauf machten offensichtlich, worum es sich handelte. *Operation. Jemand hat mir den Schädel aufgeschnitten.* Er ertastete keine Nähte, der Schnitt war also bereits verheilt. Die Narbe fühlte sich sauber, aber wulstig und geschwollen an. Der Eingriff, was immer es war, hatte vermutlich vor nicht allzu langer Zeit stattgefunden.

Operiert und auf ein Boot verfrachtet, zusammen mit einer Leiche. Sein Blick ging wieder zu dem Toten, blieb mit morbidem Interesse an dem rot-schwarzen Fleck an der Schottwand hängen und wanderte weiter zu der Pistole. *Nur, dass der Kerl vor ein paar Minuten noch lebendig war.* Er kroch näher an ihn heran und kämpfte dabei gegen Übelkeit und einen instinktiven Ekel vor allem Toten an. Ihm fiel auf, dass der fremde Selbstmörder mit der Militärkleidung und der klassischen Dienstwaffe ebenfalls einen geschorenen Schädel hatte. Bei genauerer Betrachtung des Kopfes erkannte er eine dunkelviolette Narbe, die vermutlich identisch mit seiner eigenen war.

Und noch etwas bemerkte er, als er ein Stück zurückwich. Nachdem der Mann sich selbst erschossen hatte, war sein Handgelenk so in den Schoß gefallen, dass die Innenseite seines Unterarms sichtbar wurde. Der Ärmel war ein Stück hochgerutscht und ließ Teile eines Tattoos erkennen. Der Griff nach der Pistole erfolgte überraschend schnell und entschlossen, ebenso die Art, wie er sie sicherte und in den Hosenbund seines Militäranzugs steckte.

Muskelgedächtnis. Er griff nach dem Handgelenk des Toten und schob den Ärmel hoch, um das Tattoo zu betrachten. Es war ein einzelnes Wort, ein Name, in klaren, schnörkellosen Buchstaben: CONRAD.

Er wartete darauf, dass der Name in ihm etwas zum Klingen brachte, eine Ahnung erzeugte, aber er stieß nur wieder auf den leeren Kasten. »Narbe«, murmelte er laut. »Geschorener Kopf, Kleidung. Was haben wir noch gemeinsam, Kumpel?«

Die Knöpfe an den Ärmeln seiner eigenen Jacke waren geschlossen, und beim Öffnen stellte er sich weitaus ungeschickter an als beim Einstecken der Pistole des Toten – Conrad. *Willst du deinen Namen nicht wissen?* Er musste sich wieder ein Lachen verkneifen und zwang sich, präziser vorzugehen, bis die Manschettenknöpfe endlich gelöst waren und er die Ärmel hochkrempeln konnte. Das Tattoo befand sich auch bei ihm am rechten Arm, dieselben Buchstaben, anderer Name: HUXLEY.

»Huxley.« Er sprach leise, ein Flüstern, das er selbst kaum hörte. Dann, als er wieder nur den leeren Kasten vorfand, wiederholte er es lauter. »Huxley.« Nichts.

»Huxley!« Nichts.

»HUXLEY!«

Ein wütendes Knurren eher als ein Schrei, und doch regte sich keine Erinnerung. Dennoch tat sich etwas, wenn auch nicht bei ihm. Das Geräusch drang durch die offene Luke rechts neben Conrads Leichnam, ein dunkler Durchgang, den sein überforderter Verstand bislang gar nicht bemerkt hatte. Ein kurzes Rascheln, gefolgt von einem scharfen Ausatmen vielleicht, er war sich nicht sicher. Völlig sicher war dagegen, dass er und der arme Conrad nicht allein auf dem Boot waren.

Verstecken! Der Drang überkam ihn instinktiv. Vielleicht etwas, das ein Krimineller denken würde? Oder jemand, der schon öfter in Situationen gesteckt hatte, in denen es um Leben und Tod ging. Denn genau darum handelte es sich hier, das stand für ihn fest. *Wirklich, Huxley? Wie wär's denn mit einem Beispiel? Irgendeine konkrete Erinnerung wär jetzt nicht schlecht.*

Huxley hatte dagegen wieder nur den leeren Kasten zu bieten.

Verstecken kommt nicht infrage. Nach allem, was er von dem Boot sehen konnte, war es nicht sonderlich groß und hielt entsprechend wenige Verstecke bereit. Außerdem hatte der Unbekannte hinter der Luke vielleicht eine Ahnung, wer er war. Er griff an seinen Hosenbund, ließ die Pistole aber stecken. Mit vorgehaltener Waffe machte man sich keine Freunde.

»Hallo!«, rief er durch die Luke. Seine Stimme klang zittrig und heiser und machte sicherlich kaum Eindruck. Er räusperte sich und versuchte es erneut, trat mit erhobenen Händen in die Kabine. »Ich komme jetzt rein, okay? Bin nicht bewaffnet oder so. Ich will nur …«

Die Frau kam hinter einigen gepolsterten Sitzen hoch, eine SIG Sauer mit beiden Händen umklammernd, die Mündung ein schwarzer Kreis, was hieß, dass sie direkt auf sein Gesicht gerichtet war.

»… Hallo sagen«, beendete er den Satz und lächelte schwach.

Die Frau starrte ihn schweigend an, lange genug, um ein paar entscheidende Erkenntnisse über sie zu erlangen. Erstens: Sie hatte einen geschorenen Kopf und eine Narbe, genau wie er und Conrad. Zweitens: Sie trug einen Militäranzug ohne Abzeichen, genau wie er und Conrad. Drittens: So wie ihre Hand zitterte und ihre Nasenflügel sich blähten, während sie hektische, adrenalingesteuerte Atemzüge nahm, war sie zu Tode verängstigt und nahm gerade ihren ganzen Mut zusammen, um ihn abzuknallen.

Wie genau es ihm gelang, in diesem Moment das Richtige zu sagen, wusste er nicht, aber die Worte kamen ihm leicht und ruhig über die Lippen, ohne jede Drohung, jedes Flehen oder sonst etwas, das sie hätte in Panik versetzen und veranlassen können, den Abzug zu drücken. »Du kennst deinen Namen nicht, oder?«, fragte er.

Sie runzelte die Stirn. Die fehlenden Haare und die Militärkleidung machten es schwierig, ihr Alter zu schätzen. Dreißig, vielleicht älter? In ihrem Gesicht sah er vorwiegend Angst, ihre Augen spiegelten aber auch eine scharfe Intelligenz, die gegen das bedenkliche Zittern ihrer Waffe jedoch nicht ankam.

»Wie ist *dein* Name?«, fragte sie, ihr Akzent amerikanisch, Ostküste. Boston vielleicht. Woher wusste er das?

»Keine Ahnung«, erwiderte er, drehte den erhobenen Arm und

zeigte ihr das Tattoo. »Aber ich denke mal, du kannst Huxley zu mir sagen. Wie soll ich dich nennen?«

Ihr Stirnrunzeln vertiefte sich, wachsende Furcht ließ ihr Gesicht zucken, doch dann erschauerte sie und zwang sich zur Beherrschung. »Bleib da«, sagte die Frau und machte langsam einen Schritt zurück, dann zwei weitere. Unterdessen gestattete er sich, die Kabine genauer zu betrachten. Überall herrschte nüchterne militärische Funktionalität. Kabelkanäle verliefen über die Wände zum Deck. Zur Rechten noch eine Luke, mit einer Leiter, die nach unten führte. Hinter der Frau befand sich ein erhöhtes Deck. Drei leere gepolsterte Stühle standen vor einer Art Armaturenbrett mit zahlreichen Monitoren und Knöpfen, aber ohne Steuerrad.

Pinne, korrigierte er sich. *Das Steuer eines Bootes heißt Pinne, du Holzkopf.*

Bei den Monitoren handelte es sich um moderne Flatscreens, die mit robusten Plastikabdeckungen geschützt waren. Obwohl sich das Boot vorwärtsbewegte und wohl auch nicht steuerlos dahintrieb, blieben die Anzeigen jedoch schwarz und leer. Hinter dem Armaturenbrett waren durch drei Schrägfenster ein grauer Himmel und ein in Dunst gehülltes Meer zu sehen.

»Ich hab einen Schuss gehört«, sagte die Frau. Er wandte sich wieder ihr zu. Sie hielt die Pistole mit ausgestrecktem Arm auf ihn gerichtet und öffnete die Knöpfe an ihrem Ärmel.

»Da draußen ist noch jemand.« Er nickte über seine Schulter. »Ein toter Jemand. Hat sich wohl selbst erschossen. Sein Name ist Conrad, jedenfalls laut seinem Tattoo.«

Sie krempelte ihren Ärmel bis zum Ellbogen hoch und warf einen Blick auf den Namen darunter, dann nahm sie die Waffe in die andere Hand und zeigte ihm das Tattoo: RHYS.

»Sagt dir das was?«, fragte sie. In ihrer Stimme schwang verzweifelte Anklage mit. Offenbar war sie sich ziemlich sicher, wie seine Antwort lauten würde.

»Auch nicht mehr als das hier.« Er hielt wieder seine Tätowierung hoch. »Oder Conrad. Tut mir leid, Lady. Du bist für mich eine Fremde, so wie ich für dich ein Fremder bin und, tja, eigentlich auch für mich selbst. Zwei Leute ohne Gedächtnis auf einem Boot. Vielleicht ist es nicht so clever, uns gegenseitig mit Waffen zu bedrohen, wenn wir herausfinden wollen, was hier los ist.«

»Wie kann ich wissen, dass dieser Conrad sich wirklich selbst umgebracht hat?«, fragte sie mit funkelndem Blick.

»Kannst du nicht. Genauso wie ich nicht wissen kann, ob nicht du ihn erschossen hast und es nur wie Selbstmord aussehen lässt. Ich war schließlich nicht dabei.«

Ihr Blick ging zu seiner Narbe, und mit der freien Hand tastete sie nach ihrer eigenen.

»Operationsnarbe, oder?«, sagte er. »Sieht aus, als hätte da oben jemand drin rumgepfuscht.«

Ihre Hand mit der Waffe sank langsam nach unten, während sie mit den Fingern die Narbe entlangstrich. »Weniger als einen Monat alt.« Sie trat einen halben Schritt vor, um seine Narbe genauer zu betrachten. »Wie bei dir. Jedenfalls dem Heilungsgrad nach.«

»Kennst du dich damit aus? Bist du Ärztin? Chirurgin?«

Verwirrung zeichnete sich auf ihrem Gesicht ab, und die Angst kehrte zurück. »Ich weiß es nicht«, flüsterte sie verzweifelt.

Er wollte eine weitere Frage stellen, herausfinden, ob sie noch mehr medizinische Kenntnisse besaß, aber ein wütender Schrei aus Richtung der Leiter ließ ihn nach Conrads Pistole greifen.

»Nicht!« Rhys hob ihre eigene Waffe, beide Hände am Griff, ein Finger am Abzugsbügel. Eine routinierte Reaktion, genau wie bei ihm.

»Ganz ruhig, Lady«, sagte er.

»Nenn mich nicht so!« Ihr Finger zuckte. »Ich hasse das, verdammt noch mal!«

»Woher weißt du, dass du das hasst?«

Das ließ sie innehalten. Sie schloss den Mund und biss die Zähne aufeinander. *Greift wohl selbst in einen leeren Kasten.* Besser, er ließ ihr keine Zeit zum Nachdenken.

»Klingt, als hätten wir Gesellschaft.« Er nickte zur Leiter hinüber. »Vielleicht sollten wir uns vorstellen gehen.«

Sie zuckte zusammen, als von unten Stimmengewirr heraufdrang, lauter als zuvor. »Du gehst als Erster.« Sie senkte die Pistole, aber diesmal nicht ganz.

Die Leiter war steil und eindeutig dazu gedacht, sie rücklings hinunterzuklettern, was er aber nicht vorhatte. Er hielt sich mit einer Hand fest und setzte vorsichtig die Absätze auf die einzelnen Sprossen, mit Blick in den schrittweise zum Vorschein kommenden Raum, wobei ihm zum ersten Mal auffiel, dass er zerschrammte Kampfstiefel trug. Am liebsten hätte er die Pistole gezogen, aber wegen der verängstigten Frau hinter ihm widerstand er dem Drang. Hätte in der Kabine unten jemand das Bedürfnis gehabt, ihn abzuknallen, dann hätte er es kaum verhindern können. Zum Glück waren die Leute unten anderweitig beschäftigt.

»Spuck's aus!«, knurrte ein hochgewachsener Kerl, der einen muskulösen Arm um den Hals eines kleineren Mannes geschlungen hatte. Der Riese hielt dem anderen eine SIG Sauer an die Schläfe und presste die Mündung an seine Haut. Wenig überraschend besaßen beide geschorene Köpfe und Operationsnarben. Genau wie die zwei Frauen, die starr und unentschlossen vor ein paar Schlafkojen standen. »Sag mir, wer du bist!« Der Hüne drückte die Mündung der Pistole noch fester gegen den Kopf seines Opfers, das erschrocken aufkeuchte.

»Er weiß es nicht.«

Alle Köpfe flogen zu Huxley herum, der die Leiter inzwischen halb hinuntergestiegen war. Die beiden Frauen wichen zurück, während der Riese erwartungsgemäß ein neues Ziel anvisierte.

»Verflucht noch mal, wer bist du?« Britischer Akzent, barsch und abgehackt. Seine harten Augen funkelten über dem Visier der Pistole, anders als bei Rhys zitterten weder Stimme noch Waffe.

Huxley lachte, während er die Leiter ganz hinabstieg. In dem schmalen Gang zwischen den Kojen stand ein niedriger Tisch. Er warf seine Waffe darauf und hielt sich an den Tischkanten fest, bis der Lachanfall abgeebbt war.

»Meine Damen und Herren«, sagte er und richtete sich mit erhobenen Händen auf. »Willkommen zu unserem brandneuen Samstagabend-Spektakel: Der ›Verflucht noch mal, wer bist du?‹- Show, mit mir, Ihrem Moderator, Huxley.« Er drehte seinen Unterarm, um den anderen das Tattoo zu zeigen. »So sieht's jedenfalls aus. Wer von unseren Kandidaten am heutigen Abend gewinnt den großen Preis von einer Million Dollar? Sie müssen nur eine simple Frage beantworten. Erraten Sie, welche das ist?«

Er schaute den Riesen an, in dessen Gesicht zuckte und arbeitete es. Seine Miene spiegelte dieselbe schmerzhafte Verwirrung, die auch Huxley vor Kurzem noch empfunden hatte. Knurrend ließ der Kerl den kleineren Mann los und stieß ihn beiseite. »Hat versucht, mir die Waffe wegzunehmen«, murmelte der Hüne.

»Reine Vorsichtsmaßnahme.« Der kleinere Mann sprach mit leichtem Akzent, der auf eine europäische Herkunft hindeutete, allerdings war sein Englisch so fließend, dass es sich nicht genauer bestimmen ließ. »Immerhin bist du der Größte von uns.« Zögernd strich er sich über die Kopfhaut und öffnete die Knöpfe an seinem rechten Ärmel. Er krempelte ihn hoch, und auf seinem sehnigen Unterarm kam ein Name zum Vorschein: GOLDING.

»Plath«, sagte eine der Frauen und hob den Arm. Nach Huxleys Schätzung war sie die Jüngste in der Gruppe, wenn auch nur knapp. Ende zwanzig etwa.

»Dickinson«, sagte die andere Frau. Sie war die Älteste von ihnen, schlank, mit durchtrainierten Muskeln und kantigen Wangenknochen.

»Was sind wir doch für ein literarischer Haufen«, sagte der Hüne, streckte den Arm aus und zeigte ihnen seinen Namen: PYNCHON.

»Schriftsteller?«, fragte Golding und musterte sein Tattoo.

»Ja.« Pynchon fuhr mit dem Finger über die tätowierten Buchstaben. »*Die Versteigerung von No. 49* ist ein tolles Buch. Das weiß ich, genauso wie ich weiß, dass der Himmel blau und Wasser nass ist. Aber ich kann euch nicht sagen, wo oder wann ich es gelesen habe.«

»Da fragt man sich, was wir sonst noch so wissen.« Huxley betrachtete die Pistole auf dem Tisch. Name und Beschreibung der Waffe waren ihm ohne Weiteres eingefallen. Er suchte nach anderen Beispielen, aber Rhys kam ihm zuvor.

»Das Lungenvolumen eines Erwachsenen beträgt im Durchschnitt sechs Liter«, sagte sie und trat neben Huxley. Das Gefühl von Kameradschaft, das durch die Geste hätte aufkommen können, verflog jedoch, als sie fest die Arme verschränkte und Muskeln und Adern unter ihrer Haut hervortraten. Wie Dickinson war auch sie durchtrainiert, aber weniger definiert: eher die Arbeit von Monaten als von Jahren. »Irgendwie … weiß ich das einfach«, fügte sie hinzu, während ihr Blick von einem zum anderen ging.

»Unter arktischen Bedingungen verbraucht ein Mensch mehr als dreitausendsechshundert Kalorien pro Tag«, sagte Dickinson. »Das Matterhorn hat eine Höhe von viertausendvierhundertachtundsiebzig Metern.«

Golding, dessen Akzent Huxley erneut irritierend fand, meldete sich als Nächster zu Wort: »Benjamin Harrison war der dreiundzwanzigste Präsident der Vereinigten Staaten von Amerika.«

»Wer war der vierunddreißigste?«, fragte Huxley.

»Dwight D. Eisenhower.«

»Und der fünfundvierzigste?«, erkundigte sich Plath.

Golding verzog das Gesicht. »Über den schweigen wir lieber.«

Pynchon schnaubte leise und schaute sich in der Kabine um. Sein Blick verharrte bei einzelnen Dingen, während er sprach. »Das hier ist ein Mark-VI-Wright-Class-Patrouillenboot der US-Marine. Es besitzt einen Pumpjetantrieb, der aus zwei Dieselmotoren mit einer Leistung von fünftausendzweihundert PS besteht. Höchstgeschwindigkeit fünfundvierzig Knoten. Maximale Reichweite siebenhundertfünfzig Seemeilen.«

»Was die Frage aufwirft: Wer steuert es?«, sinnierte Plath und schaute zur Decke hoch.

»Niemand«, sagte Huxley. »Es gibt keine … Pinne. Aber es folgt definitiv einem Kurs.«

»Also, wo sind wir hier?«

»Mitten auf dem Ozean.« Huxley zuckte mit den Achseln. »Irgendein Ozean jedenfalls. Ich hab eine Möwe gesehen.«

»Also nicht weit vom Land entfernt«, sagte Golding.

»Das ist ein Mythos«, erwiderte Pynchon. »Möwen können hunderte, tausende Meilen weit aufs Meer hinausfliegen.«

»Wir wissen all diese Dinge«, sagte Dickinson bedächtig, »nur nicht unsere eigenen Namen. Wir verfügen eindeutig über Kenntnisse und Kompetenzen. Es ist also anzunehmen, dass wir aus einem bestimmten Grund auf diesem Boot sind.«

»Irgendein krankes Experiment«, vermutete Huxley. »Man hat uns das Gedächtnis rausoperiert und uns mit geladenen Waffen auf ein Boot verfrachtet, um zu schauen, was passiert.«

Dickinson schüttelte den Kopf. »Ich kann mir nicht vorstellen, wozu das gut sein sollte.«

»Außerdem ist es schlicht unmöglich, jemandem das Gedächtnis rauszuoperieren.« Rhys hob eine Hand an ihre Narbe und senkte sie wieder. »Es befindet sich nicht an einem bestimmten Ort im Gehirn. Ein operativer Eingriff, bei dem man seine Vergangenheit vergisst, sein Fachwissen und seine Fähigkeiten aber behält, also so was hab ich noch in keinem neurowissenschaftlichen Aufsatz gelesen.« Sie schloss die Augen und seufzte. »Denk ich jedenfalls. Momentan kann ich mich an keine einzige Untersuchung oder Sprechstunde erinnern, ich *weiß* aber, dass ich so was gemacht habe.«

»Vielleicht hat Conrad ja was geahnt«, sagte Huxley. »Muss ja einen Grund gehabt haben, es zu tun.«

»Und wer bitte ist Conrad?«, fragte Pynchon.

»Eintritts- und Austrittswunde sind genau da, wo sie sein sollten.« Rhys kauerte in der Hocke und musterte eingehend das ausgefranste Loch an der Unterseite von Conrads Kinn. »Kontaktverbrennungen auf der Lederhaut rund um die Wunde.« Sie lehnte sich zurück und neigte den Kopf in Huxleys Richtung. »Wenn es tatsächlich inszeniert ist, dann ziemlich überzeugend.«

»Mal angenommen, ich hätte ihn umgebracht«, sagte Huxley,

»warum hätte ich ihn dann hier liegen lassen sollen, anstatt ihn einfach über Bord zu werfen?«

»Unter den Umständen ist ein gewisses Misstrauen angebracht.« Dickinson betrachtete den Leichnam mit ernster Miene. »Und soweit wir wissen, bist du als Erster aufgewacht.«

»Nein, er ist als Erster aufgewacht.« Huxley nickte zu Conrad hinüber. »Aber ich bin mir ziemlich sicher, dass wir am Anfang alle in den Kojen gelegen haben.« Er hielt die zweite Pistole hoch, die er in einer leeren Schlafkoje unter Deck gefunden hatte. »Ich denke, die hier war meine. Ich hab sie zurückgelassen, als ich aufgewacht bin. Ich bin hier rausgestolpert, vielleicht hinter Conrad her, vielleicht auch nicht. Ich erinnere mich nicht mehr. Ich weiß nur, dass er hier lag, als ich zu mir kam.«

»Warum also?«, fragte Golding. Er stand in der Nähe des Schlauchboots, und Huxley fiel auf, dass er es eingehend musterte. Offenbar suchte er nach Anzeichen von Schäden. »Hat er sich umgebracht, weil er sich nicht erinnern konnte, wer er ist?«

»Vielleicht war seine Reaktion stärker als bei uns«, sagte Rhys. »Der Eingriff, der an uns vollzogen wurde, was immer es war, muss ziemlich radikal gewesen sein, vielleicht sogar experimentell. Da kann es natürlich zu unvorhergesehenen Nebenwirkungen kommen.«

»Oder …« Huxley musterte Conrads schlaffe, blutleere Züge und suchte nach einem Ausdruck darin, einem leichten Stirnrunzeln oder einem Zug um den Mund, der von Hoffnungslosigkeit zeugte. Vielleicht war aber auch das Gesicht eines Leichnams wie ein Rorschachtest, und er sah lediglich das, was er erwartete.

»Oder was?«, hakte Rhys nach.

»Oder er *hat* sich erinnert«, schloss Huxley. »Die Operation hat bei ihm nicht funktioniert, und er wusste genau, warum wir hier auf diesem Boot sind. Wenn es so war, dann scheint er sich auf die Reise nicht grad gefreut zu haben.«

»Das ist alles müßige Spekulation«, sagte Dickinson. »Wir können nur Entscheidungen auf Grundlage dessen treffen, was wir wissen. Vor allem sollten wir herausfinden, wo wir uns befinden und wohin wir unterwegs sind.« Sie wandte sich Pynchon zu. »Bislang hat nur einer von uns detaillierte Kenntnisse über dieses Boot an den Tag gelegt.«

Pynchon stand im Durchgang und hatte einen fleischigen Arm gegen den Türrahmen gelehnt. Er wirkte konzentriert. Er deutete auf den dunstigen Himmel und die Nebelwand, die sich jenseits der Reling erstreckte. »Kein Kompass, keine Karte. Wir könnten sonst wo sein.« Er hielt inne und schüttelte den Kopf. »Seltsam, dass sich der Nebel so hartnäckig hält«, murmelte er.

»Wenn ich die Sonne sehen könnte«, Dickinson spähte in den verhangenen Himmel, »dann könnte ich wahrscheinlich abschätzen, in welche Richtung wir unterwegs sind. Dem Lichteinfallswinkel nach würde ich vermuten, dass wir nach Westen fahren. Sollte sich der Nebel bei Nachteinbruch etwas lichten, könnten die Sterne einen Anhaltspunkt dafür liefern, wo auf der Welt wir uns befinden.«

Sie deutete auf die Kabine hinter Pynchon. »Was ist mit der Steuerung?«

»Kommt mit, ich zeig's euch.« Sie folgten Pynchon zu den gepolsterten Sitzen. Er klopfte auf ein graues Stahlpaneel in der Mitte des Armaturenbretts. »Ein Patrouillenboot der Wright-Klasse wird mittels eines Joysticks und einiger Beschleunigungshebel gesteuert, die sich normalerweise an dieser Stelle hier befinden. Aber wie Sie sehen, sehen Sie nichts. Das Boot ist auf Autopilot.« Er tippte gegen die schwarzen Bildschirme. »Außerdem keine Anzeigen. Kein GPS. Kein Kompass. Nicht mal eine Uhr. Ich hab mich oben umgeschaut und einen Lidar-Sensor entdeckt, der vermutlich dem Autopiloten dabei hilft, Hindernisse zu umfahren und den Kurs zu halten, aber es gibt kein Radar und keine Funkantenne.«

»Wir sollen nicht wissen, wo wir uns befinden«, schloss Huxley. Pynchon runzelte finster die Stirn. »Und es gibt keine Möglichkeit, den Kurs zu ändern.«

»Was ist mit dem Schlauchboot?«, fragte Golding.

»Kein Außenbordmotor«, erwiderte Huxley. »Das ist dir wohl nicht aufgefallen, als du nach Löchern gesucht hast. Ich wette, dass drinnen auch keine Ruder sind. Also, wenn du damit nicht hilflos auf dem Ozean treiben willst, bis du verdurstest, bietet es keine Fluchtmöglichkeit. Irgendjemandem ist sehr daran gelegen, uns auf diesem Boot festzuhalten.«

Eine Weile lang herrschte Schweigen, während sich alle ihrer Furcht oder ihren Grübeleien hingaben. Letzteres schien zu überwiegen, wie Huxley bemerkte. Nachdem die anfängliche überwältigende Ungewissheit nun vorbei war, zeigte sich, dass diese Leute nicht so leicht in Panik gerieten. Selbst Golding wirkte eher konzentriert als bestürzt, auch wenn er dem nutzlosen Schlauchboot noch ein paar enttäuschte Blicke zuwarf. *Ausgewählt*, schloss Huxley. *Handverlesen. Wir alle. Wir sind nicht durch Zufall hier.*

»Dickinson hat recht«, sagte er. »Wir sollten überlegen, was wir wissen. Nicht nur über das Boot, sondern auch über uns. Besonders, welche Fähigkeiten wir haben. Ich wette, darüber finden wir am ehesten heraus, aus welchem Grund wir hier sind.«

ZWEI

Rhys war es, die die anderen Narben entdeckte, was wenig überraschte. Kurz nach ihrer gemeinsamen Inspektion des Ruderhauses, wie Pynchon es nannte, wurde es Nacht. Auf Vorder- und Achterdeck erwachten – vermutlich ausgelöst durch einen Sensor – flackernd einige Laternen zum Leben, die, nach Huxleys Empfinden, das Gefühl der Isolation eher noch verstärkten. Der Nebel hatte sich nicht gelichtet, sodass sie weder Sterne noch Mond erkennen konnten, und das Meer war jetzt ein tintenschwarzes Wogen, voll unermesslicher Bedrohlichkeit. Jenseits des Laternenscheins war nichts, so als trieben sie auf einem Lichtfunken in einer namenlosen, endlosen Leere dahin.

Alle stimmten Dickinsons Vorschlag zu, erst einmal gründlich das Boot abzusuchen, bevor sie ihre jeweiligen Fähigkeiten genauer erkundeten. Allerdings brach schon bald eine Diskussion darüber aus, was sie mit Conrad tun sollten. Die ursprüngliche Idee, ihn mit der Plane des Schlauchboots abzudecken, wurde schnell verworfen, stattdessen setzte sich der pragmatischere Vorschlag durch, ihn den Wellen zu überantworten.

»Ohne Kühlung wird er ruckzuck verwesen«, sagte Rhys. »Und wir haben keine Ahnung, wie lange wir auf diesem Kahn sein werden.«

Sie durchsuchten seine leeren Taschen, dann hoben Pynchon und Huxley den Leichnam hoch, hielten jedoch inne, als Conrads olivgrünes T-Shirt aus dem Hosenbund rutschte und Rhys etwas auffiel. »Halt, setzt ihn noch mal ab.«

Sie legten Conrad aufs Deck, und Rhys rollte ihn auf die Seite, zog sein Shirt hoch und enthüllte einige Narben an seinem Rücken. Es waren zwei, eine auf jeder Seite, wenige Zentimeter unter den Rippen.

»Noch mehr Operationsnarben«, sagte Huxley, woraufhin sich alle bedeutungsvoll ansahen und ihre Shirts hochzogen. Huxleys Narben fühlten sich beinahe genau so an wie die an seinem Kopf, wulstig, aber ohne Nähte. »Ist das nicht die Stelle, wo die Nieren sind?«, fragte er Rhys.

Sie tastete kurz ihre eigenen Narben ab, bevor sie seine untersuchte. »Nah dran. Patienten mit Nierentransplantat haben ähnliche Narben. Allerdings sind die hier etwas breiter als gewöhnlich. Außerdem sind doppelte Einschnitte bei Transplantationen selten.«

»Man hat uns die Nieren rausgenommen?« Golding riss die Augen auf, während er an seinem Rücken herumfummelte.

Rhys warf ihm einen vernichtenden Blick zu. »Nein. Sonst wären wir längst tot.«

»Etwas wurde rausgenommen oder reingetan«, sagte Huxley und erhielt ein nüchternes Nicken zur Antwort.

»Ohne Röntgenapparat lässt sich das unmöglich feststellen.«

»Was ist mit ihm hier?« Pynchon stieß Conrad mit der Stiefelspitze an. »Eine Autopsie wird ihn jedenfalls nicht mehr umbringen.«

Rhys' Miene wirkte zunächst ablehnend, dann runzelte sie jedoch nachdenklich die Stirn. »Ich bin mir ziemlich sicher, dass ich keine Pathologin bin. Wenn es sich bei dem Eingriff nicht um irgendwas … Offensichtliches handelt, würde ich wahrscheinlich nicht erkennen, was es war.«

»Trotzdem«, sagte Pynchon. »Einen Versuch ist es wert, oder?«

Rhys runzelte erneut die Stirn und verschränkte die Arme – offenbar ihre übliche Reaktion auf stressige Situationen. »Ich brauche ein Skalpell«, sagte sie. »Oder ein sehr scharfes Messer.«

In den militärisch anmutenden Rucksäcken, die Pynchon unter einem Gitterrost in der Mannschaftskabine zutage gefördert hatte, entdeckten sie ein Kampfmesser. Insgesamt gab es sieben Rucksäcke, alle mit identischem Inhalt: Messer, LED-Taschenlampe, Nachtsichtbrille, Feldflasche, randvoll mit Wasser, Trockenrationen für drei Tage, Erste-Hilfe-Set, drei Magazine für ihre Pistolen und fünf weitere für die M4-Karabiner-Gewehre, die neben den Rucksäcken lagen.

»Bei den Waffen waren sie nicht knausrig, was?«, stellte Huxley fest und hob einen der kurzläufigen Karabiner hoch. Wie bei der Pistole bewegten seine Hände sich mit automatischer Vertrautheit. Er zog den Bolzen zurück, um zu schauen, ob die Kammer leer war, bevor er das Magazin auswarf und wieder einsetzte. »Da fragt man sich, wofür die sein sollen.«

»Auf dem Vorderdeck steht eine Fünfundzwanzig-Millimeter-Kettenkanone«, sagte Pynchon. Seine Inspektion der Waffen war um einiges gründlicher gewesen. Er hatte sie auf dem Tisch ausgebreitet, in ihre Hauptbestandteile zerlegt und wieder zusammengebaut, und das alles innerhalb weniger Minuten. »Sie ist inaktiv, aber die Zielvorrichtung ist intakt. Radar und GPS hat man uns weggenommen, aber eine scheißgroße Waffe haben wir. Wahrscheinlich sollen wir die irgendwann benutzen.«

»Ist das ein Funkgerät?« Plath griff in das Fach und holte einen von zwei weiteren Gegenständen heraus. Er hatte etwa die Größe eines Smartphones und besaß ein schwarzlackiertes Stahlgehäuse. An einem Ende ragte eine kurze Antenne heraus. Außerdem befand sich an einer Seite eine kleine gewölbte Linse. Ihre Geschicklichkeit im Umgang mit dem Gerät und die Genauigkeit, mit der sie es untersuchte, ließen sie älter wirken, als Huxley zunächst vermutet hatte. Sie kannte sich eindeutig mit Technologie aus, auch wenn sie offenbar nicht wusste, worum es sich hierbei handelte.

»Das ist eine Funkbake zum Anvisieren«, sagte Pynchon. »Sendet zwei verschiedene Signalarten aus – Infrarot und Funk. Damit kann man Luftangriffe auf ein bestimmtes Ziel lenken.«

»Luftangriffe«, wiederholte Huxley leise, fand die Vorstellung jedoch wenig beruhigend.

Pynchon steckte beide Funkbaken in seinen Rucksack. »Gut zu wissen, dass wir vielleicht Luftunterstützung bekommen.«

Zum Inventar gehörten auch zwei Seile, die jeweils mit einem stählernen Wurfhaken mit einziehbaren Krallen ausgestattet waren. »Fünfzig Meter lang.« Dickinson drehte die Bündel fachmännisch hin und her. »Standard-Kletterseil. Traglast maximal tausendachthundert Kilo.« Sie warf einen Blick in das jetzt leere Fach und verzog das Gesicht. »Keine Sicherungen oder Karabinerhaken. Dann hoffen wir mal, dass wir nicht ernsthaft irgendwo klettern müssen, sonst sind wir aufgeschmissen.«

Sie fanden zwei weitere Gitterroste, die sich jedoch nicht öffnen ließen, egal wie sehr sie daran zerrten. »Da muss irgendwas drin sein.« Pynchon wischte sich den Schweiß von der Stirn. »Warum ein leeres Fach verschließen?«

Huxley stampfte mit dem Stiefel auf den Gitterrand, der jedoch nicht im Geringsten nachgab. »Irgendwas, das wir nicht zu Gesicht kriegen sollen. Jedenfalls noch nicht.«

Als Rhys sich daranmachte, Conrad aufzuschneiden, zögerte sie nicht ansatzweise. Sie wusch sich nicht einmal vorher die Hände, wie Huxley erwartet hätte. Sie drehte die Leiche mit dem Gesicht nach unten, stach mit dem Messer ins untere Ende der rechten Narbe und schlitzte die Haut auf. Huxley hätte gedacht, dass Golding sich als Erster übergeben würde, aber überraschenderweise kam ihm Dickinson zuvor. Sie trat an die Reling und beugte sich weit vor, damit der Wind das Erbrochene wegtragen konnte. Golding leistete ihr kurz darauf Gesellschaft. Plath dagegen war zwar etwas blass um die Nase, blieb aber stehen und sah zu, ebenso wie Pynchon, der lediglich ein paarmal angewidert das Gesicht verzog. Neben Rhys war Huxley offenbar derjenige, dem die Sache am wenigsten ausmachte. Er verspürte nur ein leichtes Unbehagen, als das Messer die Haut zerteilte und zähflüssiges, halb geronnenes Blut hervorquoll.

Ich hab so was schon mal gesehen. Noch etwas, das er wusste, ohne zu ahnen, woher. Er war ganz sicher kein Arzt, und wahrscheinlich auch kein Pathologe, aber ohne Zweifel war dies nicht der erste Leichnam, der vor seinen Augen aufgeschnitten wurde.

»Keine offensichtlichen Anzeichen einer Erkrankung.« Rhys zerrte keuchend ein faustgroßes rotes Organ aus dem offenen Schnitt. Mithilfe der Feldflasche wusch sie es sauber und hielt es in den Strahl von Huxleys Taschenlampe. Als sie es herumdrehte, bildete sich eine Falte auf ihrer Stirn.

»Was entdeckt?«, erkundigte er sich.

»Das hier«, sie tippte mit der Messerklinge gegen etwas, das wie bleiches Knorpelgewebe an der Oberseite des Organs aussah, »ist die Nebenniere. Wirkt größer als normal, aber nur ein bisschen. Auf jeden Fall nicht genug, um den Verdacht auf eine Krankheit zu rechtfertigen.« Sie musterte das Organ noch einmal eingehend und warf es dann seufzend ins Meer. »Ohne richtige Ausrüstung kann ich nicht viel ausrichten. Was immer mit uns gemacht wurde, es hat keine eindeutigen Spuren hinterlassen.«

»Und was jetzt?«, fragte Golding.

Rhys stand auf, ließ ihr Messer aufs Deck fallen und wusch sich mit dem restlichen Wasser aus der Feldflasche die Hände. Dann warf sie einen letzten Blick auf Conrads schlaffen Leichnam. »Ein Begräbnis scheint angebracht.«

Niemand schlug vor, irgendwelche Abschiedsworte zu sagen. Huxley griff sich die Arme und Pynchon die Beine, und gemeinsam schwangen sie Conrad über die Reling. Ein Platschen ertönte, der Leichnam drehte sich herum und schaukelte kurz auf den Wellen, während er von der Strömung ins Kielwasser getragen wurde, wo er in der schaumig aufgewühlten Schwärze schnell verschwand. Das Fehlen jeglicher Gefühlsregung brachte Huxley ins Grübeln. War kaltherzige Gleichgültigkeit womöglich ein weiterer Charakterzug, dem sie ihre Anwesenheit auf diesem Boot verdankten?

»Also«, sagte Dickinson, deren Haltung ein wenig steif war. Möglicherweise erachtete sie ihren kranken Magen als Anzeichen von peinlicher Schwäche. Sie schien ein sehr beherrschter Mensch zu sein, der gern die Initiative ergriff. »Fähigkeiten.«

Pynchon war Soldat. So viel war klar. Er konnte einen Haufen Fachbegriffe über Waffen herunterrattern, ohne zu zögern oder auch nur einmal Luft zu holen. Jeder Hinweis darauf, wo er das gelernt hatte, war ihm jedoch – genau wie Name, Rang und Personenkennziffer – genommen worden. Zudem stellte sich heraus, dass das Tattoo auf seinem Unterarm nicht seine einzige Tätowierung war. Oberarme und Schultern zierten keltische und gotische Spiralmuster, unterbrochen von einigen kahlen Stellen, die nicht ins Gesamtbild zu passen schienen.

»Vielleicht die Abzeichen einer Einheit«, sagte Huxley. »Die weggelasert wurden. Die wollten uns wohl unbedingt im Dunkeln darüber lassen, wer wir sind.«

»Du sprichst immerzu von *die*«, warf Golding ein. Er wirkte wieder konzentriert, in seinen Augen hingegen spiegelte sich Argwohn. »Wer sind *die?*«

»Tja.« Huxley hob die Hände. »Treffer versenkt. Da hat mich wohl meine Arroganz verraten. *Die* sind eine global agierende geheime Sekte marsianischer Echsenwesen, die arische Kinder zum Frühstück verspeisen und uns auf dieses Boot verfrachtet haben, als Teil ihrer extrem undurchsichtigen Verschwörung.« Er sah Golding ruhig in die Augen. »Ich hab keinen blassen Schimmer, wer zum Teufel *die* sind. Also wie wär's, wenn wir stattdessen rausfinden, wer *wir* sind?«

Erneut schien Goldings Wissen in eine historische Richtung zu gehen. »1848 blieben beide Schiffe der unglückseligen Franklin-Expedition auf der Suche nach der Nordwestpassage in der Victoria Strait im Eis stecken. Alle Versuche, sich zu Fuß in Sicherheit zu bringen, scheiterten, und die überlebenden Besatzungsmitglieder wurden am Ende sogar zu Kannibalen, bevor sie an Unterkühlung und Hunger starben.« Er lächelte reumütig. »Keine Ahnung, warum mir gerade das in den Kopf kommt.«

Ein paar aufs Geratewohl gestellte Fragen förderten einen enormen Faktenreichtum zutage, der von Trivialem bis hin zu vage relevanten Einzelheiten reichte. »Eines der frühesten Beispiele dafür, wie eine Hirnverletzung die Persönlichkeit verändern kann, ist die Geschichte von Phineas Gage. Eine radikale Veränderung seines Charakters wurde bei ihm durch einen Sprengstoffunfall bewirkt, dabei hatte sich eine Eisenstange durch sein Gehirn gebohrt …«

»Du bist Historiker«, unterbrach ihn Huxley. »Wahrscheinlich war man der Meinung, eine sprechende Enzyklopädie auf zwei Beinen könnte für uns nützlich sein.«

»Was die mit uns gemacht haben, wird dadurch nur noch beeindruckender«, meinte Rhys und strich sich über die Narbe. »So viel wegzunehmen und gleichzeitig so viel übrigzulassen.«

»Wenn sie überhaupt etwas übriggelassen haben«, sagte Plath. Huxley hatte ihren Akzent anfangs für britisch gehalten, genau wie bei Pynchon, auch wenn sie etwas förmlicher klang, einige Sprossen weiter oben auf der Privilegienleiter. Jetzt fiel ihm ein leichtes Näseln der Vokale auf. Offenbar war sie Australierin, die schon lange im Ausland lebte. Sie war die Zurückhaltendste unter ihnen und hörte sich alles mit unbewegter Miene an. Huxley wusste jedoch, dass der Ausdruck nur aufgesetzt war. Das war daran erkennbar, wie sie die Hände still auf den Knien hielt, gerade aufgerichtet auf der Kante ihrer Schlafkoje, während ihre Brust sich in sorgfältig bemessenen Abständen hob und senkte. Atemkontrolle war eine Standardmethode der Panikbewältigung. Plath schien sie so stark verinnerlicht zu haben, dass sie sie beinahe automatisch ausführte.

Anders als wir, schloss er. *Vielleicht ein Ersatz in letzter Minute? Oder es gab nicht genug Rekruten.*

»Wie meinst du das?«, fragte er.

Plath schluckte, bevor sie weitersprach, und ihre Stimme klang so, als müsste sie mühsam ein Zittern unterdrücken. »Phineas

Gage, ihr erinnert euch? Eine Hirnverletzung hat ihn verändert und in einen ganz anderen Menschen verwandelt. Woher wollen wir wissen, dass mit uns nicht dasselbe passiert ist?«

Kurz herrschte Schweigen, während sich alle fragend ansahen und in sich hineinhorchten. Schmerzhafte Verwirrung spiegelte sich in den Gesichtern.

»Das wissen wir nicht.« Rhys schenkte Plath ein schiefes Lächeln. Wenn es beruhigend wirken sollte, dann misslang es gründlich. »Wir können es nicht wissen. Wir können nur feststellen, was wir in diesem Moment wissen. Und das bringt uns zu dir.«

»Ich bin mir nicht sicher.« Plath schüttelte den Kopf. »Ich habe nicht das Gefühl, irgendetwas besonders gut zu können.«

»Wenn es so wäre, dann wärst du sicherlich nicht hier«, sagte Huxley. »Wir müssen uns konzentrieren, die Auflösung hochfahren.«

Sie blinzelte ihn an. »Auflösung?«

»Mehr ins Detail gehen. Kleine Fragen stellen, die etwas vom größeren Zusammenhang enthüllen. Nenn mir einen Namen, irgendeinen, der dir als Erstes in den Kopf kommt.«

»Smith.«

Golding schnaubte abfällig. »Na, das ist ja sehr hilfreich.« Auf einen finsteren Blick von Pynchon hin wurde er bleich und verstummte.

»Ein Lied«, fuhr Huxley fort. »Einfach freiweg, ohne nachzudenken.«

»›Someone to Watch Over Me.‹«

»Hübscher Song.« *Aber nicht sehr erhellend.* »Eine Farbe.«

»Grün.«

»Eine Zahl.«

»Zweihundertneunundneunzigmillionensiebenhundertzweiundneunzigtausendvierhundertachtundfünfzig.« Plath blinzelte und legte nachdenklich den Kopf schief. »Das ist die Lichtgeschwindigkeit in einem Vakuum in Metern pro Sekunde.«

Rhys beugte sich in ihrer Koje vor und schaute Plath interessiert an. »Nenn die Bestandteile eines Atoms.«

»Protonen, Neutronen und Elektronen.« Plath schloss die Augen. »Die relative Atommasse von Wasserstoff beträgt 1,008. Eine Kernfusion tritt bei Temperaturen auf, die eine Million Grad Kelvin überschreiten ...«

»Wir haben's kapiert«, sagte Golding. »Du bist Wissenschaftlerin.«

»Physikerin«, korrigierte Rhys. »Wenn wir unsere IQs vergleichen würden, hätten wir die Gewinnerin vermutlich schon gefunden.«

»Hm, keine Ahnung.« Golding sah mit hochgezogener Augenbraue zu Huxley und Dickinson. »Es gibt da noch zwei Anwärter.«

»Ich bin Bergsteigerin«, sagte Dickinson. »Ich kann die Höhe und die gängigsten Aufstiegsrouten aller großen Berge der Welt nennen und noch ein paar andere, die weniger bekannt sind.« Sie lachte gekünstelt. »Irgendwie seltsam, eine Bergsteigerin auf ein Boot zu verfrachten, oder?«

»Das ist alles?«, fragte Huxley. »Nur Berge? Keine Familie? Keine Leute?«

»Nein, nur Zahlen und Fakten. Ich kenne mich ziemlich gut mit den Auswirkungen extremer klimatischer Bedingungen aus, insbesondere von Kälte. Wahrscheinlich hat mir Bergsteigen allein nicht ausgereicht. Kann sein, dass ich auch die eine oder andere Polarexpedition unternommen habe ...« Ihr Blick ging in die Ferne und sie senkte den Kopf. Sie seufzte leise, und als sie weitersprach, klang ihre Stimme weicher und nicht mehr so forsch wie zuvor. »Aurora borealis, daran erinnere ich mich.«

»Die Polarlichter«, sagte Rhys. »Die sind sicher beeindruckend, wenn man sie mit eigenen Augen sieht.«

»Nein.« Dickinson blinzelte ein paarmal, und an ihrer Schläfe trat eine Ader hervor. »Es kommt mir so vor, als wäre es mehr als nur eine Erinnerung. Eher ein Schlüsselmoment.« Sie blinzelte und erschauerte dann. Offenbar versuchte sie, das kleine Körnchen Wissen, das sie ausgegraben hatte, festzuhalten. »Es ist schwierig. Je entschlossener ich danach greife, desto mehr tut es weh. Aber ich glaube, da war noch jemand, als ich die Aurora gesehen habe, jemand, den ich kannte und der mir wichtig war.«

»Ehemann?«, hakte Huxley nach. »Schwester? Ehefrau?«

»Ich …« Sie schüttelte seufzend den Kopf. Ihre Stimme klang leicht sarkastisch, als sie den kurzen Satz wiederholte, vor dem sie sich inzwischen alle fürchteten. »Ich weiß es nicht.«

»Gedächtnisverlust ist fast immer nur temporär«, sagte Rhys. »Ob nun durch eine Operation herbeigeführt oder nicht. Das Gehirn ist dazu in der Lage, sich selbst zu reparieren. Denk immer wieder an das Bild der Aurora, dann könnten Verbindungen entstehen und vielleicht, zumindest teilweise, zu einer Genesung führen.«

»Teilweise?«, fragte Pynchon. »Du meinst, es besteht die Möglichkeit, dass wir uns nie wieder erinnern werden, wer wir sind?«

»Was ich meine, ist: Das ist alles ein riesiges Chaos, und ich hab auch nicht mehr Ahnung als ihr, wie wir damit umgehen sollen.« Rhys holte tief Luft und wandte sich Huxley zu. »Dann bist jetzt wohl du an der Reihe.«

»Ja, ich hab mich auch schon gefragt …«, setzte er an, aber Golding fiel ihm ins Wort.

»Du bist Polizist. Kriminalbeamter. Oder vielleicht FBI-Agent.«
Er zuckte mit den Achseln, als Huxley ihn gekränkt anfunkelte.
»Wie du Sätze formulierst, vor allem Fragen. Das klingt alles wie
nach Protokoll. Also ich finde es ziemlich eindeutig.«

»Absolut«, stimmte Pynchon zu.

»Na schön.« Huxley rang seine Verärgerung nieder. Warum
ging ihm ihre Feststellung so an die Nieren? »Kripo.« Er klopfte
sich auf die Brust. »Bergsteigerin und/oder Polarforscherin. Physikerin. Ärztin. Soldat. Historiker. Alle zusammen auf einem
Boot. Was ergibt das?«

»Den Anfang von einem ziemlich beschissenen Witz?«, schlug
Golding vor.

»Spezialisten«, sagte Pynchon. Er ignorierte Golding, so wie
man das Hintergrundgeschwätz eines Fernsehers ignoriert. »Ein
Team aus Spezialisten. Was bedeutet, dass es eine Mission gibt,
was wiederum bedeutet, dass es ein Ziel gibt.«

»Wir fahren irgendwohin.« Huxleys Blick wanderte zur Decke.
Das stete Brummen des Antriebs dröhnte ihm in den Ohren.
»Um irgendwas zu tun.«

»Etwas, wofür man Waffen braucht.« Rhys deutete auf die
Karabiner auf dem Tisch. »Und ein Boot voller extrem kluger und
fähiger Leute, die keine Erinnerung daran haben, wer sie sind.«

Daraufhin schwiegen wieder alle und dachten nach. Huxley
zuckte zusammen, als ihn ein weiteres Mal die schmerzhafte Verwirrung überkam. »Habt ihr auch Schmerzen, wenn ihr versucht,
euch zu erinnern?«, fragte er. Dickinson hatte anscheinend ebenfalls Unbehagen verspürt, als sie auf eine möglicherweise echte
Erinnerung gestoßen war.

»Verdammt, ja«, sagte Rhys. »Ich dachte, es könnte eine Nach-
wirkung des chirurgischen Eingriffs sein. Aber wenn nicht bloß

wir beide betroffen sind …« Als die anderen bestätigend nickten, verzog sie das Gesicht. »Dann ist das wahrscheinlich kein Zufall.«

»Aversionstherapie«, sagte Huxley. »Je mehr es wehtut, wenn man versucht, sich zu erinnern, desto weniger will man es tun.«

»Aber warum?«, fragte Dickinson. Darauf wusste niemand eine Antwort, und alle verfielen erneut in Schweigen.

Golding meldete sich als Erster wieder zu Wort, wachsende Furcht ließ seine Stimme eine Oktave höher wandern. »Ich bin sicher nicht der Einzige, der sich fragt, ob wir das Boot irgendwie wenden können.«

»Die Steuerung ist verriegelt«, sagte Pynchon. »Ich hab mir den Antrieb angeschaut – da ist es dasselbe. Außerdem haben wir keine Werkzeuge, außer Waffen und Messer.«

»Bei dem Antrieb handelt es sich um Dieselturbinen, oder?«, fragte Plath.

»Ja, aber alles, womit man sie anhalten könnte, wurde entfernt oder mit hartem Stahl abgedeckt, also vergiss es, den zu durchschießen.«

»Dieselmotoren müssen doch Lüftungsöffnungen haben.« Plath verlagerte das Gewicht, hustete und schniefte – alles Handlungen, um ihr Stresslevel zu überspielen. »Da könnten wir doch bestimmt durchschießen.«

»Und dann treiben wir hilflos im Wasser«, sagte Huxley. »Womöglich mit brennenden Motoren. Wer sagt, dass uns irgendwer retten kommt?«

»Wir werden sicher irgendwie überwacht«, sagte Dickinson. »Tracker, Kameras, Abhörgeräte.«

Pynchon schüttelte den Kopf. »Wenn es hier irgendwo Kameras gibt, dann habe ich sie jedenfalls nicht gefunden. Das heißt natürlich nicht, dass wirklich keine da sind, nur, dass sie so gut versteckt sind, dass wir sie niemals entdecken werden. Wahrscheinlicher ist, dass wir einen Transponder an Bord haben. Und der könnte überall sein. Womöglich an der Unterseite des Rumpfes.«

»Wir können also davon ausgehen, dass die wissen, wo wir sind«, stellte Dickinson fest. »Auch wenn wir selbst keine Ahnung haben.«

»Vielleicht ist es besser, wenn wir nur von dem ausgehen, was wir sicher wissen«, sagte Huxley.

»Und das ist nicht besonders viel.« Golding seufzte schwer, sank in seine Koje zurück und legte sich den Unterarm über die Augen. »Ich werde jetzt schlafen«, verkündete er. »Die Synapsen brauchen regelmäßig eine Runde REM-Schlaf, um volle Leistung zu erbringen, stimmt's, Doktor Rhys?«

»Da hat er recht.« Rhys zuckte resigniert die Achseln. »Wir sollten schlafen und morgen früh mit klarem Kopf an die Sache rangehen.«

»Ich glaube nicht, dass ich das kann«, sagte Plath. Ihre Hände waren so fest verschränkt, dass die Fingerknöchel weiß hervortraten.

»Versuch's.« Rhys schwang die Beine in ihre Koje. »Du wirst vielleicht überrascht sein.«

Alle schliefen ziemlich schnell ein, sogar Plath. Huxley fühlte sich erschöpft, sobald sein Kopf das dünne Kissen berührte, zwang sich jedoch, noch eine Weile wach zu bleiben, und lauschte den gleichmäßigen Atemzügen der anderen, die von tiefem Schlaf zeugten. Keiner regte sich, keiner schnarchte, nur Golding gab ein leises, aber nervtötendes Pfeifen von sich.

Eigentlich hätten wir eine Wache aufstellen sollen, rügte er sich selbst, während die Schatten sich um ihn sammelten und ihm die

Augen zufielen. *Erstaunlich, dass Pynchon das nicht vorgeschlagen hat …*

Erinnerungen sind der Stoff, aus dem Träume gewebt sind, er hätte also keine haben dürfen. Und dennoch träumte er. Etwas Vages, Vergängliches in wechselnden Farben: ein blau-goldener Dunst und eine durchscheinende Silhouette, die sich durch sein Blickfeld bewegte. Er glaubte, den Ozean zu hören, donnernde Wellen statt der plätschernden Wogen am Schiffsrumpf, und näher, lebendiger, die Stimme einer Frau …

Heftige Verwirrung überkam ihn, als er erwachte. Er hatte Kopfschmerzen und stand von der Koje auf, um in den Erste-Hilfe-Kästen nach einem Schmerzmittel zu suchen. »Vielleicht wollen die ja, dass wir leiden«, knurrte er und warf den Kasten beiseite, der nur Verbände und Pflaster enthielt.

»Das kam mir aber lang vor«, ächzte Golding, richtete sich auf und gähnte herzhaft. »Ich meine, richtig lang. Ich fühle mich ganz steif, als hätte ich wochenlang geschlafen.«

Huxley stimmte ihm wortlos zu. Trotz der Schmerzen fühlte er sich weniger erschöpft, was für einen langen, tiefen Schlaf sprach. Außerdem kamen ihm die Stoppeln an seinem Kinn etwas rauer vor, und er verspürte einen unangenehmen Druck in der Blase. Offenbar war es kein natürlicher Schlaf gewesen. *Noch etwas, das wir denen zu verdanken haben.* Seine Finger tasteten über die Narben. *Erklärt, warum Pynchon nicht vorgeschlagen hat, eine Wache aufzustellen.*

Wieder durchzuckte ihn der Kopfschmerz, so heftig, dass er die Zähne zusammenbiss und ein Zischen ausstieß. »Du hast da drinnen nicht zufällig Aspirin gesehen?«, fragte er Rhys, die gerade aus der Toilette am anderen Ende der Mannschaftskabine kam, über das Tosen der Spülung hinweg.

»Trink Wasser«, riet sie ihm. »Flüssigkeitsmangel macht es schlimmer.«

Sie aßen ein kaltes Frühstück aus Müsliriegeln und Trockenfrüchten, die sie mit Wasser hinunterspülten, da man ihnen nichts Besseres zur Verfügung gestellt hatte.

»Müssen wir uns das einteilen?« Plath hielt mit der Feldflasche an den Lippen inne.

»Im Maschinenraum sind etwa 45 Liter eingelagert«, sagte Pynchon. »Das sollte eine Weile reichen.«

Dickinson runzelte nachdenklich die Stirn, während sie einen Müsliriegel kaute. »45 Liter aufgeteilt auf sechs Leute ... sieben, wenn man Conrad mitzählt, das ist gar nicht mal so viel. Mit alldem hier«, sie deutete mit dem angebissenen Müsliriegel auf die Packungen auf dem Tisch, »würde ich sagen, dass wir genügend Kalorien und Wasser für höchstens sieben Tage haben.«

Plaths Stimme senkte sich zu einem Flüstern, als sie die Feldflasche wieder zuschraubte. »Wir sollen also bloß eine Woche durchhalten.«

»Vielleicht bekommen wir ja Nachschub, wenn wir am Ziel sind ...«, gab Pynchon zu bedenken, verstummte jedoch und sah mit schiefgelegtem Kopf zur Decke. Seine Augen weiteten sich.

»Was ...?«, setzte Huxley an, aber Pynchon bedeutete ihm, still zu sein. Dann hörten sie es alle, ein fernes, rhythmisches Rauschen, das nicht schwer zu erkennen war.

»Flugzeug«, hauchte Plath und kletterte aus der Koje. Pynchon war bereits die Leiter hochgestiegen.

Sie drängten sich auf dem Achterdeck zusammen und spähten in den Himmel, der nach wie vor von Nebel verhüllt war. Huxley konnte am steten Brummen des sich nähernden Flugzeugs keine

Richtung erkennen, aber Pynchon hatte offenbar ein geübteres Ohr. Er deutete nach achtern.

»Es hat denselben Kurs.«

»Dann wissen die also doch, wo wir sind«, sagte Dickinson.

»Wenn es *die* sind.« Huxley musterte die dahintreibende Wolkendecke. Hatte sie über Nacht einen rosafarbenen Ton angenommen? »Könnte sonst wer sein.«

Der Motorenlärm wurde lauter und steigerte sich zu einem Dröhnen, das jedes weitere Gespräch unmöglich machte. Inzwischen hatte auch Huxley die Geräuschquelle geortet. Er drehte den Kopf, um zu verfolgen, wie das Flugzeug über sie hinwegflog. Sehen konnte er immer noch nichts. Im Dunst zeichnete sich nicht der geringste Umriss ab.

»Vier Triebwerke«, sagte Pynchon. »Bin mir ziemlich sicher, dass es eine C-130 ist.«

Das Dröhnen mehrerer Propeller wurde in der nebligen Leere jenseits des Bugs leiser und war enttäuschend schnell verklungen. Sie standen noch eine Weile da und starrten ihm hinterher, lauschten auf seine Rückkehr, hörten jedoch nichts.

»Wenn es wiederkommt«, sagte Golding, »sollen wir dann darauf schießen?«

Pynchon warf ihm einen verächtlichen Blick zu und wandte sich an Rhys. »Was hast du noch mal über klug und fähig gesagt?«

»Ach, leckt mich doch«, gab Golding zurück.

»Ich hab zwar keine Ahnung, ob wir uns vor gestern schon mal kennengelernt haben, aber eins ist sicher: Ich kann dich nicht leiden.«

»Das bringt uns nicht weiter«, stellte Dickinson fest. »Halten wir uns an die Fakten, ja? Du sagtest, es sei eine C-130 gewesen. Das ist ein Frachtflugzeug, oder?«

»Ja.« Pynchon blinzelte und wandte sich von Golding ab, um den Blick in die dunstige Ferne jenseits des Bugs schweifen zu lassen. »Auch Hercules genannt. Reichweite zweitausendzweihundert Seemeilen, die durch Auftanken unterwegs verlängert werden kann.«

»Fracht«, wiederholte Dickinson. »Es hat also irgendwas geliefert oder abgeholt.«

»Nicht unbedingt. Von der C-130 gibt es verschiedene Typen – Kampfflugzeug, Meeresüberwachung, elektronische Kriegsführung …«

Huxleys Aufmerksamkeit schweifte ab, während Pynchon sich seinem Steckenpferd widmete: dem Herunterrattern militärischen Fachwissens. *Vielleicht seine Art, mit Stress umzugehen?* Als sein Blick zum Ruderhaus ging, entdeckte er im Inneren ein Leuchten, das eben noch nicht da gewesen war.

»Leute«, unterbrach er Pynchons Monolog und deutete auf das zuvor dunkle Armaturenbrett. Einer der Bildschirme war zum Leben erwacht, und er zeigte eine Karte.

DREI

Pynchon fuhr mit dem Finger über den Bildschirm, eine Küste entlang, die von einem breiten Meeresarm unterbrochen wurde. Die Karte war einfach und bestand nur aus kontrastlosen Farben und dünnen Linien, ohne Zahlen oder Text. »Tja«, sagte er. »Zumindest wissen wir jetzt, dass wir uns nicht auf einem fremden Planeten befinden.«

»Hast du das etwa ernsthaft geglaubt?«, fragte Rhys und erhielt ein Schulterzucken zur Antwort.

»Ich denke, mich kann inzwischen nichts mehr überraschen.«

»Na gut«, mischte Huxley sich mit mühsam gezügelter Ungeduld ein, »was haben wir hier vor uns?«

»Wie ihr seht, gibt es keine Beschriftung.« Pynchon tippte mit dem Finger auf die Küste. »Aber das hier ist eindeutig die Themse-Mündung. Und das«, sein Finger ging zu einem pulsierenden grünen Punkt in der Mitte des Bildschirms, »ist unsere Position. Meine Schätzung: Wir befinden uns etwa fünfzig Meilen vor der Südostküste Großbritanniens und fahren auf die Themse zu, die direkt nach London führt.«

»Was ist das hier?« Rhys deutete auf einen weiteren pulsierenden Punkt, dieser in Rot. Er befand sich an der Stelle, an der sich der Meeresarm auf Flussbreite verengte.

»Keine Ahnung«, erwiderte Pynchon. »Aber bei unserer gegenwärtigen Geschwindigkeit und Fahrtrichtung werden wir es in etwa einer Stunde herausfinden.«

»Hat London für irgendjemanden eine besondere Bedeutung?« Huxley wandte sich den anderen zu, sah jedoch erneut nur frustrierte und verwirrte Gesichter. »Kommt einer von euch vielleicht da her?«

»Ich kann euch sagen, dass Anne Boleyn am neunzehnten Mai 1536 im Tower of London der Kopf abgeschlagen wurde«, meinte Golding. »Und dass Lloyds of London offiziell 1686 gegründet wurde. Der ursprüngliche römische Name der Stadt lautete Londinium, und sie wurde von der berühmten Boudicca geplündert, und zwar im Jahr …«

»Das hilft uns verdammt noch mal überhaupt nicht weiter«, fiel ihm Pynchon ins Wort und wandte sich Huxley zu. »Wir sollten uns bewaffnen. Uns bereitmachen. Etwas erwartet uns dort, und wir können nicht wissen, ob es was Gutes oder Schlechtes ist.«

Huxley warf erneut einen Blick auf die beiden pulsierenden Punkte, die sich auf dem Bildschirm langsam annäherten. *Gut, schlecht oder keins von beidem?* Eins schien ihm sicher: Wenn sie den roten Punkt erreicht hatten, würden sie zumindest ein paar Antworten erhalten. »Also gut, was sollen wir tun?«

Pynchon postierte sich selbst und Huxley auf dem Vorderdeck zu beiden Seiten der gedrungenen Kettenkanone, die wie ein bedrohliches Insekt aussah. Beide hielten sie kurzläufige Gewehre in den Händen, geladene Karabiner. Bolzen gespannt und eine Kugel in der Kammer. Den Schaft voll ausgezogen und gegen die Schulter gedrückt. Eine Hand am Vorderschaft, die andere am Knauf. Finger locker am Abzugsbügel. Daumen an der Sicherung.

Die Bedienung der Waffe kam Huxley leicht und vertraut vor, das Anlegen des Kampfgeschirrs dagegen weniger. Er zog es sich über die Schultern und schloss die verschiedenen Schnallen angestrengt konzentriert, er konnte nur auf ein Mindestmaß an Muskelgedächtnis zurückgreifen. Pynchon dagegen legte die Drillichweste mit dem Gürtel reflexartig und schnell an, überprüfte den Sitz der Magazintaschen und befestigte das Kampfmesser mit dem Klettverschluss an der Hüfte.

Dickinson, Rhys und Plath befanden sich, ebenfalls mit Karabinern bewaffnet, auf dem Achterdeck. Golding hatten sie ins Ruderhaus geschickt. Er sollte sich sofort melden, falls sich auf den Monitoren etwas tat. Das Boot glitt weiter zielstrebig, aber nicht sonderlich schnell durchs Wasser dahin, die Motoren behielten ihr rhythmisches Stampfen bei. Erst als Huxley im Nebel einen langgezogenen Schatten ausmachte, änderte sich das Dröhnen und das Boot wurde langsamer.

»Ist das die Küste?«, fragte er Pynchon. Sie hielten beide ihre Karabiner im Anschlag. Auf dem Boot gab es kein Fernglas, an den Gewehren befand sich jedoch ein Visier mit Dreifachvergrößerung. Durchs Visier betrachtet wirkte der Schatten kaum weniger verschwommen, allerdings konnte Huxley am unteren Rand das weiße Schimmern sich brechender Wellen ausmachen.

»Das Nordufer der Flussmündung.« Pynchons Karabiner wanderte langsam von rechts nach links. Mit starrem Blick schaute er durchs Visier.

»Was sagst du zu dem Nebel?« Huxley senkte seine Waffe und musterte den rosafarbenen Dunst. »Ich meine, er wirkt nicht natürlich, oder? Normalerweise hält sich Nebel nie so lange. Und die Farbe …«

»Ich bin kein Meteorologe.« Pynchon runzelte die Stirn und

hob den Blick vom Visier. »Vielleicht war das ja Conrads Fachgebiet, wer weiß?« Er schaute wieder durchs Okular. »Was immer es ist, es müsste direkt vor uns sein …« Der Lauf seiner Waffe verharrte, und er deutete nach vorn. »Da, zwölf Uhr. Siehst du's?«

Huxley entdeckte es schnell. Das Visier seines Karabiners wanderte über in Dunst gehüllte Wellen hinweg und blieb bei einem farbigen Leuchten inmitten des Graus hängen: ein heller, auffälliger Orangeton. Die Farbe bildete einen Ring und lief um einen gelb-schwarz gestreiften Kegel herum, der träge auf den Wellen auf und ab wippte.

»Signalfeuer, aus der Luft abgeworfen«, sagte Pynchon. Huxley entdeckte einige Schnüre, die an der Seite des Kegels ins Wasser hingen. Dort waren die weißen Umrisse eines aufgebauschten, zusammengesunkenen Fallschirms zu erkennen, der auf den Wellen schwamm. »Anscheinend hat der Flieger doch was abgeliefert.«

Huxley hielt das Visier auf das Signalfeuer gerichtet, während das Boot sie näher heranbrachte. Er konnte die genieteten Metallplatten an den Seiten des Kegels erkennen. Abgesehen von den schwarz-gelben Streifen waren keine Markierungen zu sehen, allerdings entdeckte er die abgerundeten Kanten einer rechteckigen Luke.

Das abrupte Aussetzen der Bootsmotoren und Goldings Ruf aus dem Ruderhaus erfolgten gleichzeitig.

»Nachricht!« Die Stimme des Historikers wurde vom dicken Glas der Frontscheibe gedämpft, aber sein aufgeregtes Gestikulieren war eindeutig. »Da ist eine Nachricht!«

Ohne Antrieb lag das Boot weniger stabil im Wasser. Als Huxley und Pynchon nach achtern liefen, schaukelte es ziemlich stark hin und her. Die anderen hatten sich bereits um den Bildschirm versammelt. Die Karte war verschwunden, stattdessen standen dort wenige Worte, weiß auf schwarz in schlichten Buchstaben:

INSPIZIEREN
ZWEI LEUTE
AUSSENBORDMOTOR IM LADERAUM

»Knapp und auf den Punkt«, stellte Golding fest.

Alle zuckten erschrocken zusammen, als die Motoren brummend wieder zum Leben erwachten. Eine weiße Rauchwolke stieg auf, und der Bug des Bootes drehte sich nach Steuerbord. Eine Sekunde später erstarben die Motoren erneut.

»Es hält nur die Position.« Pynchon ging zur Leiter. »Wir haben einen Außenbordmotor zu finden.«

Sie entdeckten, dass einer der verriegelten Gitterroste im Unterdeck ein Stück hochstand, und Pynchon zog ihn auf. Darunter kam tatsächlich ein Außenbordmotor mit langer Stange, Propeller und Steuerhebel zum Vorschein.

»Müsste der nicht größer sein?« Rhys musterte das Gerät skeptisch.

»Vollständig elektrisch.« Pynchon klopfte auf das Kevlargehäuse oben an der Stange. »Das hier ist die Batterie. Wahrscheinlich wurde die Reichweite eingeschränkt, damit wir nicht mit dem Schlauchboot abhauen.«

»Irgendwie verrückt, oder?« Goldings Gesicht wirkte verkniffen, und seine Stimme klang schrill. »Ich meine, die können eindeutig mit uns kommunizieren. Warum werfen sie eine Boje ab und geben uns Anweisung, sie zu untersuchen? Warum sagen sie uns nicht einfach direkt, was wir hier machen sollen?«

»Es ist ein Test«, sagte Plath. »Logisches Denken und Wahrnehmung. Lest die Nachricht, findet den Motor, bringt ihn am Schlauchboot an, fahrt zur Boje. Sie überprüfen, ob wir noch am Leben und in der Lage sind, Anweisungen zu befolgen.«

»Das heißt«, warf Rhys ein, »als sie uns auf dieses Boot verfrachtet haben, waren sie sich nicht ganz sicher, ob wir zu diesem Zeitpunkt noch lebendig und bei Verstand sein würden.« Ein humorloses Lächeln huschte über ihre Züge, als sie das Offensichtliche aussprach: »Conrad ist es nicht.«

»Test hin oder her«, knurrte Pynchon und holte den Außenbordmotor heraus. »Ich fürchte, wir hängen hier so lange fest, bis wir das Signalfeuer erkundet haben.«

Es gab keine Diskussion, wer von ihnen fahren sollte. Pynchon zog die Abdeckung des Schlauchboots weg, befestigte den Motor, drückte einen Hebel, um den Haken zu aktivieren, der das Boot ins Wasser senkte, und nickte dann Huxley zu. »Sollen wir?«

»Was, wenn ... etwas passiert?«, fragte Rhys.

»Definiere ›etwas‹.« Huxley zuckte hilflos die Schultern, als er im Bug des Schlauchboots Platz nahm, während Pynchon den Außenbordmotor bediente. »Denkst du, das Ding fliegt in die Luft? Oder verwandelt sich in einen Killerroboter?«

Er hatte sie noch nicht fröhlich gesehen, aber das widerwillige Halblächeln, das sie ihm jetzt schenkte, ließ sie um einiges jünger wirken. »Keine Sorge.« Sie runzelte die Stirn. »Sollte was Schlimmes passieren, dann lassen wir euch gerne sterben.«

Huxley salutierte spöttisch. »Einer für alle, alle für keinen.«

Pynchon stellte verärgert fest, dass der Außenbordmotor höchstens drei Knoten schaffte. »Falls das Ding wirklich in die Luft fliegt, können wir uns vor den Trümmern nicht in Sicherheit bringen.«

»Wenn sie es aus dem Flugzeug abgeworfen haben, dann hätten sie auch eine Bombe abwerfen können. Und warum sich all die Mühe machen, nur um uns jetzt umzubringen?«

Als sie bis auf wenige Meter an das Signalfeuer heran waren, drosselte Pynchon die Geschwindigkeit. Aus der Nähe betrachtet war der Kegel viel größer, als Huxley anfangs gedacht hatte. Er war drei Meter hoch, und über dem aufgeblasenen orangefarbenen Donut am unteren Rand befanden sich ein Sims und einige Haltegriffe. Huxley nahm das Seil, das an einem Gummiring im Bug des Schlauchboots befestigt war, und sprang zum Signalfeuer hinüber. Der Sims war feucht, ein Metallrost verhinderte jedoch, dass er abrutschte. Er band das Seil an einem Griff fest. Der Knoten war fachmännisch, seine Handbewegungen genauso bedächtig wie beim Anlegen des Kampfgeschirrs. Wieder das Muskelgedächtnis.

Er hielt das Seil straff, während Pynchon den Motor ausschaltete und vom Schlauchboot herüberkletterte. Sie hatten beide ihre Gewehre über den Rücken geschlungen, aber Pynchon machte keine Anstalten, seines zur Hand zu nehmen – hier gab es nichts, worauf sie hätten schießen können.

»Es war auf dieser Seite«, sagte Huxley und zog sich von Griff zu Griff weiter nach rechts. Die Luke maß etwa dreißig Zentimeter, wies jedoch nichts auf, womit man sie hätte öffnen können. Huxley betrachtete sie eine Weile lang unschlüssig, dann drückte er dagegen und spürte, wie sie ein Stück nachgab. Mit einem leisen mechanischen Surren glitt die Luke beiseite. Darunter kam ein gelber, rechteckiger Gegenstand in einer Halterung zum Vorschein.

»Satellitentelefon«, sagte Pynchon.

»Fallen dir spontan irgendwelche Nummern ein?« Huxley griff

nach dem Telefon, hielt jedoch inne, als es ein lautes, tiefes Klingeln von sich gab. Zitternd verharrte seine Hand über dem dicken Plastikgehäuse. Ihm fiel auf, dass Pynchon genauso wenig Anstalten machte, es zu ergreifen.

»Da will wohl jemand mit uns reden.« Pynchon wischte sich einige Spritzer Meereswasser von der Oberlippe, die, wie Huxley ahnte, mit Schweiß vermischt waren.

Warum? Er ballte die Hand zur Faust, um das Zittern zu unterdrücken. *Warum jagt mir das solche Angst ein?*

Er verzog das Gesicht und atmete schnaufend durch. Dann griff er nach dem Satellitentelefon und hielt es sich ans Ohr, ohne etwas zu sagen. *Ihr wollt reden. Dann redet.*

Die Stimme, die aus dem Lautsprecher drang, war weiblich und klang monoton und ausdruckslos. »Nennen Sie Ihren Namen.«

Huxley musste schlucken, bevor er eine Antwort krächzen konnte. »Wer ist da?«

»Nennen Sie Ihren Namen.« Eine schlichte Wiederholung, genauso emotionslos wie zuvor.

Er wechselte einen Blick mit Pynchon, der mit den Schultern zuckte und nickte.

»Auf meinem Arm ist der Name Huxley eintätowiert.«

»Wie lauten die Namen der anderen Mitglieder Ihrer Gruppe?«

Wieder nickte Pynchon, der sich vorgebeugt hatte, um mithören zu können. Dass er schwitzte, war nun auch an seinem Körpergeruch zu erkennen.

»Pynchon«, sagte Huxley. »Rhys, Dickinson, Plath und Golding.«

Eine Pause, ein leises Klicken im Hörer, bevor die monotone Stimme zurückkehrte. »Wo ist Conrad?«

»Tot.«

»Ursache?«

»Selbstmord.«

»Beschreiben Sie die Leiche.«

»Nicht ansprechbar, mit großem Loch im Kopf, von einem Schuss aus nächster Nähe.«

»Keine Anzeichen von anderen Verletzungen oder Krankheit?«

Nun war es an Huxley innezuhalten. Pynchon neben ihm atmete schwer, seine Lippen bewegten sich. *Krankheit?* Obwohl das Wort in demselben monotonen Tonfall gesprochen wurde, besaß es doch ein seltsames Gewicht.

»Wir haben alle frisch verheilte Operationsnarben«, sagte Huxley. »Aber das meinten Sie nicht, oder?«

Wieder eine Pause, diesmal so lang, dass ihn der Ärger packte.

»Beantworten Sie meine Frage.« Das Gehäuse des Satellitentelefons knirschte in seinem festen Griff. »Welche Anzeichen von Krankheit hätten wir bemerken sollen?«

»Das ist momentan irrelevant.« Noch immer keinerlei Gefühlsregung, was ihn wütender machte, als wenn die Frau am anderen Ende spöttisch gelacht hätte.

»Verdammt, ist es nicht! Welche Anzeichen von Krankheit?«

»Das Boot bleibt so lange inaktiv, bis dieses Gespräch ein zufriedenstellendes Ergebnis erbracht hat. Danach erhalten Sie weitere Informationen zu Ihrem Kurs. Haben Sie verstanden?«

Huxley musste sich ein paar derbe Flüche verkneifen. Er nahm das Telefon vom Ohr und drückte es sich gegen die Stirn, während ihm ein heimtückischer, aber verlockender Gedanke kam. *Schmeiß das verfluchte Ding einfach ins Meer.*

Als Pynchon ihn anstieß, verflog seine Wut immerhin genug, um sich das Telefon wieder ans Ohr zu halten und zwischen zusammengebissenen Zähnen ein Wort hervorzupressen. »Verstanden.«

»Zeigt einer von den anderen Anzeichen von Verwirrung oder grundloser Aggression?«

»Für einen Haufen Leute, die sich nicht erinnern, wer sie sind, und die auf einem Boot wer weiß wohin schippern, würde ich sagen, sind sie ziemlich stabil.«

»Hat sich jemand an etwas erinnert? Etwas Persönliches?«

»Nein …« Er zögerte und ging mit gerunzelter Stirn im Schnell-durchlauf seine Gespräche mit den anderen durch. *Aurora borealis.* »Moment. Dickinson hat da was irgendwie Persönliches gesagt, aber es war nur ein kleines Detail.«

»Es gibt keine kleinen Details. Was hat sie gesagt?«

»Sie erinnerte sich daran, etwas gesehen zu haben, wahrscheinlich auf einer Reise nördlich des Polarkreises.«

»Beschreiben Sie es genauer.«

»Die Aurora borealis. Sie sagte, sie hätte das Gefühl gehabt, jemand sei bei ihr gewesen, als sie sie gesehen hat. Jemand, der ihr wichtig war.« Eine kurze Pause, wieder ein fernes Klicken in der Leitung.

»Ist sie jetzt bei Ihnen?«

»Nein, Pynchon ist hier. Dickinson und die anderen sind auf dem Boot.«

»Um Ihr Überleben zu sichern, ist es von größter Wichtigkeit, dass Sie die folgenden Anweisungen ausführen: Nehmen Sie das Telefon mit, und kehren Sie zurück auf das Boot. Töten Sie Dickinson.«

Pynchon und er sahen sich erschrocken an. Beinahe wäre ihm das Telefon aus der Hand gerutscht. »Was!?«

»Dickinson ist jetzt eine Gefahr für Sie alle. Um Ihr Überleben zu sichern, müssen Sie sie töten.«

»Sie ist eine verfluchte Bergsteigerin, eine Entdeckerin …«

»Jedes Mitglied Ihrer Mannschaft, das sich an etwas Persönliches erinnert, muss als Gefahr betrachtet werden. Kehren Sie aufs Boot zurück, und töten Sie sie.«

»Kommt nicht infrage.« Huxley packte das Telefon fester und presste es sich an die Lippen. Speichel sprühte, als seine Wut sich gegen die Vorsicht durchsetzte. »Hören Sie, keiner von uns wird verflucht noch mal irgendwas tun, ehe wir nicht ein paar Antworten erhalten …«

In diesem Moment tönte eine unverkennbare Mischung aus Krachen und Donnern vom Boot herüber. *Ein Schuss.*

»Kehren Sie aufs Boot zurück«, sagte die Stimme, genauso monoton wie zuvor. »Töten Sie sie.«

Pynchon ließ diesmal Huxley den Außenbordmotor bedienen, während er selbst mit angelegtem Karabiner im Bug kauerte. Huxley drehte die Geschwindigkeit auf das kümmerliche Maximum hoch. Als sie sich dem Heck des Bootes näherten, hörten sie Schreie. Pynchon sprang sofort an Bord und verschwand im Ruderhaus, den Karabiner an der Schulter. Huxley kletterte hinterher und dachte noch gerade so daran, das Schlauchboot an der Reling des Achterdecks festzumachen, bevor er Pynchon folgte. Er nahm ebenfalls den Karabiner vom Rücken und betrat das dunkle Ruderhaus. Drinnen rutschte er auf etwas Feuchtem aus. Als er nach unten sah, bemerkte er eine verschmierte rote Lache auf dem Deck.

»Verfluchte Scheiße!« Der gekeuchte Ausruf kam von Golding, der auf dem Rücken lag und mit beiden Händen seinen Oberschenkel umklammerte. Zwischen seinen Fingern quoll Blut hervor. »Sie hat auf mich geschossen! Das verdammte Miststück hat auf mich geschossen!«

Rhys kniete neben ihm und rollte einen der Verbände aus dem Erste-Hilfe-Kasten aus. »Still halten! Ziemlich sicher ist es nur ein Kratzer.«

»Fühlt sich verflucht noch mal nicht wie ein Kratzer an!« Golding wimmerte laut, als Rhys seine Hände von der Verletzung wegzog und die blutende Wunde durch den Riss in seinem Militäranzug genauer in Augenschein nahm.

»Was ist passiert?«, rief Huxley und schaute sich im Ruderhaus um, sah aber sonst niemanden.

»Dickinson.« Rhys nahm eine Feldflasche und spritzte Wasser auf Goldings Verletzung. Dann brummte sie zufrieden. »Eine Fleischwunde, aber kein Durchschuss und keine Kugel, die feststeckt. Du hast Glück gehabt.«

»Ach ja?« Goldings Gesicht wurde blass, und seine Kehle verkrampfte sich wie bei jemandem, dem gleich das Frühstück wieder hochkommt. »Das sehe ich aber anders …«

»Dickinson hat das getan?«, hakte Huxley nach.

»Sie fing an, seltsam zu brabbeln, genau in dem Moment, als ihr das Signalfeuer erreicht hattet. Irgendwelches zusammenhangloses Zeug.« Als Golding den Kopf drehte und sich übergab, zog sie eine Grimasse, verband aber stoisch weiter die Wunde. »Es ergab alles überhaupt keinen Sinn. Und sie wurde immer aufgeregter. Wir versuchten, sie zu beruhigen, aber sie fing an zu schreien und deutete mit der Waffe aufs Deck, als hätte sie dort irgendwas gesehen. Dann drückte sie ab. Das hier«, Rhys verknotete mit einer geübten Handbewegung den Verband, »war ein Querschläger.«

»Wo ist sie jetzt?«

»In der Mannschaftskabine. Das da hat sie fallen gelassen.« Rhys nickte zu einem Karabiner, der in der Nähe auf dem Deck lag. »Plath versucht, mit ihr zu reden. Ist das ein Satellitentelefon?«

Huxley hatte das Telefon in eine der Munitionstaschen seines Kampfgeschirrs gestopft. »Ja.«

»Ihr habt also mit jemandem gesprochen? Was haben die gesagt?«

Huxley sah Pynchon an, der angespannt und mit gesenktem Blick in der Nähe stand, als würde er sich für etwas schämen. Seine Hände, die den Karabiner hielten, zitterten nicht im Geringsten.

Huxley setzte sich in Bewegung. »Ich muss mit Dickinson sprechen.«

»Du weißt, was die Stimme gesagt hat«, murmelte Pynchon. Huxley schob sich an ihm vorbei und stieg die Leiter zur Mannschaftskabine hinunter, wo er Plath fand, die neben der zusammengekauerten Dickinson saß. Dickinsons Miene wirkte elend und schuldbewusst. Ihre Augen waren feucht, und ihre Lippen entblößten zusammengebissene Zähne.

»Ich hab's gesehen ...« Sie legte sich eine Hand auf die Stirn.

»Was?«, hakte Plath nach. »Was hast du gesehen?«

»Du musst es doch auch gesehen haben. Es geht gar nicht anders.«

»Da war nichts ...«

Plath verstummte, als sie Huxleys Stiefel auf dem Deck hörte. Sie und Dickinson schauten zu ihm hoch, und in ihren Augen bemerkte er Angst, wenn auch nicht dieselbe. »Sie ist jetzt schon viel ruhiger«, sagte Plath. Ihr Tonfall klang so, als hätte sie in seinem Blick etwas gesehen, einen Entschluss, den er gefasst hatte, ohne sich dessen bewusst zu sein.

»Ist es immer noch da oben?« Dickinson schaute ihn flehend an. »Es ist weg, oder? Bitte sag mir, dass es weg ist.«

Huxley wusste, dass er kein Psychiater war. Irgendein tiefverwurzelter Instinkt sagte ihm aber dennoch mit absoluter Gewissheit, dass er in die Augen einer Frau sah, die in der letzten halben Stunde komplett den Verstand verloren hatte. *Dickinson ist jetzt eine Gefahr für Sie alle.*

»Es ist weg«, sagte er. »Ich bin mir ziemlich sicher, dass du es verjagt hast.«

»Danke.« Sie schloss die Augen und lehnte den Kopf an die Seite einer Koje. »Danke, danke, danke«, flüsterte sie.

Huxley hörte Pynchon die Leiter hinuntersteigen. Laut und entschlossen hallten seine Schritte übers Deck. Er warf Pynchon über die Schulter hinweg einen finsteren Blick zu und schüttelte den Kopf.

»Lass mich mit ihr reden«, sagte Huxley. Er legte Plath eine Hand auf die Schulter und schob sie sanft beiseite. Sie trat zurück und sah ihn und Pynchon nervös an.

»Irgendeine Ahnung, wie es hierhergelangt ist?« Er ging vor Dickinson in die Hocke, ohne auf das leise Scharren von Pynchons Karabinergurt zu achten, als dieser die Waffe fester packte.

»Nein!« Dickinson schüttelte heftig den Kopf. »Ich meine, es ist vollkommen unmöglich, oder? Papa hat ihn getötet. Ich habe es gesehen. Er wollte, dass ich zusehe.«

»Und trotzdem hast du es gesehen, hier und heute.«

»Vielleicht …« Dickinson leckte sich über die Lippen. In ihrer Kehle arbeitete es, und ein irres Begreifen funkelte in ihren Augen. »Vielleicht ist es ja Teil des … des Experiments. Oder was auch immer. Vielleicht ist das alles gar nicht real.« Sie schlug mit der Hand gegen die Koje. »Eine Simulation!« Sie riss keuchend die Augen auf, als sei ihr soeben etwas klargeworden. »Natürlich! Wir sind nicht wirklich hier. Das ist es. Das ist die einzige Möglichkeit …«

»Die Schusswunde in Goldings Bein sieht ziemlich real aus«, hielt Huxley dagegen.

»Na logisch, oder?« Ihr Ausdruck wurde ungeduldig, als ärgere es sie, dass er nicht begriffen hatte. »So ist das doch bei einer Simulation.«

Huxley hatte den Eindruck, sie müsse sich zusammenreißen, um nicht ein »Idiot« oder »Schwachkopf« an den Satz dranzuhängen. In einem weichen Tonfall versuchte er es mit einer anderen Taktik. »Du hast deinen Vater erwähnt. Also erinnerst du dich jetzt an ihn?«

»Papa? Ja.« Sie entspannte sich etwas und stieß ein kurzes, schrilles Lachen aus. Danach verfinsterte sich ihre Miene, und ihr Mund verzog sich wütend. Mühsam stieß sie hervor: »Ich erinnere mich an Papa. An das, was er getan hat, was er immer noch gerne tun würde. Darum hat er es gemacht. Hat mir den Welpen gekauft, nur um ihn vor meinen Augen zu töten, weil ich nicht mehr mitmachen wollte, weil ich gedroht hatte, es Mama zu sagen …«

Der Angriff kam ohne Vorwarnung. Kein Innehalten oder Verlagern des Gewichts. Nur ein ungebremstes Vorwärtsspringen voll purer Gewalttätigkeit, blitzschnell wie ein wildes Tier. Ihr muskulöser Körper prallte mit der Wucht eines Rammbocks gegen ihn, warf ihn zu Boden. Unfassbar kräftige Finger bohrten sich in seine Schultern. »Papa!« Das Wort ein Knurren, erstickt vom Speichel, der aus ihrem Mund tropfte. Mit gefletschten Zähnen bäumte sie sich auf und legte den Kopf schief wie eine Raubkatze, die überlegte, wo sie am besten zubeißen sollte. Bevor mit einem donnernden Krachen Pynchons Karabiner ihr eine Kugel durch den Schädel jagte, sah Huxley noch, wie sich ihr Gesicht veränderte. Muskeln und Knochen verzerrten und verwandelten sich …

Er blinzelte, als Blut und anderes Zeugs, hartes wie weiches, auf ihn herabregneten. Ihm klingelten die Ohren vom Knallen des Schusses. Er musste einen Würgereflex unterdrücken, als Dickinsons Körper leblos auf ihm zusammenbrach. Warmes Blut tropfte aus dem ausgefransten Loch in ihrer Stirn. Pynchon zog die Leiche von ihm herunter. Er krabbelte weg, versuchte, sich das Blut aus dem Gesicht zu wischen, verschmierte es dabei aber nur.

Schniefend sicherte Pynchon den Karabiner. Mit hochgezogener Augenbraue musterte er Dickinsons Leiche und nickte dann zu dem Satellitentelefon in Huxleys Tasche. »Wie's aussieht, hatte die Stimme recht.«

VIER

»Wenn sich jemand an persönliche Details erinnert.« Rhys schaute nicht von Dickinsons Leichnam auf, während sie sprach. Stattdessen musterte sie eingehend die veränderten Gesichtszüge der Toten. »Das hat es gesagt?«

»Jeder von uns, der sich an etwas aus seiner Vergangenheit erinnert, stellt eine Gefahr dar.« Huxley senkte den Kopf und goss sich mit der Feldflasche Wasser über den Nacken. Er kratzte sich mit den Fingernägeln Hautfetzen und körnige Knochensplitter hinter den Ohren ab. »Außerdem hat es gefragt, ob wir an Conrads Leiche Anzeichen einer Krankheit feststellen konnten. Aber ohne genauer drauf einzugehen.«

»Warum sprecht ihr immerzu von ›es‹?«, fragte Plath. »Ihr sagtet, die Stimme war weiblich.«

Huxley zuckte gleichgültig mit den Achseln, hielt dann aber inne, als ihm klarwurde, dass die Wissenschaftlerin vielleicht auf etwas Wichtiges gestoßen war. »Sie klang weiblich«, sagte er. »Aber nicht wie ein Mensch. Da waren keine echten Emotionen.«

»Könnte eine Maschinenstimme gewesen sein«, gab Pynchon zu bedenken. »Die automatischen Warnansagen in Militärflugzeugen werden alle von weiblichen Stimmen gesprochen – die erzeugen mehr Aufmerksamkeit.«

»Können wir wieder zum Thema zurückkehren?« Rhys richtete sich auf. Sie hatten Dickinsons Leiche aufs Achterdeck geschafft. Dabei waren reichlich Blut und andere Körperflüssigkeiten auf dem Boot verteilt worden. Wieder fand Huxley den Anblick eines gewaltsam gestorbenen Menschen zwar abstoßend, aber nicht übelkeiterregend. *Ich hab das alles schon mal gesehen.* Er widerstand dem Drang, dieser Erkenntnis genauer nachzugehen und echte Erinnerungen wachzurütteln. Inzwischen war er geradezu dankbar für das Unbehagen, das der Gedanke an einen Erinnerungsversuch in ihm auslöste. *Vielleicht sind die Schmerzen als Schutz gedacht.*

»Die Todesursache scheint jedenfalls eindeutig«, sagte Golding. Falls er damit jemanden verärgern wollte, so nahmen sein bleiches Gesicht und die zittrige Stimme der Bemerkung den Biss. Er humpelte vom Ruderhaus ins Freie und hielt sich mit schmerzverzerrter Miene an der Reling fest. Auch nach gründlichem Durchsuchen der Rucksäcke waren sie auf keinerlei Schmerzmittel gestoßen.

»Es gibt eindeutige körperliche Veränderungen. Und zwar hier.« Rhys tippte gegen Dickinsons Kinn und betastete die Haut und den Knochen darunter. »Und hier.« Ihre Hand ging zu der teilweise weggeschossenen Stirn und strich über die Brauen. »Eine morphologische Umwandlung, die ziemlich schnell vonstattenging.«

»Kommt mir wie Anzeichen einer Krankheit vor«, sagte Huxley.

Rhys nickte zustimmend. »O ja. An Conrads Leiche war so was aber nicht zu sehen.«

»Vielleicht blieb keine Zeit mehr dafür. Dickinson ist – salopp gesagt – durchgedreht, bevor …« Er deutete auf die verformten

Gesichtszüge der Toten. »Womöglich wusste Conrad, was ihn er-wartet, und … hat frühzeitig die Konsequenzen gezogen.«

»Irgendeine Ahnung, was für eine Krankheit das sein könnte?«, fragte Pynchon.

»Ich kann mich zwar an meinen Namen nicht erinnern, aber ich bin mir ziemlich sicher, dass mein wahres Ich so was noch nie gesehen hat«, entgegnete Rhys.

»Irgendjemand muss es aber schon mal gesehen haben.« Hux-leys Blick blieb an Dickinsons entstelltem, blutverschmiertem Gesicht hängen. Ihm fiel ihr blutdürstiges, raubtierhaftes Verhal-ten wieder ein, kurz bevor Pynchon sie erschossen hatte. Zweifel-los war sie gefährlich gewesen, und er machte Pynchon keine Vorwürfe – hätte er sie am Leben gelassen, dann hätte sie sie wo-möglich alle umgebracht. »Die wussten, dass es passieren würde.«

»Wir sind also Testpersonen«, sagte Plath. Paradoxerweise hatte Huxley den Eindruck, dass sich ihre Furcht seit Dickinsons Tod verringert hatte. Sie blieb weiterhin angespannt und hatte die Hände verschränkt, aber nicht mehr ganz so vehement. Sie hob sie an die Lippen und schloss nachdenklich die Augen, fast so, als wollte sie beten. »Bislang beträgt unsere Ausfallquote zwei von sieben. Bei manchen Medikamentenstudien würde man das wohl schon als Erfolg werten.«

Golding stöhnte angewidert und sah Huxley auffordernd an. »Was hat die Stimme sonst noch gesagt? Was machen wir hier auf diesem Boot?«

»Antworten waren eher rar. Sie sagte, das Boot fährt erst wei-ter, wenn …« Er verstummte, als das Satellitentelefon erneut sei-nen tiefen Klingelton von sich gab und an seiner Brust zu sum-men begann. *Wie aufs Stichwort. An ihrem Timing gibt's nichts zu meckern.*

Die anderen folgten ihm ins Ruderhaus, wo er das Telefon aus der Tasche nahm. Er hob eine Hand, um für Ruhe zu sorgen, und drückte auf den grünen Knopf. Huxley hielt den Hörer neben sein Ohr, während die anderen sich um ihn scharten, um mithören zu können.

»Ist Dickinson tot?« Keine Begrüßung, keine Vorrede. Dieselbe Stimme wie zuvor.

»Ja«, sagte Huxley. »Sie ist tot.«

»Sonstige Verluste?«

»Golding hat einen Streifschuss am Bein abbekommen. Rhys sagt, es sei nichts Ernstes. Sie ist die Ärztin hier, richtig?«

»Zeigt einer aus Ihrer Gruppe Anzeichen von Verwirrung oder grundloser Aggression?«

Sein Blick glitt über die anderen hinweg. Goldings Gesicht war grau vor Schmerz. Ihm war deutlich anzusehen, dass er sich zusammenreißen musste, um nicht einen Haufen Fragen zu stellen. Pynchon wirkte grimmig und nachdenklich. Plath hatte noch immer die Hände an den Mund gedrückt. Rhys' Arme waren verschränkt, und sie gab sich keine Mühe, ihre Furcht zu verbergen.

»Nein.«

Golding wollte etwas sagen, aber seine Stimme wurde vom Brummen der Motoren übertönt, die in diesem Moment wieder zum Leben erwachten. Am Heck wurde schäumend das Wasser aufgewirbelt.

»Entfernen Sie Dickinsons Leiche«, wies das Satellitentelefon sie an. »Vor Ihnen liegen Hindernisse. Sie müssen sie beseitigen, um weiterfahren zu können. Sie werden feststellen, dass eines der verriegelten Fächer im Laderaum jetzt offen ist. Es enthält Sprengstoff. Pynchon besitzt die Fähigkeiten und das Wissen, um ihn korrekt anzuwenden. Wenn Sie weiterfahren, achten Sie darauf, stets bewaffnet zu sein. Sollten Ihnen andere Menschen begegnen, töten Sie sie unverzüglich. Sie sind eine Gefahr für Sie.«

»Spreche ich mit einer echten Person?«, fragte Huxley. Irgendwie schien ihm das im Moment die wichtigste Frage zu sein. »Sind Sie ... eine KI oder so was?«

Eine kurze Pause, eine Reihe von Klicks. »Kommunikation wird in zwölf Stunden wieder aufgenommen«, sagte die Stimme. Das Rauschen einer offenen Leitung erstarb, und das Telefon schaltete sich aus.

Mit einem unverständlichen Fluch stürzte Golding sich auf das Gerät. Wegen seines verletzten Beins geriet er zwar ins Stolpern, schaffte es aber dennoch, das Telefon zu fassen zu bekommen, und brüllte in den Hörer: »Was machen wir hier auf diesem verfluchten Boot? Wer sind Sie?«

»Sie hat aufgelegt.« Huxley schubste ihn weg, Golding prallte gegen einen Stuhl und fiel aufs Deck. Er drückte sich beide Hände aufs Gesicht und schluchzte zitternd. Huxley hielt es für das Beste, ihn in Ruhe zu lassen.

»Die Karte ist wieder da.« Pynchon nickte zu dem einzigen Bildschirm, der eingeschaltet war. Dort war nun erneut der pulsierende grüne Punkt zu sehen, der den roten Punkt hinter sich gelassen hatte und sich tiefer in die Flussmündung hineinbewegte. Pynchon schulterte seinen Karabiner und ging zur Leiter. »Dann geh ich wohl mal unsere neuen Spielzeuge anschauen.«

»Ist es das, was ich denke?«

Pynchon hob eine Augenbraue, griff ins Fach und holte den Gegenstand heraus. Er sah vage wie ein Gewehr aus, nur ohne Schaft. Statt eines Magazins befand sich vor dem Abzug ein kleiner Druckbehälter. Auf die Mündung war ein dreieckiger Trichter aufgesetzt.

»Wenn du an einen Flammenwerfer denkst«, Pynchon betätigte einen Schalter an der Unterseite des Trichters, und ein fingerlanger blauer Feuerstrahl schoss hervor, »dann liegst du richtig.«

Insgesamt gab es zwei Flammenwerfer, die auf etwas lagen, das wie eine Schicht in Pappe gehüllter Ziegelsteine aussah. »C4«, sagte Pynchon und hob einen der Ziegel hoch, um die Beschriftung darauf zu lesen. Beim weiteren Durchwühlen förderten sie einen Leinenbeutel mit Dutzenden dünnen Metallstäbchen und fest zusammengerollten Drähten zutage. »Sprengzünder, Timer, Schmelzdraht.« Pynchon legte den Beutel mit größerer Vorsicht beiseite, als er sie beim Sprengstoff an den Tag gelegt hatte. Mit geschürzten Lippen musterte er den Inhalt des Fachs. »Das ist eine ganze Menge, aber nicht genug, um in das, womit wir es vor Nachteinbruch zu tun bekommen, eine Delle zu schlagen.«

»Und was wäre das?«

»Die Themse-Sperre. Mehrere tausend Tonnen Stahlbeton, die die Hauptstadt dieser herrlichen Inseln vor der Überflutung schützen, der sie sonst schon vor Jahren zum Opfer gefallen wäre.«

»Es sei denn, dort endet unsere Reise.«

»Ich habe das Gefühl, so viel Glück werden wir nicht haben.« Pynchon legte das Stück C4 wieder ins Fach zurück, behielt jedoch den Beutel und einen der Flammenwerfer. »Golding«, sagte er leise. »Anzeichen von Verwirrung.«

»Er wurde angeschossen. Ein erhöhter Stresspegel scheint mir in der Situation nicht ungewöhnlich. Außerdem sehe ich keine Anzeichen von grundloser Aggression. Und er scheint sich auch nicht an Details aus seiner Vergangenheit zu erinnern.«

»Jedenfalls hat er uns nichts davon erzählt. Ich würde sagen, jeder auf diesem Boot hat jetzt einen Anreiz, Erinnerungen lieber für sich zu behalten.«

»Die Auswirkungen von dieser ... Sache, was immer es ist, scheinen aber schnell aufzutreten. Dickinson ist innerhalb von Minuten in Mordrausch geraten.«

»Was heißt, dass wir nicht zögern dürfen, wenn es noch mal passiert. Egal, wen es betrifft.«

»Selbst bei dir?«

Pynchon runzelte die Stirn und schenkte ihm einen beleidigten und verwirrten Blick. »Natürlich. Sollte ich anfangen, über die gute alte Schulzeit zu schwadronieren, dann erwarte ich, dass du mir stante pede eine Kugel ins Hirn jagst. Und keine Sorge.« Er klopfte Huxley auf die Schulter und stand mit Beutel und Flammenwerfer in der Hand auf. »Für dich tue ich gern dasselbe.«

»Ich will nicht mal drüber nachdenken, wofür der sein könnte.« Angewidert und beklommen musterte Golding den Flammenwerfer.

Nachdem sie Dickinson ins Meer geworfen hatten – ein weiteres Blitzbegräbnis ohne jedes Zeremoniell –, versammelten sie sich im Ruderhaus. Da es sonst nichts zu tun gab, starrten alle auf die Karte. »Das ist doch nicht mal annähernd die Höchstgeschwindigkeit dieses Boots, oder?« Huxley betrachtete die beiden Punkte auf dem Bildschirm, die sich im Schneckentempo voneinander entfernten.

»Wahrscheinlich etwa ein Fünftel der Power, die es zu bieten hat.« Pynchon beugte sich vor und spähte durch die Frontscheibe. Das Ufer der Flussmündung zeichnete sich als verschwommener, massiger Schatten im Nebel ab, und der Kanal verengte sich mit jeder Meile mehr. »Es wird ein paar Stunden dauern, bis wir die Flutsperre erreicht haben ...«

Huxley sah den Lichtblitz und spürte die Hitze, bevor er es hörte; ein mächtiges Zittern durchlief das Boot vom Heck bis zum Bug. Ein hallendes Scheppern, das Huxley tief in die Knochen fuhr, erreichte sie genau in dem Moment, als er sich umdrehte und im Nebel eine grellorangefarbene Fontäne aufleuchten sah. Der alles verhüllende Dunst löste sich kurz in dem Lichtblitz auf. Die Explosion verwandelte das Wasser in eine schimmernde weiße Scheibe, die einen Durchmesser von mindestens fünfhundert Metern besaß.

»Die Boje«, sagte Huxley – eine Feststellung, die ihm zugleich notwendig und überflüssig erschien.

»Vakuumbombe.« Pynchon musterte die verblassende orangefarbene Blüte augenscheinlich wenig überrascht. »Aus der Nähe hat sie eine ähnliche Explosionskraft wie ein kleiner Atomsprengkopf.«

»Also, wenn wir jetzt noch dort gewesen wären ...« Huxley ließ zischend die Luft zwischen seinen Lippen entweichen. Er verspürte gleichzeitig den Drang, loszulachen und ein paar Flüche vom Stapel zu lassen. »Zumindest war es kein Killerroboter.«

»Warum sie jetzt zünden?«, überlegte Rhys.

»Eliminierung der Testpersonen.« Plath hatte endlich die verschränkten Hände gelöst und sprach jetzt in ausdruckslosem Ton, ähnlich wie die Stimme im Satellitentelefon. »Bei einem gescheiterten Experiment nicht unüblich.«

»Wahrscheinlich gab es einen Zeitzünder«, sagte Pynchon. »Wenn sie die Motoren nicht innerhalb eines bestimmten Zeitraums wieder gestartet hätten ...« Er legte die Stirn in Falten, als sei ihm eine Erkenntnis gekommen. »KI am Telefon. Explosion mit Zeitzünder. Ferngesteuerte Aktivierung wichtiger Komponenten. Wie's aussieht, soll so viel wie möglich von dieser Mission automatisiert ablaufen.«

Huxley sah, wie sich der Nebel wieder um sie herum schloss, während sich das letzte weiße Schimmern im Wasser auflöste. *Beim nächsten Mal muss ich mich unbedingt nach diesem Nebel erkundigen,* beschloss er und tastete nach dem Satellitentelefon.

Wie angekündigt schwieg das Telefon, während sie weiter die Mündung hinauffuhren, bis diese sich in einen echten Fluss verwandelt hatte. Inzwischen waren beide Ufer besser zu sehen. Harte vertikal und schräg verlaufende Umrisse von Gebäuden ragten inmitten der weichen Silhouetten von Bäumen auf. Hier und da schimmerten ein paar Lichter, hauptsächlich um schmale Türme von etwas, das Huxley für Industrie- oder Hafenanlagen hielt. Von der Welt jenseits des Dunstes war nichts zu erkennen. Am Ufer blieb alles still, bis sie, etwa zwei Stunden nach der Explosion des Signalfeuers, in weiter Ferne ein Grollen hörten.

»Donner ist das nicht.« Pynchon legte den Kopf schräg und lauschte. Beim ersten leisen Dröhnen waren sie auf das Achterdeck gegangen. Die Geräusche hielten an, und doch blieb der Nebel unverändert, genau wie die kümmerlichen Lichter am Ufer.

Als die Geräuschkulisse kurz abbrach, wandte sich Huxley an Pynchon. »Noch mehr Explosionen?«

Er nickte. »Ich bin mir ziemlich sicher, dass es Artilleriefeuer ist.«

»Und Gewehrschüsse.« Als sie Golding fragend ansahen, zeigte er auf sein Ohr. »Ich höre es ganz deutlich. Wahrscheinlich wurde ich wegen meines guten Gehörs ausgewählt.«

Noch ein paar Sekunden angestrengten Lauschens, dann hörte

Huxley es auch: ein wiederholtes stakkatoartiges Trommeln, das wie die Schüsse von Automatikgewehren klang.

»Ein Gefecht«, schloss Rhys. »Aber wer kämpft gegen wen?«

»Der letzte Krieg, der mir einfällt, ist Afghanistan«, sagte Huxley.

»Auf britischem Boden hat es schon seit über zweihundert Jahren keinen Krieg mehr gegeben.« Golding legte leicht den Kopf schief. »Nordirland nicht mitgezählt.«

»Kein Straßenlärm, minimale Beleuchtung und jetzt das.« Pynchon verzog das Gesicht. »Anscheinend ist hier einiges den Bach runtergegangen.«

»Nur hier oder überall?«, fragte Plath.

Natürlich hatte darauf keiner eine Antwort, und lange Zeit herrschte Schweigen. Irgendwann ließen die Kampfgeräusche nach, bloß um kurz darauf einem klagenden, dissonanten Heulen zu weichen, das umso beunruhigender war, weil es statt vom Ufer von oben zu kommen schien.

»Eine Möwe?«, überlegte Golding und spähte in den nebelverhangenen Himmel.

Huxley erinnerte sich an die kreischende Möwe, die ihn – zusammen mit dem Schuss aus Conrads Pistole – geweckt hatte. Das Heulen klang ganz anders, an- und abschwellend und in die Länge gezogen anstelle eines rhythmischen Schreiens. Außerdem hatte er seit dem Aufwachen keine einzige Möwe mehr entdeckt.

»Das ist ein Mensch«, sagte Rhys. Wie die anderen starrte auch sie mit zusammengekniffenen Augen in den unsichtbaren Himmel. »Aber von woher kommt es?«

Pynchon knurrte leise und deutete mit dem Karabiner auf einen großen grauen Umriss, der vor dem Bug im Nebel auftauchte.

Es war ein Bauwerk von monolithischen Ausmaßen: gewaltige Betonpfeiler, über die sich ein riesiger Bogen spannte, der sich in nebligen Höhen verlor.

»Eine Brücke?«, fragte Plath.

»Dartford Crossing.« Ein merkwürdiger, leicht verwunderter Ausdruck huschte über Goldings Gesicht, bevor er etwas leiser hinzufügte: »Oder genauer gesagt die Queen Elizabeth Bridge.«

Huxley verspürte einen Stich der Beunruhigung und er packte unwillkürlich seinen Karabiner fester. Er versuchte unauffällig Goldings Miene zu mustern, um herauszufinden, ob er sich womöglich an etwas aus seiner Vergangenheit erinnert hatte. Der Historiker bemerkte es trotzdem. »Entspann dich«, sagte er und trat einen Schritt zurück. »Ich fand es nur seltsam, dass der Name so plötzlich in meinem Kopf aufgetaucht ist.«

»Ohne Kontext können Namen, vor allem Ortsnamen, einem schon seltsam vorkommen«, sagte Rhys.

Wieder erklang das Heulen, und sie schauten zu der im Nebel liegenden Brücke hoch. Inzwischen war das Boot bei dem schmucklosen Monolithen angekommen, und Huxley hatte das Gefühl, zwischen den Beinen eines Riesen hindurchzufahren.

»Der schreit und schreit.« Golding verzog das Gesicht, seine Finger zuckten an seinem Karabiner. Wie sie alle hielt er die Waffe in geübtem Griff, dennoch sah sie in seinen Händen seltsam fehl am Platz aus. »Worte höre ich keine heraus …«

Er verstummte, als das Schreien plötzlich lauter wurde und an den Seiten der grauen Riesenbeine herabhallte. Pynchon und die anderen hoben ihre Karabiner, aber Huxley widerstand dem Drang, es ihnen gleichzutun. Irgendein undefinierbarer Instinkt sagte ihm, dass es hier keine Bedrohung gab. Deswegen war er der Einzige, der den schmalen dunklen Umriss durch den Nebel herabstürzen sah, während die anderen noch damit beschäftigt waren, ihre Waffen auf den leeren Dunst zu richten. Das wortlose Schreien hielt an, während die Gestalt herabfiel. In der Luft ruderte sie mit Armen und Beinen – ein Mensch, der brüllend nach unten stürzte. Geschlecht und Alter waren nicht zu erkennen. Er kam fast genau in der Mitte des Brückenpfeilers auf dem Wasser auf und erzeugte eine hohe Fontäne. Das Kreischen erstarb augenblicklich, ebenso wie der oder die Herabgestürzte, wie Huxley vermutete. Er stieß erneut zischend Luft aus, während die Fontäne niederging und sich ein Kräuseln auf dem Wasser ausbreitete. Aus dieser Höhe war es so, als prallte man auf nackten Stein.

»Keine Bewegung«, bestätigte Pynchon, der seinen Karabiner auf den Leichnam gerichtet hielt. Dieser schwamm mit dem Gesicht nach unten und mit ausgebreiteten Armen auf dem Wasser, umgeben vom Schleier seiner vollgesogenen Kleidung. Das Boot fuhr weiter, und der Leichnam wogte auf den Wellen noch ein paarmal auf und ab, versank jedoch, bevor Huxley das Visier auf seine Umrisse richten konnte.

»Das war nicht sehr aufschlussreich«, sagte Golding.

»Eins können wir daraus schließen.« Pynchon schaute noch einmal in die dunstige Höhe hinauf. »Der Brückenbogen existiert nicht mehr, sonst hätte er nicht an der Stelle auf dem Wasser aufkommen können. Wie gesagt, hier scheint einiges den Bach runtergegangen zu sein.«

Am frühen Abend kam die Themse-Sperre in Sicht – eine lange Reihe hoher, spitz zulaufender Umrisse im dunklen Nebel. Das Boot machte keine Anstalten, langsamer zu werden, und bald schon wurde deutlich, dass das Bauwerk kein Hindernis mehr darstellte.

»Natürlich kann ich nicht sagen, wo oder wann«, bemerkte Pynchon, der mit dem Visier die Reihe der kathedralenhohen Pfeiler entlangfuhr, die gemeinsam das Sperrwerk bildeten. Bei der breiten Lücke in der Mitte verharrte er. »Aber ich weiß, dass ich eine Beschädigung der Art schon einmal gesehen habe.«

Der Torheber in der Mitte war nur noch ein einziger Trümmerhaufen. Das gewölbte Aluminiumdach war verschwunden, und es blieb lediglich ein versehrter Stumpf, der höchstens einen Meter übers Wasser ragte. Zwischen den restlichen Bauten waren die Tore, die die Funktion des Sperrwerks erfüllten und normalerweise unter Wasser abgesenkt waren, hochgefahren, an den Seiten des zerstörten Torhebers jedoch strömte schäumend und wirbelnd das Wasser vorbei.

»Aus der Luft abgeworfene Sprengkörper.« Pynchon senkte die Waffe. »Wahrscheinlich lasergesteuerte Fünfhundert-Pfund-Bomben.«

»Jemand wollte London fluten«, sagte Huxley.

»Oder den Fluss befahrbar machen«, gab Plath zu bedenken.

»Du glaubst, das Ding wurde nur deshalb zerbombt, damit wir hier durchfahren können?«

Die neugefundene Gelassenheit in Plaths Blick erstaunte ihn. Sie wirkte fast schon herablassend. »Ich glaube, wir sind ein Haufen Leute ohne Erinnerung, die bewaffnet auf einem Boot mitten in eine der größten Städte der Welt hineinfahren, in der es bislang noch keine Anzeichen von Leben gab, bis auf kreischende Irre im Nebel, die sich von Brücken stürzen. Wir sind schon zu dem Schluss gekommen, dass wir aus einem bestimmten Grund hier sind. Da ist anzunehmen, dass das hier zum Plan dazugehört.«

»Die Bombardierung ist schon vor einer Weile passiert«, sagte Pynchon. »Tage, vielleicht sogar Wochen. Als man aus der Luft noch was sehen konnte, bevor der Scheiß hier so dicht wurde.« Er deutete auf den wabernden Nebel. Huxley hatte den Eindruck, der rosa Farbton hätte sich im Laufe der letzten Stunden noch verstärkt. Vielleicht lag es aber auch nur am Sonnenuntergang.

Plath legte den Kopf schief. »Was heißt, dass diese Mission von langer Hand geplant und vorbereitet wurde. Und dass wir wahrscheinlich hier sind, weil in der Stadt irgendwas passiert ist.«

»Eine Rettungsmission vielleicht?« Pynchon verzog skeptisch das Gesicht. »Wenn hier überhaupt noch irgendjemand ist, den man retten kann.«

»Im Laderaum wartet noch ein ungeöffnetes Fach«, erinnerte Huxley sie. »Man muss kein Sherlock Holmes sein, um zu dem Schluss zu kommen, dass es was mit unserem eigentlichen Auftrag in der Stadt zu tun hat.«

Das Boot schwankte, während es durch das Sperrwerk hindurchfuhr. Die wirbelnde Strömung schleuderte es mit angsteinflößender Heftigkeit hin und her. Es richtete sich jedoch stets schnell auf, das Brummen der Motoren schwoll an und wieder ab. Ein Beschleunigungsschub brachte sie schließlich aus dem Wirbeln hinaus. Kurz darauf kam das erste Wrack in Sicht – ein Stück vom Ufer entfernt ragte der Bug eines großen dunklen Gefährts auf. Eine diagonal zur Wasseroberfläche verlaufende Ankerkette zerschnitt den teilweise im Wasser versunkenen Namen, der in weißen Buchstaben auf den Rumpf gepinselt war: LLIE HOLIDAY.

»Da war wohl jemand ein Jazz-Fan«, meinte Golding.

»Sieht aus wie ein Schwimmbagger«, sagte Pynchon. »Großes Schiff. Nicht leicht zu versenken.«

Bald darauf wurde ihr Boot langsamer. Vor ihnen tauchten noch mehr Wracks auf, die sich als abstrakte Silhouetten im dunklen Nebel abzeichneten. Der Bug ihres Bootes änderte, von unsichtbarer Hand gesteuert, alle paar Minuten die Richtung – Kursanpassungen, um den Hindernissen auszuweichen. Die Flussufer waren jetzt näher gerückt; im schwindenden Licht und im Nebel waren jedoch immer noch keine Einzelheiten zu erkennen. Durch das Visier seines Karabiners nahm Huxley sich um die Gebäude herum kräuselnde Schatten wahr. Die Stadt schien überschwemmt zu sein. Anders als bei den Uferbereichen weiter östlich gab es hier keine Lichter, nur eine vorbeigleitende Wand aus stillen, schmucklosen Gebäuden.

»Oh-oh«, raunte Pynchon, als die einsetzende Finsternis die Flussufer fast vollständig verschluckt hatte. Er und Huxley standen zu beiden Seiten der Kettenkanone und hielten die Karabiner auf die Schwärze jenseits des Bugs gerichtet. Pynchon hatte den Laserpointer am Vorderschaft seines Karabiners eingeschaltet und ließ den roten Lichtpunkt von einem vagen Schatten zum nächsten hüpfen, bis er bei einem besonders breiten Umriss direkt vor ihnen verharrte.

»Was ist das?« Huxley spähte durch sein Visier, sah jedoch nur ein Wirrwarr aus schattenhaften Rundungen und Winkeln.

»Sieht aus wie eine Menge Wracks auf einem Haufen.« Der Laserpunkt wanderte ein paarmal von rechts nach links, bevor Pynchon den Karabiner senkte. »Ich sehe keine Stelle, an der wir durchfahren können.«

Wie um seine Einschätzung zu bestätigen, schwoll das Brummen der Motoren an. Es wurde in den Rückwärtsgang geschaltet, und das Boot kam zum Stehen. Das Motorengeräusch verstummte. Das Licht des Ruderhauses glänzte auf Pynchons schweißbedeckter Haut. »Anscheinend kommt hier das C4 zum Einsatz.«

Huxley musterte die unebene Wand aus Schatten. »Im Dunkeln?«

Pynchon schnaubte leicht amüsiert. »Scheiße, nein.« Er hielt sich an der Reling fest, als die Motoren kurz zum Leben erwachten, um das Boot in Position zu halten, dann ging er nach achtern. »Wir warten bis morgen früh. Und diesmal halten wir Wache. Ich übernehme die erste Schicht und wecke dich in zwei Stunden.«

»Die hätten uns wenigstens einen Anker mitgeben können.« Rhys' Beschwerde klang untypisch gereizt – aber vermutlich hatte es keinen Zweck, Menschen, die nicht einmal wussten, wer sie waren, bestimmte Charaktereigenschaften zuzuweisen, dachte Huxley. Rhys' Verärgerung rührte daher, dass die Motoren in unregelmäßigen Abständen dröhnend zum Leben erwachten, um ein Abdriften zu verhindern. Das und ihre außergewöhnliche Situation erschwerten das Einschlafen, zumindest für sie und Huxley. Pynchon hatte ihn nicht erst wecken müssen, als es Zeit für die Wachablösung wurde, da Huxley ohnehin nur dagelegen und die Unterseite von Goldings Koje angestarrt hatte. Der Historiker war beinahe sofort in einen tiefen Schlaf gefallen, genau wie Pynchon, nachdem er zwei ereignislose Stunden vermeldet hatte. Vermutlich lernte man beim Militär, in jeder Lage zu schlafen, wann immer sich die Gelegenheit bot. Bei Plath hatte es länger gedauert, bis sie wegnickte. Sie lag noch eine ganze Weile mit offenen Augen und auf der Brust verschränkten Händen in ihrer Koje. Irgendwann fielen ihr die Augen zu, ohne dass sich an ihrer Haltung etwas geändert hatte, und Huxley fragte sich, ob sie wirklich schlief. Nachdem er die Leiter hochgestiegen war, hatte er Rhys im Ruderhaus vorgefunden.

»Hätten wir einen Anker, dann könnten wir versucht sein, ihn auszuwerfen«, Huxley zog eine Augenbraue hoch, »und nicht wieder einzuholen.«

Rhys' Mundwinkel zuckten. Sie ließ den Kopf gegen die Rückenlehne des Stuhls sinken und verfiel in Schweigen. Sie saßen beide am Steuerpult; das Leuchten der Karte ließ die Welt jenseits der Frontscheibe schwarz erscheinen. Huxley hatte den Bildschirm zunächst mit etwas abdecken wollen, aber der pulsierende rote Punkt inmitten des blauen Streifens war dann doch zu faszinierend gewesen.

Nach längerem Schweigen meldete sich Rhys schließlich wieder zu Wort, ihre Stimme klang dumpf vor Erschöpfung und Frustration. »Diesmal ist es anders. Das Einschlafen meine ich. Weißt du noch, wie wir das erste Mal geschlafen haben, nachdem wir Conrad ins Meer geworfen hatten? Als wären wir ins Koma gefallen. Jetzt ist es einfach nur … Schlaf.« Sie rutschte auf dem Sitz herum und zog die Beine hoch, doch das war offenbar auch nicht bequemer. »Und wie's aussieht, kann ich nicht einschlafen. Vielleicht hatte ich früher schon Schlafstörungen.«

»Oder vielleicht hat es auch damit zu tun.« Huxley strich mit der Hand über die Narbe an seinem Kopf. »Mit dem, was sie mit uns gemacht haben. Vielleicht war der erste Schlaf eine Nebenwirkung oder ein notwendiger Teil des Eingriffs.«

»Vielleicht«, wiederholte sie leise. »Vielleicht, vielleicht. Wir scheinen in einer Welt endloser Vielleichts zu leben.«

Er wollte etwas Beruhigendes sagen, aber ihm fiel nichts ein. Keine Anekdoten. Keine Beispiele dafür, wie jemand eine Tragödie oder Katastrophe überstanden hatte. *Wenn ich wirklich Polizist war, dann muss ich solche Dinge doch erlebt haben. Einen Skinhead auf Meth mit einer Schrotflinte, auf den ich so lange eingeredet habe, bis er die Waffe hergab. Oder ein Opfer eines Gewaltverbrechens, einer Messerstecherei oder Schießerei, das ich am Leben hielt, bis der Notarzt kam.* Aber das war alles nur ausgedacht, keine richtigen Erinnerungen. Genauso gut konnte er sein Leben am Schreibtisch verbracht und Tabellen durchforstet haben, um Geldwäschern oder Betrügern auf die Spur zu kommen. Oder er war gar kein Polizist und spielte nur eine Rolle, die seine genauso verwirrten Gefährten ihm zugewiesen hatten. In diesem Moment spürte er das Fehlen von persönlichen Erinnerungen deutlicher denn je. Der Schmerz kehrte umso heftiger zurück, und er hatte das Gefühl, von etwas Grundlegendem, Notwendigem abgeschnitten zu sein.

»Wahrscheinlich solltest du lieber nicht versuchen, dich zu erinnern«, warnte ihn Rhys. An ihrer zusammengekauerten Haltung hatte sich nichts geändert, ihr Blick aber wirkte jetzt viel wachsamer.

»Hab ich auch nicht.« Er lächelte gezwungen. »Versprochen.«

Sie entspannte sich ein wenig und legte das Kinn auf den angezogenen Knien ab. »Ich hab über den Schmerz nachgedacht. Ich glaube nicht, dass es eine Nebenwirkung des Eingriffs ist.«

»Ja, das habe ich auch vermutet. Wenn man versucht, sich zu erinnern, tut's weh. Negative Verstärkung oder so was. Allerdings frage ich mich, wie sie das hinbekommen haben.«

»Implantate. Anders geht's nicht. Es gibt da ein Gerät, das heißt Shunt und wird bei der Behandlung von Patienten angewendet, die unter einem Verlust des Kurzzeitgedächtnisses leiden. Es sendet elektrische Signale durch bestimmte Teile des Gehirns, um die Erinnerung zu stimulieren. Da kann man sich schon vorstellen, dass es auch was geben könnte, das genau das Gegenteil bewirkt.«

»Bei Dickinson und Conrad hat's nicht funktioniert, oder?«

Sie zog grimmig die Augenbrauen hoch. »Nein, aber bei einer

Technologie, die noch in den Kinderschuhen steckt, ist nichts anderes zu erwarten. Plath hat vielleicht recht: Womöglich ist das alles ein Experiment.«

Huxley nickte zu der Schwärze jenseits der Frontscheibe. »Wenn ja, dann wurde da aber ein ziemlicher Aufwand betrieben.«

»Ich meine nicht das da draußen, ich meine uns. Wir sind eindeutig wegen der Sache hier, die da draußen vor sich geht. Aber trotzdem könnten wir nur ein Experiment sein, eine Generalprobe für den echten Versuch.«

»Oder wir sind der echte Versuch.« Er lehnte sich auf dem Stuhl zurück und starrte den blinkenden Punkt auf der Karte an. »Es muss einen Grund dafür geben, dass alles automatisiert ist. Hast du schon mal daran gedacht, dass wir vielleicht alles sind, was noch übrig ist?«

»Die letzte Hoffnung der Menschheit.« Sie stieß zitternd den Atem aus. Es klang wie ein misslungener Versuch zu lachen. »Das ist vielleicht der deprimierendste Gedanke überhaupt.«

Danach schwieg sie wieder und neigte den Kopf, um die Wange auf den Knien abzulegen. Als sie erneut das Wort ergriff, klang ihre Stimme weich und ängstlich. »Ich habe Schwangerschaftsstreifen und eine Kaiserschnittnarbe. Nicht sehr stark ausgeprägt, also vermutlich nur von einem Kind. Mir wäre lieber, ich hätte eine Tochter statt eines Sohns. Ist das nicht furchtbar sexistisch von mir?« Es sollte wohl eine rhetorische Frage sein, deshalb schwieg Huxley. Rhys redete ohnehin schon weiter. »Wie alt ist sie? Spielt sie mit Barbies oder mit Actionfiguren? Welche Sorte Frühstücksflocken mag sie? Vermisst sie mich? Es tut weh, aber ich kann nicht aufhören, nach den Erinnerungen zu suchen.«

Huxley schaute sie nicht an. Er wusste, dass er Tränen sehen würde. Sie nicht anzuschauen war feige, das wusste er. Wenn er sich umdrehte und ihre Tränen sähe, würde das eine Verbindung zwischen ihnen schaffen, vor der er zurückschreckte. *Wenn sie sich tatsächlich daran erinnert, welche Sorte Frühstücksflocken ihre Tochter mag, muss ich sie erschießen.*

Ablenkung – willkommen und gefürchtet – kam in Form eines Chors spitzer Schreie vom Nordufer des Flusses, der im Ruderhaus zwar gedämpft, aber dennoch deutlich zu hören war.

»Die Seemöwen sind wieder da«, murmelte Huxley, hob seinen Karabiner und ging zum Achterdeck.

Der Nebel machte es vollkommen zwecklos, im Dunkeln etwas erkennen zu wollen. In dichten Schwaden lag er über dem Wasser, fing das schwache Licht der Bootslaternen ab und bildete eine bleiche, undurchdringliche Wand. Huxley fragte sich, ob der Nebel die Schreie verstärkte, die so laut klangen, dass sie beinahe unmöglich aus menschlichen Kehlen stammen konnten. Sie waren unterlegt von einem Gebrabbel, das vielleicht Lachen oder unverständliches Kauderwelsch war. Huxley konnte daraus nur zwei Schlüsse ziehen: Zum einen stammten die Geräusche nicht von einem Einzelnen, sondern von einer ganzen Gruppe, und zum anderen waren diese Leute ganz eindeutig verrückt.

»Klingt so, als hätten die da 'ne Menge Spaß zusammen«, knurrte er. Er hielt den Schaft des Karabiners an die Schulter gedrückt, hatte die Waffe aber noch nicht gehoben, weil es nichts gab, worauf er hätte schießen können.

»Meinen die uns?« Rhys hielt ihre Waffe mit derselben Mischung aus Vertrautheit und Unbehagen wie Golding und Plath und starrte in den Nebel. Ihre Wangen waren gerötet, nachdem sie sich rasch die Tränen abgewischt hatte.

»Siehst du hier vielleicht sonst noch jemanden?«

»Wie haben die uns in dieser Brühe überhaupt bemerkt?«

»Licht breitet sich weit aus, wenn es keine Konkurrenz hat.«

Plötzlich veränderte sich das Stimmengewirr, und er riss den Karabiner hoch. Das unverständliche Kreischen vereinte sich zu einem lauten gemeinschaftlichen Rufen. Huxley hörte Wut darin und eine Menge Schmerz, hauptsächlich aber nahm er Furcht wahr – der gemeinsame Ruf einer Gruppe verängstigter Leute. *Ist das eine Drohung oder eine Warnung?*

Das gemeinsame Rufen verstummte rasch wieder, doch danach herrschte keine Stille. Als Nächstes war eine einzelne männliche Stimme zu hören, die Worte rief, anfangs unverständlich und genuschelt, als wäre der Mund des Mannes entstellt.

»Ich … weiß …«, rief der unsichtbare Sprecher, und Huxley hörte ein Platschen, wie von jemandem, der ins Wasser sprang. Danach weitere platschende Geräusche, die Stimme wurde lauter, offenbar schwamm der Mann auf sie zu. »Ich weiß … wer ihr seid!«

Huxley spähte durchs Visier und suchte den Nebel ab, konnte jedoch nichts entdecken.

»Ich weiß, wer ihr seid!« Noch näher jetzt, aber immer noch nichts, worauf man schießen konnte.

»Da weiß er anscheinend mehr als wir.« Rhys' Stimme klang kehlig und gezwungen heiter. Huxley warf einen Blick nach links und sah, dass sie ebenfalls den Karabiner gehoben hatte. Er war entsichert und auf Halbautomatik gestellt. Sie hustete, bevor sie weitersprach. »Wir sollten ihm ein paar Fragen stellen.«

»ICH WEISS, WER IHR SEID!«

Da entdeckte Huxley es, etwas Weißes inmitten des rötlichen Grau, der Körper eines Menschen, der gegen die Strömung ankämpfte. Sein Finger schloss sich um den Abzug, aber er wartete noch. Er wollte das Gesicht des Mannes sehen, wollte sich vergewissern, ob es Dickinsons Gesicht ähnelte, als diese versucht hatte, ihn umzubringen. Rhys dagegen war anscheinend weniger neugierig.

Ihr Karabiner bellte zweimal, das Mündungsfeuer bildete riesige weiße Blitze im Nebel. Huxley zuckte unwillkürlich zurück, als ihn heiße Patronenhülsen am Hals trafen. Er schaute erneut durchs Visier, sah jedoch nur ein Kräuseln. Am gegenüberliegenden Ufer herrschte jetzt Stille, die Leute, die dort herumgeschrien hatten, schwiegen – entweder aus Furcht oder aus Gleichgültigkeit.

»Wir hätten vielleicht etwas herausfinden können …«, begann er, aber Rhys hatte sich bereits abgewandt und sicherte mit einem Klicken ihren Karabiner.

Bevor sie im Ruderhaus verschwand, hörte er sie wispern: »Ich muss überleben, damit ich mich an sie erinnern kann.«

FÜNF

Als er kurz vor Sonnenaufgang doch noch für zwei Stunden in einen unruhigen Schlaf fiel, kehrte der Traum zurück. Diesmal war er detailreicher – der blau-goldene Dunst verwandelte sich in einen Sandstrand, an den hohe Wellen brandeten. Spärliche Wolken sprenkelten einen azurblauen Himmel, und er spürte den Wind auf der Haut, die herrlich erfrischende Kühle. Ein weißer Schemen wurde zu einer Gestalt, die sich mit fliegendem Baumwollrock auf dem Sand drehte und dabei mit einer Hand einen Strohhut auf ihren langen Locken festhielt. Und die Stimme, unverständlich zwar, aber wunderbar vertraut …

Der Schmerz riss ihn mit herzloser Nachdrücklichkeit aus dem Schlaf, eisige Stahlfinger, die sich in sein Gehirn gruben. Als er aufwachte, konnte er ein schmerzerfülltes Keuchen nicht unterdrücken. Der Krampf war so heftig, dass er beinahe aus der Koje gefallen wäre. *Ein Traum ist keine Erinnerung*, sagte er sich mit klopfendem Herzen und stellte erleichtert fest, dass er allein in der Kabine war. *Es ist nicht dasselbe.*

Eine Weile lang lag er nur da und wartete, bis sein Herz sich wieder beruhigt hatte. Sein Puls wurde langsamer und beschleunigte sich gleich ein weiteres Mal, als er sich beklommen ein paar Fragen stellte: Fühlte er sich anders? Wollte er sich selbst etwas antun? Oder den anderen? Golding konnte er nicht leiden, und auch Plath gegenüber verspürte er wachsende Abneigung, aber lag das an Erinnerungen oder einfach nur daran, dass er sie inzwischen besser kannte? Außerdem hatte er nicht den Drang, jemanden umzubringen. Eine Frage beschäftigte ihn aber mehr als alles andere: Wer war die Frau am Meer?

Der Klang von Pynchons Stimme ließ ihn aus seiner Lähmung hochschrecken. »Aufwachen, Herr Kommissar. Zeit für eine weitere Exkursion«, rief der Soldat in barschem Befehlston die Treppe hinunter.

Die Morgendämmerung enthüllte in entmutigenden Details das Ausmaß ihrer Aufgabe. Das Hindernis bestand aus einem Wirrwarr ineinander verkeilter Boote, die verschiedenste Schäden davongetragen hatten. Die meisten waren kleine Sport- oder Vergnügungsboote, die mit einigen größeren Schiffen kollidiert waren, die den Hauptteil der Barriere bildeten. Zu ihrer Rechten befand sich das Bollwerk eines zu drei Vierteln versunkenen Schleppdampfers. Zur Linken ragte wie eine schräggeneigte, unpassierbare Mauer ein Kajütboot von der Größe einer Jacht auf, dem Pynchon den Spitznamen »Königin der Gin-Paläste« gab. Das größte Hindernis, das der Soldat auch als ihr Zielobjekt ausgewählt hatte, war jedoch der langgestreckte Ausflugsdampfer mit dem Glasdach in der Mitte des Haufens. Die zahlreichen Luken, geborstenen Schiffsrümpfe und dunklen Eingänge, die im Nebel noch finsterer wirkten, lagen unheilvoll und wenig einladend vor ihnen. Der Dunst hatte sich auch unter der Morgensonne nicht aufgelöst, womit Huxley ohnehin nicht gerechnet hatte. Die rötliche Färbung war nun noch deutlicher zu erkennen, was nur eine Schlussfolgerung zuließ.

»Das ist kein echter Nebel, oder?«, fragte er Plath.

Das vorsichtige, leicht verärgerte Hochziehen ihrer Brauen verriet ihm, dass sie schon zu derselben Erkenntnis gelangt war, sie aber lieber für sich behalten hatte. »Ich glaube nicht, nein.«

»Was ist es dann?«

Ihre Antwort klang verächtlich, wie bei einer Lehrerin, die mit einem Schüler sprach, der schwer von Begriff war. »Hast du vielleicht ein Massenspektrometer dabei? Nein? Dann kann ich es dir auch nicht sagen.«

»Wie wär's mit 'ner Hypothese?« Huxley begegnete ihrem feindseligen Blick mit Gelassenheit. Sie verzog ärgerlich den Mund und hätte ihn wahrscheinlich ignoriert, wenn die anderen sie nicht erwartungsvoll angeschaut hätten.

»Eine Art Gas«, sagte sie pikiert. »Die Brechung des Lichts und der rötliche Farbton deuten auf eine höhere Dichte hin als bei den atmosphärischen Gasen. Dass es geruchlos ist und wir keine Probleme beim Atmen haben, spricht dafür, dass es ungiftig ist oder zumindest nur langsam wirkt. Ansonsten hätten uns die Planer dieser Mission vermutlich Atemgeräte zur Verfügung gestellt. Mehr weiß ich auch nicht.«

»Das ist sicher kein Zufall«, meinte Rhys. »London ist Katastrophengebiet, und gleichzeitig ist hier alles von diesem roten Zeug eingenebelt.«

»Du denkst an einen Chemiewaffenangriff?«, fragte Golding. Bislang hatten sie ihn bei den Wachschichten ausgelassen; obwohl er lange geschlafen hatte, wirkte sein Gesicht ausgemergelt, die Augen eingesunken. Huxley vermutete, dass es an den Schmerzen von seiner Verletzung lag, der prüfende Blick, mit dem Pynchon den Historiker musterte, besagte jedoch, dass nicht alle dieser Ansicht waren.

»Ich gebe zu, es gibt mit hoher Wahrscheinlichkeit einen Zusammenhang«, sagte Plath. »Aber ohne weitere Daten hat es keinen Zweck zu spekulieren.«

»Da hat sie recht.« Pynchon schloss die Klettverschlüsse an einem Rucksack voll mit C4-Sprengstoff. Er richtete sich auf, legte den Rucksack an und nickte zu den Wracks jenseits des Bugs. »Wir müssen loslegen.« Den Beutel mit den Sprengzündern reichte er Huxley und ein Kampfgeschirr mit vollen Munitionstaschen Rhys. »Ein Job für drei Leute. Zwei legen die Sprengladungen, eine steht Wache.«

»Danke für die Gelegenheit, sich freiwillig zu melden.« Rhys verzog zwar das Gesicht, legte das Kampfgeschirr aber ohne weiteren Protest an.

»Wenn irgendwas passiert …«, setzte Huxley an und wandte sich Plath und Golding zu, verstummte dann aber. Wenn irgendwas passierte, waren sie alle am Arsch, weil das Boot dann nicht weiterkam. »Vielleicht rufen die ja noch mal an.« Er nahm das Satellitentelefon aus der Tasche seines Militäranzugs und warf es Plath zu.

Der Ausflugsdampfer war so fest in der Mauer aus Wracks verkeilt, dass er sich kaum bewegte, als sie an Bord kletterten. Pynchon steuerte das Schlauchboot zum Heck des Dampfers, von dem ein Teil weit genug vorragte, um als Einstieg zu dienen. Unter Huxleys Stiefeln knirschte Glas, als er sich über die Reling schwang. Dabei hielt er mit einer Hand den Karabiner auf den dunklen Durchgang auf dem Oberdeck gerichtet.

»Am besten schauen wir uns erst mal um.« Pynchon kletterte als Nächster an Bord und streckte eine Hand aus, um Rhys hochzuhelfen. Sie ignorierte ihn jedoch, schob sich den Karabiner auf den Rücken, packte die Reling mit beiden Händen und setzte geschmeidig darüber hinweg. Pynchon drehte sich knurrend um und begann, die Umgebung in Augenschein zu nehmen. Als er sich über die Steuerbordreling des Dampfers beugte, erstarrte er und winkte sie zu sich. Huxley lehnte sich nach vorn und schaute in die Richtung, in die Pynchon wies. Er entdeckte jedoch nur eine weitere Schicht Wracks hinter der Barriere, noch mehr kaputte und ineinander verkeilte Boote und Kähne. »Was hast du gesehen?«

»Dort.« Pynchon deutete auf den Rumpf des Schleppers, der gegen das Heck des Dampfers drückte. Als Huxley genauer hinsah, bemerkte er ein ausgefranstes, klaffendes Loch in der Seite des Schiffes, das sich von der dicken Gummibeschichtung an der Oberseite bis zu den Stahlplatten unter Wasser erstreckte. Die Ränder des Loches wirkten wie eiserne Blütenblätter, die sich nach außen wölbten. »Sprengladungen im Inneren des Rumpfs«, sagte Pynchon. »Am Metall ist noch Ruß zu sehen.«

»Und das heißt?«, fragte Rhys.

Pynchon trat zurück und richtete den Blick auf den dunstigen Fluss jenseits der zufällig entstandenen Barrikade. »Hier hat sich schon mal jemand durchgesprengt.«

»Warum ist der ganze Müll dann noch hier?«

»Wegen der Strömung. Flüsse hören nicht auf zu fließen. Das muss vor Tagen, vielleicht Wochen gewesen sein. In der Zwischenzeit wurden noch mehr Wracks herangespült, haben die Lücke geschlossen und den Schlepper hochgedrückt.«

»Wir sind also nicht die Ersten«, sagte Huxley. »Vielleicht nicht mal die Zweiten. Wie lange geht das schon so?«

»Hier dumm rumzustehen bringt uns keine Antworten.« Schniefend wandte sich Pynchon der Kabine auf dem Oberdeck des

Dampfers zu und schaltete die LED-Taschenlampe an seinem Kampfgeschirr ein. »Wir bleiben zusammen. Kein Scheiß von wegen aufteilen, um mehr Gelände abzudecken oder so.«

»Bist du sicher?« Rhys legte den Karabiner mit gewohnt geübtem Griff an die Schulter und nahm Haltung an. »Ich wollte immer schon mal die Heldin spielen.«

Huxley lachte schnaubend, eher aus Pflichtgefühl als aus echter Belustigung. Pynchon dagegen blieb ernst. Er nickte Huxley zu und deutete mit der Waffe auf den Durchgang. »Herr Kommissar, wären Sie so freundlich vorzugehen?«

»Weil ich am entbehrlichsten bin, oder was?«

»Weil ein Polizist sicher Erfahrung damit hat, unbekanntes Gelände zu erkunden, wo es mögliche Bedrohungen gibt.« Ein seltenes Lächeln huschte über Pynchons Gesicht. »Und ja, ich verliere lieber dich als die gute Ärztin hier.«

»Ich bin mir nicht mal sicher, ob ich wirklich ein Cop bin«, knurrte Huxley, schaltete die eigene Taschenlampe ein und betrat geduckt die Kabine. Das Glasdach des Dampfers war an mehreren Stellen kaputt und die Kabine selbst mit einer merkwürdig intakten Ansammlung von Stühlen und Tischen gefüllt. Überall lagen Glassplitter, die im LED-Licht funkelten. Er ging weiter, fand jedoch nichts Interessantes außer herumliegendem Besteck und zersprungenem Geschirr. Bis er zu einer Treppe mit Chromgeländer kam, die aufs Unterdeck hinabführte und in einer massiven Holzluke verschwand, die nicht zum restlichen Dekor zu passen schien.

»Sitzt fest«, sagte Huxley und ging in die Hocke, um der Luke einen kräftigen Stoß zu versetzen. »Gibt aber kein Schloss.«

»Von innen verriegelt.« Pynchon ging mit mehr Kraft ans Werk, er stampfte mit dem Stiefel in die Mitte der Luke. Sie erzitterte, gab aber nicht nach. »Das Holz sieht aus, als wurde es gesammelt«, sagte er. »Wahrscheinlich auf den anderen Wracks.«

»Da will wohl jemand was draußen halten«, stellte Rhys fest.

»Besucher werden also nicht allzu willkommen sein«, fügte Huxley hinzu.

»Willkommen oder nicht«, Pynchon musterte die Luke noch einmal, bevor er seinen Karabiner auf vollautomatisch stellte, »wir gehen da jetzt rein. Tretet zurück und haltet euch die Augen zu.«

Er zielte auf die Mitte der Luke, wo die beiden Teile, aus denen sie bestand, aufeinandertrafen. Huxley hielt sich den Unterarm vors Gesicht und wandte sich ab. Der Karabiner bellte zweimal kurz hintereinander, eine Pause, dann ein drittes Mal. Huxley senkte den Arm und sah, wie Pynchon erneut auf die Luke stampfte, diesmal mit mehr Erfolg. Sein Stiefel verschwand knirschend im Holz, das von den Kugeln in einen Splitterhaufen verwandelt worden war. Noch ein paar Tritte, und ein Loch war entstanden, das groß genug war, um die Luke mit beiden Händen packen und auseinanderbrechen zu können. Pynchon trat zurück und richtete den Karabiner auf die darunter zum Vorschein kommende Treppe.

Huxley ging zu ihm; Staubkörnchen und Holzpartikel wirbelten in den Lichtstrahlen ihrer Taschenlampen. Die Treppe war mit den Bruchstücken von mindestens einem geborstenen Bolzenschloss bedeckt, und ganz unten funkelte Wasser.

»Geflutet. Zumindest wird es dann nicht so schwer, den Kahn zu versenken.« Pynchon machte einen Schritt beiseite und nickte Huxley zu.

Der stieg gebückt die Stufen hinab, den Karabiner im Anschlag, den Lauf auf einer Höhe mit seiner Taschenlampe. Das Licht glitt über knöcheltiefes Wasser und ein weiteres Durcheinander aus einstmals einladenden Tischen und Stühlen. Im Wasser wippte ein schwimmendes Weinglas auf und ab. Als er unten angekommen war, watete er weiter, in seine Stiefel schwappte Wasser hinein. Nach ein paar Schritten blieb er stehen, als im Schein der Taschenlampe etwas Dunkelrotes auftauchte, das vor ihm auf dem Wasser schwamm. *Eine Ratte.* Er beugte sich vor, um den toten Nager genauer zu betrachten. Das Maul des Tiers stand offen und enthüllte kleine, spitze Zähne. Beunruhigender war jedoch der Zustand des Körpers: Das schwarze Fell und das Fleisch darunter waren bis auf die Knochen weggerissen, Brustkorb und Wirbelsäule lagen frei, und der Schwanz ringelte sich wie ein schlaffer bleicher Wurm auf der Wasseroberfläche.

»Die ist jedenfalls nicht an einer Krankheit gestorben«, sagte Rhys und trat neben ihn, um die Ratte am Schwanz hochzuheben. Sie hielt den Kadaver dicht vor die Taschenlampe, um ihn genauer zu inspizieren. »Jemand hat sie gegessen. Und sich nicht mal die Mühe gemacht, sie zu kochen.«

»Bislang das erste Anzeichen von tierischem Leben in der Stadt«, meinte Huxley.

»Ablenkungen können wir nicht gebrauchen, Leute.« Pynchon schob sich mit angelegtem Karabiner an ihnen vorbei und gönnte der Ratte nur einen kurzen Blick. »Wir müssen einen Job erledigen, denkt dran.«

Rhys warf die Ratte weg. Huxley hob seinen Karabiner und sah sich weiter in der Kabine um. Der Lichtkegel seiner Taschenlampe blieb bei einer Bar am anderen Ende des Decks hängen. Auf der Marmortheke stand eine bemerkenswert intakte Flasche. Im Strahl der LED-Lampe glänzte sie verführerisch golden und lockte ihn zu sich, obwohl seine Instinkte ihn warnten, sich erst einmal genauer umzuschauen. Die gedrungene, rechteckige Flasche wirkte vertraut, und durch seinen Kopf ging ein Ziehen, als der Anblick abgeschirmte Erinnerungen lockerte. Das schwarze Etikett hatte in der feuchten Luft gelitten, war an einigen Stellen aber noch lesbar. Die Worte »Tennessee« und »Daniel's« traten am deutlichsten hervor. Er hob die Flasche hoch. Die bernsteinfarbene Flüssigkeit darin schwappte angenehm träge hin und her. Huxley bemerkte, dass er die Lippen aufeinandergepresst und den Arm versteift hatte, damit seine Hände nicht zitterten. Er konnte den Whiskey förmlich schmecken, obwohl ihm nicht eine einzige Erinnerung in den Sinn kam, in der er welchen getrunken hatte. Das Gefühl auf seiner Zunge, das wunderbare Brennen und die Einladung, alles zu vergessen …

»Wenn ich unwillkommenen Besuchern eine Falle stellen wollte«, flüsterte Rhys ihm rau ins Ohr, »wäre eine schöne Flasche Schnaps, die mit was Fiesem versetzt ist, eine ziemlich gute Idee.« Sie tippte gegen das gebrochene Siegel am Flaschenverschluss. »Sicher, dass du das riskieren willst?«

Mehr Schmerzen, diesmal nicht bloß in seinem Kopf, sondern auch in seinen Eingeweiden, ein brodelndes, verzweifeltes Bedürfnis, das über Durst oder Hunger hinausging. Er bemühte sich, das Zittern seiner Hand zu unterdrücken, als er die Flasche abstellte, aber Pynchon bemerkte es trotzdem. Als er mit prüfendem Blick näher trat, entdeckte Huxley in seinem Gesicht noch etwas anderes.

»Da sind wir wohl auf einen weiteren Aspekt deiner Vergangenheit gestoßen, Herr Kommissar«, sagte Pynchon und hob die Augenbrauen. Sein Mund verzog sich zu einem beinahe entschuldigenden Grinsen. »Du bist ein verfluchter Alkoholiker, mein Freund.«

Es war dumm – ein Ausbruch derber Wut und Renitenz, der ihm ebenfalls schmerzhaft vertraut war –, aber Huxley konnte sich dennoch nicht beherrschen. Er packte die Flasche am Hals und hämmerte sie auf die Kante der Marmortheke. Bernsteinfarbene Tropfen und kristallene Splitter flogen in alle Richtungen. »Du kannst mich mal«, knurrte er.

Der Soldat legte den Kopf schief, und seine Lippen zuckten belustigt, obwohl sein Blick ruhig und fest blieb.

»Das Maßband könnt ihr später rausholen, Jungs.« Seufzend watete Rhys zum anderen Ende des Decks, wo im Licht ihrer Taschenlampe ein weiteres Chromgeländer glänzte. »Wir müssen einen Job erledigen, denkt dran.«

Pynchon sah Huxley noch einen Moment lang in die Augen, dann wandte er sich ab und folgte Rhys. Huxleys Blick blieb unwillkürlich an Pynchons ungeschütztem Rücken hängen. Er hielt noch den Hals der zerschmetterten Flasche in der Faust. Mit einem angewiderten Schaudern ließ er ihn los. *Ein Alkoholiker würde so was tun.* Die Scham, die er verspürte, obwohl er sich an seine Vergangenheit nicht mal erinnern konnte, verwirrte ihn. *Ein feiger Alkoholiker.*

Die Treppe, die zum untersten Deck des Dampfers führte, war nicht mit einer Luke gesichert. Im Licht der Taschenlampen kamen identische Stufen zum Vorschein, die in mit Trümmern übersätes Wasser hinabführten. Der Raum selbst lag in völliger Finsternis. »Da werde ich wohl tauchen müssen.« Pynchon nahm seinen Rucksack ab.

»Ist das wirklich nötig?« Rhys musterte zweifelnd die geflutete Treppe. »Kannst du die Sprengladungen nicht hier oben anbringen?«

»Die müssen unter Wasser sein, an der Stelle, wo der Rumpf

des Dampfers gegen den Schlepper stößt, sonst reicht es nicht.«
Er winkte sie zu sich, während er zur Bar zurückwatete, den
Rucksack auf der Theke ablegte und zwei Blöcke C4 herausnahm.
»Sprengzünder?« Er streckte auffordernd eine Hand aus.

»Brauchst du keine Magnete oder Klebeband oder so was?«
Huxley reichte ihm den Beutel. »Um sie zu befestigen, meine
ich.«

»Ich muss sie nur gegen die Außenwand lehnen. Den Rest erledigt der Wasserdruck.« Pynchon legte die C4-Blöcke nebenein-
ander und drückte in jeden vorsichtig einen Sprengzünder von
der Größe eines Kugelschreibers. Als Nächstes befestigte er die
Schmelzdrähte und brachte mit sorgfältiger Präzision die Timer
an. »Fünfzehn Minuten. Das sollte auf jeden Fall ausreichen, um
von hier wegzukommen.«

Er zog Stiefel und Jacke aus, legte das C4 wieder in den Rucksack und trug ihn zu der überfluteten Treppe, in der anderen
Hand die Taschenlampe. »Maximal zwei Minuten«, sagte er.
»Wenn's länger dauert, bin ich ertrunken. Ich überlasse es euch,
ob ihr mir dann hinterherkommen wollt.«

Er nahm ein paar flache Atemzüge, noch einen tiefen mit weit
geöffnetem Mund und lief die Treppe hinunter. Mit einem Hecht-
sprung verschwand er außer Sicht. Der Schein seiner Lampe
wurde rasch dunkler.

»Einundzwanzig, zweiundzwanzig«, zählte Rhys konzentriert,
was Huxley für Quatsch hielt. Entweder kehrte Pynchon zurück
oder nicht. Ihr rhythmisches Murmeln ging ihm schon bald
furchtbar auf die Nerven. Vielleicht lag es aber auch noch an seiner Gereiztheit wegen der Whiskeyflasche. Jedenfalls wollte er
sie gerade anblaffen, es sein zu lassen, als plötzlich hinter ihnen
ein Plätschern ertönte.

Mit angelegten Karabinern wirbelten sie herum. Das Licht ihrer Taschenlampen tanzte über gekräuseltes Wasser und wippende Trümmerteile. »Wieder eine Ratte?«, mutmaßte Rhys.

»Das will ich hoffen.« Er wusste mit bedrückender Gewissheit, dass das Geräusch nicht von einer Ratte stammte. Was immer in der Stadt sonst noch sein Unwesen trieb, es waren nicht bloß Nagetiere.

Wieder ein Plätschern, diesmal zu ihrer Rechten. Die Lichter ihrer Taschenlampen trafen in der Kabinenecke zusammen. Die Gestalt, die dort kauerte, war so reglos, dass Huxleys Lichtstrahl zunächst über sie hinwegglitt. Er riss ihn zurück, als er die Umrisse eines menschlichen Körpers ausmachte. Er sah ein Paar Augen, die in einem Gesicht funkelten, das über und über mit einer dunklen, zähflüssigen Masse beschmiert war. Ruhige, starre Augen.

»Keine Bewegung!«, schrie Huxley – vermutlich ein Reflex des Bullen in ihm. Die Gestalt zuckte zusammen und stieß ein Keuchen aus, das beunruhigend nach einem Knurren klang. *Sollten Ihnen andere Leute begegnen, töten Sie sie sofort.* Die Stimme des Satellitentelefons, laut und emotionslos in seinem Kopf. *Sie sind eine Gefahr für Sie.*

»Huxley …«, setzte Rhys an, ihr Finger wanderte zum Abzug ihres Karabiners.

Er nahm die Hand vom Vorderschaft seiner Waffe und bedeutete ihr, still zu sein. »Warte.« Er machte langsam einen großen Schritt nach vorn und hielt die Hand mit gespreizten Fingern hoch. »Wir wollen dir nichts tun«, rief er der Gestalt zu. Wieder ein Keuchen, die Augen blinzelten jetzt zum ersten Mal, und die dunkle Gestalt kauerte sich noch weiter zusammen. »Ich bin Huxley. Das ist Rhys. Kannst du mir deinen Namen nennen?«

Die Gestalt zitterte, Tropfen einer zähen Flüssigkeit rannen von ihrem Kinn. Sie wirkte so deformiert, so wenig menschlich, dass die Klarheit, mit der sie sprach, ihn beinahe erschreckte: »Ich gehe nicht nach Hause.« Eine junge, weibliche Stimme, ängstlich, aber trotzig.

Huxley blieb stehen und nickte. »In Ordnung. Wenn das dein Wunsch ist …«

»Ich gehe nicht nach Hause«, wiederholte die junge Frau. Erneut rann ein Schleimtropfen an ihrem Gesicht hinunter, und ihre Worte sprudelten schnell hervor. »Ihr könnt mich nicht zwingen. Mir ist egal, was in eurem verfluchten Buch steht.«

»Schon gut.« Er versuchte zu lächeln, aber die Frau wurde immer aufgeregter und warf sich hin und her. Im Licht der Taschenlampe waren Flecken zu sehen, die ihre Hände auf der Wand hinterließen. »Wie du willst …«

»Es ist euer Buch.« Wieder mischte sich ein Knurren in die Stimme der Frau. Ihre Augen funkelten jetzt wild, ihr Kopf ragte auf einem Hals vor, der mindestens drei Zentimeter zu lang zu sein schien. Sie zog die Lippen zurück und entblößte ihre Zähne – unwahrscheinlich weiß inmitten der triefenden Maske. Sie sprach jetzt in einem triumphierenden, abweisenden Ton. In den Worten, die sie ihm entgegenspie, lag ein gewisser Stolz, als hätte sie lange darüber nachgedacht. »Eure Heilige Schrift. Die ist mir scheißegal. Und wisst ihr was? So war es schon immer …«

Ein Platschen hinter ihm; Rhys machte einen Schritt zur Seite, um besser zielen zu können. »Geh verflucht noch mal aus dem Weg!«, fauchte sie, als ihr Huxley in die Schusslinie trat.

»Wir brauchen Antworten«, zischte er zurück.

Als er sich wieder der schmutzbedeckten Frau zuwandte, sah

er, dass sie auf und nieder wippte, als wollte sie jeden Moment lossprinten. Ihr Kopf auf dem überlangen Hals folgte der Bewegung. »Du brauchst vor uns keine Angst zu haben«, sagte er – eine blanke Lüge. »Wir wollen dir nur helfen …«

Wäre in diesem Moment nicht Pynchon mit rudernden Armen auf der Treppe aufgetaucht, hätte sich die Situation vielleicht anders entwickeln können. Womöglich hätte Huxley aus der deformierten Wahnsinnigen etwas Nützliches herausholen können. Er bezweifelte es jedoch.

Pynchons Auftauchen war der Auslöser für den Angriff der Fremden. Die weißen Zähne und klaren Augen der klauenbewehrten, schattenhaften Gestalt leuchteten viel zu hell. Sie machte einen derart schnellen Satz nach vorn, dass sie ihn auf jeden Fall erwischt hätte, wäre Huxley nur ein paar Zentimeter näher an sie herangetreten. So schaffte er es noch, seinen Karabiner auf ihren weit aufgerissenen Mund zu richten und vier schnelle Schüsse abzugeben, bevor es ihr gelingen konnte, ihm mit ihren fuchtelnden Gliedmaßen einen Hieb zu verpassen. In der feucht glänzenden schwarzen Gestalt blühte etwas Rotes auf, sie brach zusammen und fiel zuckend ins Wasser. Huxley machte ein paar Schritte rückwärts und hielt den Karabiner auf die zitternde Masse gerichtet. Rhys, die offenbar kein Risiko eingehen wollte, leerte in drei langen Salven ihr gesamtes Magazin in den Körper. Die Mündung ihrer Waffe blitzte grell auf, und Patronenhülsen regneten glitzernd zu Boden.

Als sie schließlich innehielt, um nachzuladen, dauerte das Klingeln in Huxleys Ohren noch eine ganze Weile lang an. Pynchon rief ihm etwas zu. Er hatte sich seinen Karabiner von der Bar geschnappt und schwang ihn jetzt von einer dunklen Ecke zur nächsten. Von seiner nassen Haut und seiner Kleidung tropfte

Wasser. »Sind hier noch mehr? Aufwachen, Polizist!« Er rüttelte Huxley an der Schulter. »Sind hier noch mehr?«

Huxley schüttelte den Kopf. »Hab keine gesehen.«

»Gut.« Pynchon rannte los, um den Rest seiner Ausrüstung zu holen. »Die Ladungen sind angebracht. Ich würde sagen, es ist verdammt noch mal Zeit, hier zu verschwinden.«

Rhys ließ sich das nicht zweimal sagen. Sie rannte durchs Wasser platschend auf die Treppe zu, dicht gefolgt von Pynchon. Huxley wollte hinterherlaufen, doch sein Blick fiel noch einmal auf die schlaffe schwarze Gestalt, die in der Mitte der Kabine auf dem blutroten Wasser schwamm. Bei genauerem Hinsehen bemerkte er inmitten der weichen, feuchten Masse der deformierten Leiche etwas Glänzendes, Eckiges.

»Verdammt noch mal!«, rief Pynchon, der schon halb die Treppe hoch war.

Huxley beachtete ihn nicht, sondern ging zu dem Leichnam und streckte zögernd eine Hand nach dem glänzenden Gegenstand aus. Er ragte aus mit Schleim bedecktem Stoff hervor, welcher sich aus der Nähe betrachtet als Rucksackklappe entpuppte. Der Rucksack war fast vollständig mit der gallertartigen Masse verschmolzen, nicht jedoch der harte Gegenstand. *Die Kante eines Laptops!*, erkannte Huxley aufgeregt.

»Huxley!«, schrie Rhys wütend, aber auch besorgt.

»Einen Moment noch!«, rief er zurück, lockerte seine Finger und griff nach dem Laptop. Als er ihn aus dem Rucksack ziehen wollte, berührte er aus Versehen den Schleim und musste reflexartig würgen. Er unterdrückte mühsam den Reiz und zog das Gerät heraus: ein Apple MacBook Air, dessen Logo überraschend sauber glänzte. Er richtete sich mit seinem Fund auf, da bemerkte er noch etwas: Das Auge der Toten war offen und starrte hinter der Maske aus schwarzem Glibber zu ihm hoch. *Nein, keine Maske.* Angewidert betrachtete er das Lid, das vollständig aus dem Zeug bestand. *Haut. Das ist ihre Haut …*

Das gedämpfte Rattern von Gewehrschüssen draußen vertrieb jeglichen Wunsch, sich hier noch länger aufzuhalten. Huxley drehte sich um und sah Pynchon und Rhys direkt vor der Luke kauern. »Anscheinend haben wir irgendwas aufgeweckt«, sagte Pynchon. Eine weitere Salve hallte die Treppe hinab. Pynchon hielt den Karabiner im Anschlag und gab Rhys ein Zeichen weiterzulaufen. Zu Huxley rief er hinunter: »Wenn du jetzt nicht kommst, dann bleibst du hier. Wir warten nicht auf dich.«

Huxley rannte platschend zur Treppe, während Rhys und Pynchon schon durch die Luke verschwanden. Beinahe sofort waren Schüsse zu hören. Er blieb kurz stehen, um den Laptop in den Beutel mit den Sprengzündern zu stecken und ihn an seinem Gürtel festzubinden, bevor er ihnen folgte. Wieder eine Gewehrsalve, begleitet von Glasklirren. Als er das Oberdeck erreicht hatte, duckte er sich zwischen zwei Tische. Vom Glasdach löste sich eine dunkle Gestalt und hinterließ einen roten Schmierfleck, bevor sie in den Fluss stürzte.

»Vorwärts!«, bellte Pynchon und rannte mit angelegtem Karabiner auf das Heck des Dampfers zu. »Rhys, behalt die Flanken im Auge. Huxley, du bildest die Nachhut.«

Huxley kam hoch und lief hinter Rhys her. Sie schwang den Karabiner von rechts nach links, während er rückwärtsging und die Waffe aufs Dach gerichtet hielt. Wie schnell und selbstverständlich sie diese Formation eingenommen hatten! Auch das musste auf ihr Muskelgedächtnis zurückzuführen sein – wahrscheinlich wurden sie über Wochen, wenn nicht gar Monate, vorbereitet, und die Erinnerung daran steckte ihnen noch in den Knochen.

Als sie ins Heck hinaustraten, wurden sie von einer weiteren Gewehrsalve begrüßt. Huxley sah zum Boot hinüber, wo Plath und Golding mit ihren Karabinern feuerten. Plath stand steuerbord, Golding backbord. Sie gaben gezielte Schüsse ab, jeweils zwei Kugeln. Er hörte ein Platschen und sah zu den Wracks hinter Pynchons geduckter Gestalt hinüber. Ein Körper, dessen Umrisse im Nebel kaum zu erkennen waren, ruderte mit den Armen in der Strömung und wurde außer Sicht gerissen. Wieder zwei Schüsse von Plath, und eine zweite, ebenso vage Gestalt löste sich von der Barrikade und stürzte kreischend nach unten.

»Los, zum Schlauchboot«, wies Pynchon sie an und richtete sich auf, um auf den südlichen Abschnitt der Barriere zu zielen. Er gab drei lange Salven ab und ging wieder in die Hocke, um das Magazin zu wechseln. Seine Hände bewegten sich mit reflexartiger Geschwindigkeit. Rhys zog bereits am Seil, um das Schlauchboot heranzuholen. Als es gegen den Rumpf des Dampfers stieß, winkte sie Huxley eilig, an Bord zu gehen. Er sprang über die Reling und landete mit einem Fuß im Schlauchboot und mit dem anderen im Fluss. Er warf sich herum und ließ sich neben dem Außenbordmotor auf den Rücken fallen. Schnell griff er nach der Pinne und startete den Motor. Rhys hielt das Seil straff, während Pynchon ins Boot kletterte. Sobald der Soldat sich aufgerichtet hatte, setzte er sein Sperrfeuer fort. Inzwischen gab er nur noch gezielte Schüsse ab und schwenkte die Mündung von rechts nach links. Das Schlauchboot schaukelte, als Rhys in den Bug sprang. Wasser schwappte über die Gummiwände herein, aber nicht so viel, dass es gedroht hätte zu kentern.

»Los, los, los!«, schrie Pynchon, warf ein Magazin aus und setzte das nächste ein. Huxley drückte den Beschleunigungshebel durch und schob die Pinne weit nach backbord, um zu wenden.

Die anhaltenden Gewehrsalven ignorierte er und hielt den Blick fest auf das Heck ihres Bootes gerichtet. Plath stand an der Reling und feuerte immer noch, während sie steuerbordseits um ihr Boot herumfuhren. Mündungsblitze beleuchteten Plaths Gesicht, das zu einem wilden Ausdruck verzerrt war, fast wie ein grimmiges Lächeln. Golding hörte auf zu schießen und rannte zum Achterdeck, um das Seil aufzufangen, das Rhys ihm zuwarf.

»Habt ihr's geschafft?«, fragte er, während sie vom Schlauchboot auf den niedrigen Vorsprung am Heck sprangen. »Wir haben Schüsse gehört, dann kam diese Meute hier aus ihren Verstecken gekrochen.«

»Uns bleiben noch etwa acht Minuten«, erwiderte Pynchon. Er drehte sich um und half Huxley, das Schlauchboot an Bord zu ziehen. »Vielleicht auch weniger.«

»Ich bin mir nicht sicher, ob wir so lange durchhalten, wenn weiter derart viele kommen.«

Nachdem Huxley nun nicht mehr mit dem Steuern des Schlauchboots beschäftigt war, konnte er zum ersten Mal die Barriere genauer in Augenschein nehmen, die jetzt über und über mit einer Menge aus Gestalten bedeckt war. Immer noch waren wegen des Nebels keine Einzelheiten zu erkennen, bis auf ein allgemeines Wuseln aus Menschenleibern. Plath feuerte erneut, und aus der Menge löste sich ein weiterer Körper, der mit einem hohen Aufspritzen ins Wasser fiel. Inzwischen hatten einige der Gestalten den Ausflugsdampfer erreicht, sodass sie besser zu sehen waren. Huxley bemerkte, dass sie ganz unterschiedlich aussahen. Einer schien in eine Art Decke gehüllt und kroch auf allen vieren. Seine Bewegungen erinnerten an die einer Krabbe. Andere schlurften geduckt vorwärts oder huschten von Deckung zu Deckung, als seien sie sich der Gefahr bewusst. Wieder andere standen hochaufgerichtet da, wie Wachposten im dahintreibenden Nebel. Hier und da sah Huxley nackte Haut aufblitzen, aber auch zerlumpte Kleidungsstücke in gedeckten Farben. Die Geräusche, die sie von sich gaben, waren ebenso unterschiedlich. Rufe und Schreie mischten sich mit einem tiefen Murmeln, das man für ruhige Gespräche hätte halten können. Allerdings machte keiner von ihnen mehr Anstalten, ins Wasser zu springen.

»Lass gut sein«, sagte er zu Plath, die soeben eine weitere Salve abfeuerte. »Die haben aufgehört.«

Sie schoss noch einmal, und eine hochgewachsene bleiche Gestalt zuckte zusammen und verschwand außer Sicht, nachdem eine Kugel sie in den Kopf getroffen hatte. Den zufriedenen Ausdruck in Plaths Gesicht, als sie den Karabiner senkte, deutete er als reine Gehässigkeit. Wieder meldete sich ein Instinkt zu Wort, der einem Polizisten gehören mochte: *Diese Frau tötet nicht zum ersten Mal. Sie erinnert sich vielleicht nicht mehr daran, aber sie weiß noch, dass es ihr Spaß macht. Was ist das für eine Wissenschaftlerin, die zugleich eine Mörderin ist?*

»Und jetzt?« Golding musterte mit angstgeweiteten Augen die Menge zuckender, schreiender oder schweigender Gestalten, die die gesamte Barriere bedeckte.

»Nachladen und abwarten. Mehr können wir nicht tun.« Pynchons verkniffene Miene wirkte ärgerlich. Er sah zum Ruderhaus, wo die Umrisse der Kettenkanone durch die Frontscheibe sichtbar waren. »Die hätten wir jetzt gut gebrauchen können.«

»Vielleicht heben sie die für was noch Schlimmeres auf«, meinte Huxley.

»Na toll.« Golding wischte sich den Schweiß von der Stirn. Seine Hände zitterten nicht mehr, wie Huxley bemerkte. »Schönen Dank auch.«

»Ihr …« Laut und klagend hallte ein Ruf von der Barriere wider. Den Urheber hatte Huxley schnell entdeckt, es war eine der stehenden Gestalten. Im Nebel war wenig zu erkennen, aber er glaubte, ein bärtiges Gesicht und einen ausgestreckten Arm ausmachen zu können, der flussabwärts deutete. »Ihr …«, ertönte der Ruf ein weiteres Mal. Die Stimme klang angestrengt, als müsse sich der Mann beim Sprechen sehr konzentrieren. »Ihr sollt … umkehren …« Er verstummte, dann wiederholte er die Worte etwas lauter und kräftiger, als wäre er sich inzwischen sicher, einen sinnvollen Satz von sich gegeben zu haben. »Ihr sollt umkehren …«

In diesem Moment explodierte der Dampfer, und der Mann mit dem ausgestreckten Arm wurde augenblicklich von einer gelben Stichflamme und schwarzen Trümmern verschluckt. Eine Wolke aus Holz- und Metallsplittern flog in alle Richtungen. Huxley und die anderen warfen sich aufs Deck. Die Bootsmotoren sprangen dröhnend wieder an, um im plötzlich aufgewühlten Wasser die Position zu halten.

»Acht Minuten?« Huxley hielt sich mit zusammengebissenen Zähnen die Hände über den Kopf. Er zuckte zusammen, als um ihn herum Bootsteile und Fleischfetzen niederprasselten.

Pynchon setzte eine entschuldigende Miene auf. »Kopfrechnen ist möglicherweise nicht meine Stärke.«

Der Knall der Explosion verklang und wich einem Knirschen und Rauschen. Der Dampfer versank und nahm den Schlepper mit sich. Das Wasser schäumte weiß, als der Fluss beide Schiffe verschluckte. In den Wasserstrudeln drehten sich Körper; manche strampelten noch, einige schrien. Huxley erhaschte einen Blick auf eine Gestalt, die nur etwa anderthalb Meter vom Heck des Bootes entfernt schwamm. Sie verschwand rasch unter Wasser, offenbar war ihr Körper so stark zerfetzt, dass er keinen Auftrieb mehr besaß. Wasser schwappte über das Gesicht der Gestalt, und Huxley sah eine vorragende Schnauze und aufgestellte Ohren. Auch wenn kein Fell zu sehen war, wirkte es wie das Gesicht eines Hundes – eines hässlichen noch dazu.

Eine Maske, sagte er sich und wusste doch, dass es nicht stimmte. Das Gesicht war mit gedehnter Haut überzogen, menschlicher Haut. *Eine Frau aus Schleim und ein Mann, der sich in einen Hund verwandelt hat? Keine Krankheit ruft solche Symptome hervor.*

Das Röhren der Motoren wurde tiefer, das Boot setzte sich mit einem Ruck in Bewegung und fuhr durch die neuentstandene Lücke in der Barriere hindurch. Die Gestalten, die von der Explosion unversehrt geblieben waren, standen oder kauerten nur da und sahen schweigend zu, wie das Boot an ihnen vorbeifuhr. Bald schon schloss sich der Nebel wieder um sie, und die Gestalten waren verschwunden – stumme Wachposten, für immer verloren im roten Dunst.

SECHS

Hinter der Barriere bremste das Boot auf ein noch gemächlicheres Tempo ab, um an den zahlreichen Wracks im Fluss vorbeimanövrieren zu können. Vom Ufer her hallte hin und wieder ein irrer oder verzweifelter Schrei herüber, doch nichts hielt ihr stetes, wenn auch langsames Vorankommen auf. Pynchon hatte die Besorgnis geäußert, Wracks und Trümmerteile könnten sich unter der Tower Bridge gesammelt haben und das nächste Hindernis bilden, doch sie fuhren ohne Schwierigkeiten unter der hochgeklappten Brücke durch.

»Die meisten Leute glauben, sie sei zur Zeit der Tudors entstanden.« Golding redete in abwesendem Ton, als spräche er zu sich selbst. Er schaute zu den Zwillingstürmen hoch, die links und rechts von ihnen aufragten. Die Fenster waren dunkel, die Glasscheiben an vielen Stellen zerbrochen und die steinernen Flanken mit Ruß verschmutzt. »Oder sogar noch älter. Dabei wurde sie erst in den späten 1890ern gebaut ...«

»Ich spreche sicher für uns alle, wenn ich sage, dass mich das einen ziemlichen Scheißdreck interessiert.« Pynchon wandte sich Huxley zu und nickte erwartungsvoll in Richtung des Laptops. »Spann uns nicht auf die Folter, Herr Kommissar.«

Sie versammelten sich im Ruderhaus, um Huxleys Fund zu

untersuchen. Er ging in die Hocke und stellte den Laptop auf einem der Stühle ab, während die anderen sich um ihn scharten. Als er das Gerät hochfuhr, fiel ihm als Erstes die Batterieanzeige auf: 4%. Pynchon versicherte ihm, dass es auf dem Boot keine Möglichkeit gab, den Laptop zu laden. Zu seiner Erleichterung startete das Gerät ohne Probleme. Auf dem Bildschirm war ein gewöhnlicher Desktop mit zahlreichen Icons zu sehen, die vor dem Hintergrund einer Berglandschaft verteilt waren. Das Bild war etwas unscharf, also vermutlich ein privates Foto und keine Aufnahme aus einer Standard-Bibliothek. Dafür sprachen auch die beiden jungen Frauen, die im Vordergrund posierten. Beide trugen Steppjacken und Wanderstiefel, lächelten breit und hatten die Finger zum V erhoben, dem Victory- oder Peace-Zeichen.

»Sind das die Rockys?« Golding beugte sich näher an den Bildschirm heran.

»Die Anden«, sagte Rhys. »Wahrscheinlich der Inka-Pfad. Weit gereist, das Mädchen.«

»Kein Passwortschutz«, stellte Plath fest. »Anscheinend wollte die Besitzerin, dass das, was drauf ist, von jemandem gefunden wird.«

»Videos nehmen eine Menge Speicherplatz ein«, überlegte Huxley und tippte auf einen Ordner auf dem Desktop mit der Bezeichnung »ANSCHAUEN«. Als er ihn anklickte, erschien eine Liste aus MP4-Dateien, die nach dem Datum der jeweiligen Aufnahme durchnummeriert waren. »Ein Videotagebuch«, schloss er. »Die letzte Datei wurde vor über einem Monat angelegt, die erste …« Er verstummte und blinzelte überrascht. »Vor vierzehn Monaten.«

»Wir verschwenden Zeit«, sagte Pynchon. »Die Batterie.«

»Ja.« Huxley tippte auf das Fingerpad, um die erste Datei zu öffnen. Das Video begann ohne Einleitung oder Titelkarte: eine junge Frau mit grellrosa gefärbtem Haar starrte in die Kamera. Ihre Augen wirkten eingesunken und erschöpft. Es lag aber auch eine Furcht darin, die über reine Besorgnis hinausging. Der Hintergrund wurde komplett von einem Bücherregal eingenommen, in dem Fantasy- und Science-Fiction-Romane und ein paar Fachbücher standen, möglicherweise zur Biologie. Hier und da zierten Figürchen und irgendwelcher Fan-Schnickschnack die Bretter.

»Mein Name ...«, setzte die junge Frau an und verstummte gleich wieder. Sie legte den Kopf schief und seufzte frustriert. »Fuck.« Ein abrupter Schnitt, dann war sie erneut zu sehen. Sie schaute in die Kamera und sprach betont ruhig und präzise. »Mein Name ist Abigail Toulouse. Das ist mein wahrer Name, also der, den ich für mich gewählt habe. Es ist der Name, der am besten zu mir passt, und deshalb auch der, unter dem ich bekannt sein möchte, sollte jemand diese ... Aufzeichnung finden. Wer immer ihr seid, ich hoffe, ihr beachtet diese Bitte.«

Sie hielt wieder inne, schürzte die Lippen und holte tief Luft. Sie trug eine wasserabweisende olivfarbene Kutte, deren Reißverschluss offen war. Darunter lugte ein glänzendes schwarzes Innenfutter hervor, bei dem es sich vermutlich um Polyester handelte. »Eigentlich wollte ich ja ganz vorn anfangen«, sagte die junge Frau. »Aber wenn ihr das hier seht, wann oder wo immer ihr es schaut, dann ist das wahrscheinlich alles längst Vergangenheit, vielleicht sogar schon richtig lange her.«

»Ist es nicht«, murmelte Golding säuerlich, verstummte jedoch, als ihn Pynchon finster ansah.

»Also nur so viel«, fuhr Abigail fort. »Alles geht den Bach runter, und das hat vor etwa sechs Monaten angefangen. Ich habe über-

legt, welches Datum es war, aber ich kann es nicht genau sagen.«
Sie runzelte die Stirn und schüttelte den Kopf, eine Geste, die
merkwürdig an Dickinson erinnerte, als diese über die Aurora
borealis gesprochen hatte. »Ende Juni, Anfang Juli, glaube ich.
Jedenfalls begann es uns damals langsam aufzufallen. Mrs Hale
am Ende des Flurs hat's als Erste erwischt, die erste Person, die
wir kannten, die … gefährlich wurde. Davor hatten wir so was
auch schon in den Nachrichten gesehen. Wahllose Angriffe, wahllose Morde, meist innerhalb von Familien. Leute, die zusammen
Netflix gucken, um mit Tranchiermessern aufeinander loszuge-
hen, wenn der Abspann läuft. Kurz danach fingen die Unruhen
an, aber eigentlich waren es gar keine Unruhen. Keine Proteste,
keine Plakate, einfach nur Leute, die sich zusammenrotten und
ohne jeden Grund randalieren. Ein Arzt oder Psychiater bei News-
night meinte, es sei eine Art Massenhysterie, die mit dem Klima-
wandel zusammenhängt. Julie hielt das damals für Schwachsinn,
und sie hatte recht.«

Abigail verstummte und schloss seufzend die Augen. »Das wissen sie doch alles schon«, murmelte sie. »Erzähl ihnen was, was
sie noch nicht wissen.« Sie holte noch einmal Luft, öffnete die
Augen und schaute in die Kamera. »Vielleicht war Mrs Hale ein
typischer Fall, oder auch nicht, keine Ahnung. Nette alte Dame
zwei Türen weiter, die selbstgebackene Cupcakes rüberbringt als
Vorwand, um ein bisschen zu quatschen. Was wir nicht schlimm
fanden. Und dann, eines Tages, klopft es an der Tür, und Julie
macht auf, und die nette alte Omi beschimpft sie als dreckige Les-
benschlampe und will ihr mit 'nem Nudelholz den Schädel einschlagen. Und ihr Gesicht …« Abigails Blick ging in die Ferne, sie
presste die Lippen aufeinander. »Das war nicht ihr Gesicht, das
war jemand anderes. Ich meine nicht ihren Ausdruck. Nicht nur,

dass sie plötzlich fies und gemein war. Teile ihres Gesichts waren noch erkennbar, aber es hatte sich verändert, physisch verändert. Wäre es noch sie gewesen, hätte ich es bestimmt nicht fertiggebracht. Ich bin mir ziemlich sicher, dass ich sie nicht getötet habe. Ich meine, es war nur so ein Schmuck-Katana von eBay, nicht mal richtig scharf. Billiges Metall, die Klinge hat sich verbogen, als ich damit auf sie eingedroschen habe. Am nächsten Morgen haben wir die Tür einen Spalt weit aufgemacht, und da war keine Leiche im Flur. Ein bisschen Blut, aber keine Leiche. Also, ja, ich habe sie definitiv nicht umgebracht.«

Sie hustete und blinzelte, bevor sie weitersprach. »Nachdem das passiert war, haben wir uns hier drinnen verschanzt. Wir haben auch noch anderes im Haus gehört, Hämmern gegen die Wände und aus der Wohnung über uns Schreie … Weinen. Als die Nachrichten schlimmer wurden, haben wir ein paar Vorräte angelegt, 'ne Menge Dosen, Zeug, das man nicht kochen muss. Julies Idee. Sie war von uns beiden immer schon am praktischsten veranlagt. So hatten wir also immerhin was zu essen. Der Strom blieb überraschenderweise die meiste Zeit an. Dann tauchte vor etwa sechs Wochen die Armee auf, und wir dachten, wir hätten's geschafft.« Sie betastete die olivfarbene Kutte. »Die Soldaten verteilten Kleidung, Essen und Medikamente. Ein Offizier hielt eine Rede über Ordnung und Sicherheit und darüber, dass weitere Hilfe unterwegs sei. Wir sollten uns ruhig verhalten und den Anweisungen folgen oder ›vernünftigen Richtlinien‹, wie er es nannte.« Sie lachte bitter. »In unserem Balkonfenster ist ein Einschussloch. Aus dem Gewehr eines Soldaten. Anscheinend hat er den Offizier und noch drei andere umgebracht, bevor ihn der Rest seiner Truppe erschossen hat. Komische Sache, dabei haben er und die anderen die meiste Zeit Gasmasken getragen. Aber das hat es nicht aufgehalten, was immer es ist. Ein paar Tage später hörten wir eine Menge Gewehrfeuer im Park, auch ein paar Explosionen. Am nächsten Morgen waren alle Soldaten weg oder lagen tot auf der Straße. Sogar einen Panzer haben sie hiergelassen, ob ihr's glaubt oder nicht. Der steht immer noch da.«

»Drei Prozent.« Pynchon deutete auf die Batterieanzeige.

Huxley drückte, nicht ohne Bedauern, die Pausentaste. Die Datei zu schließen, kam ihm wie Verrat vor. Diese junge Frau hatte traumatische Erfahrungen gemacht und ihre Erlebnisse aufgezeichnet, und sie behandelten ihr Tagebuch wie eine Clip-Bibliothek. Aber das Video hatte noch weitere zehn Minuten Laufzeit, und so lange würde die Batterie wahrscheinlich nicht mehr durchhalten. »Wir springen vor. Wie weit?«

»Bis zur Mitte«, sagte Plath. »Dann zum letzten Video, wenn die Batterie noch mitmacht. So bekommen wir zumindest eine Art Geschichte zusammen.«

Im nächsten Video war der Hintergrund anders. Statt des Bücherregals war nur eine kahle Betonwand zu sehen, die an manchen Stellen feucht war. Auch Abigail hatte sich verändert. Ihre rosa Haarfarbe war zu Hellbraun ausgeblichen, ihre Augen lagen noch tiefer in den Höhlen, und auf der Stirn prangte eine hässliche Schramme. Die Armeekutte trug sie immer noch, sie war jedoch fleckig und wies ein paar Risse auf. Trotz ihrer Erscheinung sprach sie forsch und ohne Zögern, auch wenn ihre Stimme monoton klang, als sei sie inzwischen an Gefahr und Entbehrungen gewöhnt.

»Mir bleibt nicht viel Zeit.« Ihr Blick ging immer wieder von der Kamera weg. »Acht Tage, seit wir das Haus verlassen haben. Vorräte reichen, weil wir ständig neue finden. Die Erkrankten scheinen sich um Essen nicht zu kümmern, und Kevin hat ein Talent dafür, die richtig guten Sachen aufzuspüren.« Sie warf einen Blick nach links und lächelte gezwungen. »Gestern hatte ich sogar einen Mars-Riegel. Keine Ahnung, wann ich das letzte Mal einen gegessen hab.« Der Anflug von Humor verschwand, und ein Schatten huschte über ihr Gesicht. »Julie hat sie immer ihr Kryptonit genannt. ›Wie soll ich Bauchmuskeln kriegen, wenn es auf der Welt Mars-Riegel gibt?‹« Ein Augenschließen und langsames Luftholen, wie bei jemandem, der gerade erst einen schmerzlichen Verlust erlitten hatte.

Nach einem Moment schluckte sie und blinzelte. »Jedenfalls haben wir in der Gruppe abgestimmt und wollen uns jetzt zum Fluss durchschlagen. Alle waren dafür, außer Oliver, aber wen interessiert schon seine Meinung? Die Hauptstraßen sind alle blockiert, so viel wissen wir. Vor zwei Tagen haben wir eine andere Gruppe getroffen. Die haben gesagt, die Armee mäht jeden mit dem Maschinengewehr nieder, der auf hundert Meter an die M25 rankommt. Ein Boot würde ein bisschen Sicherheit bieten, auch wenn wir hier nicht einfach rausfahren können. Wasser zwischen uns und die Erkrankten zu bringen, könnte eine gute Idee sein …«

»Ein Prozent«, sagte Pynchon.

Huxley schloss die Datei und bewegte den Cursor zum letzten Clip im Ordner. Zu seiner Überraschung handelte es sich um die längste Aufzeichnung von allen, über drei Stunden, von denen sie höchstens ein paar Minuten anschauen konnten, wenn sie Glück hatten. »Versuch vorzuspringen, wenn sie eine Redepause einlegt«, riet Golding, aber Huxley wusste, dass er das nicht tun würde. Er hatte diese Frau getötet. Zu dem Zeitpunkt hatte er Angst gehabt, aber inzwischen wurde ihm bei dem Gedanken nur noch übel. *Sie war lebendig. Sie war echt. Ein Mensch. Kein Monster. Und ich habe sie umgebracht.* Da wusste er, dass er heute zum ersten Mal jemanden getötet hatte. Es war keine Erinnerung, sondern ein Wissen, das tief in seiner Psyche verankert war. Etwas, das ihn von Pynchon, Plath und Rhys unterschied.

Das Video begann mit Abigails ausdruckslosem Gesicht. Ihr Haar war zottelig und mit zerfranster Schnur hochgebunden. Im Hintergrund erkannte er das Unterdeck des Ausflugsdampfers. Die verschorfte Wunde auf ihrer Stirn war größer geworden, und eine weitere verunzierte ihren Hals. So wie sie im Licht glänzten, war Huxley klar, dass es sich nicht um Verletzungen handelte. Diese Flecken würden bald zusammenwachsen, und die Abigail, die sie jetzt noch vor sich sahen, würde nicht mehr existieren. Sie war nicht länger um Konzentration bemüht, stattdessen klang ihre Stimme dumpf und resigniert.

»Oliver hat sich heute Morgen umgebracht. Hat mich überrascht. So ziemlich die erste selbstlose Tat, seit ich ihn kenne. Er wusste, dass es ihn erwischt hat. ›Die Träume‹, hat er gesagt, als er sich die Rasierklinge ans Handgelenk gehalten hat. ›Mit den Träumen fängt es an.‹« Ihr Gesicht verzog sich zu einem leicht belustigten Ausdruck. »Schon seltsam, dass am Ende nur noch er und ich übrig waren. Nicht das Ende, das ich geschrieben hätte, jedenfalls. Aber gut, man kann wohl sagen, dass er als Held gestorben ist. So in etwa. Was man von mir nicht behaupten kann.« Sie runzelte die Stirn, und Wut zeichnete sich in ihrer Miene ab. »Ich hab einfach zu viel Angst. Auch wenn ich weiß, dass es nicht mehr lange dauert. Er hatte recht, wisst ihr? Was die Träume angeht.«

Sie schwieg eine Weile, und Huxley ignorierte die Aufregung der anderen, weil er das Video einfach weiterlaufen ließ. Die Batterieanzeige sprang auf null. Der Clip lief immer noch. Abigails Gesichtszüge nahmen wieder den abgestumpften Ausdruck an. »Bei mir ist es der letzte Anruf meiner Mutter. Sie hat einen

Haufen Bibelverse zitiert, ohne mir zuzuhören. Aber weil es ein Traum ist, passiert es nicht so wie in Wirklichkeit. Ich lege nicht auf und blockiere ihre Nummer, rolle mich in Julies Schoß zusammen und heule mir die Augen aus. Ich höre ihr weiter zu, und diese Worte, diese gebrabbelten Verse, sickern wie Gift in mich ein. Ich habe das Gefühl, von innen heraus zu verrott–«

Der Laptopbildschirm flackerte und wurde schwarz. Zu sehen war nur noch das Spiegelbild von fünf Menschen, die angestrengt daraufstarrten. Huxley fragte sich, ob die anderen aus demselben Grund schwiegen wie er. Hatten sie alle dasselbe Geheimnis? Bei ihm war es die Frau am Strand. Was war es bei den anderen? *Mit den Träumen fängt es an …*

Das Satellitentelefon klingelte, nicht lauter als sonst, trotzdem zuckten alle zusammen.

»Warte«, sagte Golding, als Plath das Gerät aus der Tasche ihres Militäranzugs nahm. »Sollten wir nicht erst mal beraten?«

»Worüber?«, fragte Pynchon.

»Über das, was wir gerade gesehen haben. Die schicken uns mitten in ein Seuchengebiet hinein.«

»Was meinst du?«

»Ach, keine Ahnung. Wie wär's mit: Wir werden verflucht noch mal alle krepieren?«

Pynchons Blick wirkte mit einem Mal gefährlich wachsam, und Huxley stand auf und stellte sich zwischen die beiden. »Er hat recht, wir müssen über das alles reden«, sagte er. »Aber erst sollten wir uns anhören, was die Stimme zu sagen hat. Entscheidungen können wir dann immer noch treffen, wenn wir wissen, was wir als Nächstes tun sollen.« Er wandte sich Plath zu. »Sag nichts über den Laptop. Die sollen ruhig glauben, dass wir immer noch in seliger – oder eher nicht so seliger – Unwissenheit leben.«

Sie nickte und drückte den grünen Knopf. Die monotone weibliche Stimme fing sofort an zu sprechen. »Huxley?«

»Hier ist Plath.«

Eine sehr kurze Pause. »Ist Huxley tot oder nicht in der Lage zu sprechen?«

»Nein, er ist hier.«

»Geben Sie ihm das Telefon. Ich werde nur mit ihm kommunizieren.«

In Plaths Gesicht zeichneten sich Verwirrung und Ärger ab, als sie Huxley das Telefon reichte. Offenbar gehörte ein übersteigertes Selbstwertgefühl ebenso zu ihrem Charakter wie ihre Freude am Töten.

»Huxley hier«, sagte er in den Hörer und hielt das Gerät so, dass die anderen lauschen konnten.

»Gibt es Verluste?«, fragte die Stimme.

»Nein.«

»Zeigt einer der anderen Anzeichen von Verwirrung oder grundloser Aggression?«

Plath ist wahrscheinlich eine mörderische Soziopathin, aber das wissen Sie ja sicher schon. »Nein.«

Wieder eine kurze Pause. »In der Mannschaftskabine ist ein Fach aufgegangen. Es enthält subkutane Injektoren. Sie sind mit Ihren Namen beschriftet. Spritzen Sie sich die komplette Dosis.«

Sie wechselten hektisch Blicke. »Eine Dosis wovon?«

»Ein Präparat, das für Ihr weiteres Überleben unabdingbar ist. Inzwischen sind Sie sicher mit einigen Stadtbewohnern in Kontakt gekommen. Ihnen wird aufgefallen sein, dass sie mit einem Erreger infiziert sind, der starke Wahnvorstellungen und schwere körperliche Entstellungen hervorruft. Eine Variante des Inhalts in den Spritzen wurde Ihnen bereits verabreicht. Die Injektoren enthalten einen Impfbooster, der Sie weiterhin vor dem Erreger schützt. Sollten Sie den Befehl nicht ausführen, wird Ihr Boot deaktiviert. Kurz danach folgen Infektion und Tod. Kommunikation wird in drei Stunden wieder aufgenommen.«

Eine vertraute Reihe von Klickgeräuschen, dann verstummte das Telefon.

In dem neu geöffneten Fach befanden sich sieben Injektoren, schmale, zwanzig Zentimeter lange Aluminiumzylinder, die in einem Schaumpolster mit passenden Aussparungen lagen. Auf jedem stand in schwarzen Buchstaben ein Name.

»Woher wollen die wissen, ob wir es getan haben?«, fragte Golding und sprach damit den Gedanken aus, der auch Huxley im Kopf herumging.

»Wahrscheinlich sind die Dinger mit Mikrotransmittern ausgestattet«, sagte Pynchon. »Die ein Signal schicken, sobald sie aktiviert werden.«

»Wir könnten das Zeug auch einfach ins Wasser spritzen.«

»Etwas sagt mir, dass sie auch daran gedacht haben werden.«

»Außerdem eine schlechte Idee, wenn sie die Wahrheit sagen«, warf Plath ein. »Weil wir uns ja angeblich den Inhalt injizieren müssen, um am Leben zu bleiben.«

»*Falls* sie die Wahrheit sagen«, fügte Rhys hinzu.

Huxley nahm den Injektor mit seinem Namen darauf aus der Kiste. »Irgendeine Möglichkeit, herauszufinden, was hier drin ist?«, fragte er sie und deutete auf die Zylinder mit den Aufschriften CONRAD und DICKINSON. »Immerhin haben wir zwei übrig.«

»Nicht ohne Mikroskop. Und selbst dann, ich bin Ärztin, keine Biochemikerin.«

»Soweit du weißt.«

»Warum sind die einzeln mit Namen beschriftet?«, erkundigte sich Golding. »Impfstoffe sind doch universell, oder nicht?«

»Der hier anscheinend nicht. Ich könnte mir vorstellen, dass die einzelnen Dosen für den Empfänger maßgeschneidert sind.« Rhys fuhr sich mit der Hand über die Haarstoppeln, und ihre Finger verharrten bei der Narbe, bevor sie sie zur Faust ballte. »Vielleicht liegt es an Unterschieden in der Biometrik: Größe, Gewicht, Blutgruppe und so weiter.«

Da sie offensichtlich etwas unausgesprochen ließ, hakte Huxley nach. »Oder?«

»Oder es gibt eine genetische Komponente, sowohl bei der Krankheit als auch beim Impfstoff. Eine genetische Erkrankung würde eine Gentherapie erfordern.«

»Das ist alles irrelevant.« Pynchon ging neben Huxley in die Hocke, um seinen Injektor herauszunehmen. »Am besten bringen wir's einfach hinter uns.«

»Nennt mich ruhig pingelig«, sagte Golding, »aber ich bin nicht allzu scharf darauf, mir einen Haufen chemisches Zeug zu spritzen, von dem ich nicht mal weiß, wofür es gut ist.«

»Du hast gesehen, was diese Krankheit anrichtet. Wenn dieses Mittel verhindert, dass wir uns in einen von denen verwandeln, dann habe ich nichts dagegen.« Pynchon steckte den Injektor in die Tasche seines Militäranzugs und rollte den Ärmel hoch.

»Es lohnt sich schon mal, drüber nachzudenken, nicht jede verdammte Anweisung von denen einfach zu befolgen«, sagte Huxley. »Inzwischen würden wir es ohne große Schwierigkeiten bis ans Ufer schaffen. Wir haben Waffen und Vorräte. Wir könnten alles zusammenpacken und uns auf eigene Faust durchschlagen.«

Pynchon schnaubte verächtlich. »Ihr habt doch die Videos gesehen. Wir wissen, was uns dort erwartet.«

»Ich weiß vor allem eins: Wer immer uns auf dieses Boot verfrachtet hat, hat es nicht uns zuliebe getan. Wir haben irgendeinen Auftrag, etwas, das wir für sie tun sollen. Und dafür müssen wir uns blind diesen Scheiß hier spritzen.«

»Bisher hat uns die Stimme noch nicht angelogen«, gab Rhys zu bedenken.

»Vielleicht weil sie sowieso kaum was sagt. Wir erhalten Anweisungen, aber so gut wie keine Informationen. Und glaubt einer von euch wirklich, dass wir nach Erfüllung unseres Auftrags – was immer das sein mag – einfach unserer Wege gehen dürfen?«

»Nein.« Rhys beugte sich vor und nahm sich ihren Injektor. »Aber für mich steht fest, dass wir hierhergeschickt wurden, um das alles zu beenden oder zumindest zu verhindern, dass es sich weiter ausbreitet. Das kommt mir ziemlich sinnvoll vor. Vielleicht haben wir uns sogar freiwillig dafür gemeldet.«

Golding runzelte die Stirn und schüttelte den Kopf. »Das bezweifle ich. Ich glaube nicht, dass ich der Typ bin, der so was freiwillig tut.«

»Und das Boot zu verlassen ist Selbstmord.« Pynchon nahm den Injektor aus der Tasche, drückte das flache Ende auf die nackte Haut an seinem Arm und legte den Daumen auf den Knopf. »Hierzubleiben könnte genauso Selbstmord sein, aber zumindest kenne ich jetzt meine Mission, oder jedenfalls einen Teil davon. Ich werde nicht umkehren oder wegrennen und mich in einer Ruine verstecken und darauf warten, dass ich mich in einen von denen verwandele. Wir alle müssen eine Entscheidung treffen. Das hier ist meine. Ihr könnt von mir aus gehen, wenn ihr wollt, ich werde euch nicht aufhalten.«

Er biss die Zähne zusammen und drückte den Knopf. Die Spritze klickte, dann war ein Zischen zu hören. Die Adern an Pynchons Unterarm schwollen an und entspannten sich wieder. »Aber wenn ihr bleiben wollt, dann werdet ihr euch das hier spritzen«, fügte Pynchon hinzu und warf den Injektor in die Kiste zurück. »Wenn nicht, knalle ich euch ab.«

SIEBEN

Am Ende nahmen alle das Mittel, sogar Golding. Vielleicht hätte sich der Historiker auch dafür entschieden, an Land zu gehen, hätten nicht in dem Moment, als er mit der Spritze in der Hand unschlüssig auf dem Achterdeck auf und ab humpelte, erneut Schreie vom Südufer eingesetzt. »Sechzig Sekunden«, warnte ihn Pynchon. Er lehnte im Eingang zum Ruderhaus und hielt den Karabiner griffbereit. »Ich zähle. Entscheide dich, Professor.«

»Du kannst mich mal«, gab Golding zurück und hinkte weiter hin und her.

Pynchon reagierte mit einem überraschend liebenswürdigen Lächeln. »Noch fünfundvierzig Sekunden. Ich kann dich gern ans Ufer bringen, wenn du von hier an laufen willst.« Er deutete auf einen teilweise gefluteten Komplex hässlicher Betongebäude, die im jetzt noch dichteren Nebel wie abstrakte Skulpturen aussahen. Golding blieb stehen und betrachtete die vorbeigleitenden kantigen Schatten. Seine Haltung drückte Halsstarrigkeit aus, doch als die Schreie ertönten, sank er resigniert in sich zusammen. Sie waren so verstörend und kryptisch wie noch nie und stammten aus mindestens einem Dutzend Kehlen. Langgezogene Wörter, die keine Wörter waren, durchsetzt mit Schreien, die ein ganzes Spektrum an Emotionen zum Ausdruck brachten, von Verwirrung und Schmerz bis hin zu fassungsloser Ekstase. Trotz der Dissonanz kam Huxley der Lärm seltsam einheitlich vor. Auch wenn die Töne ganz unterschiedlich waren, hoben und senkten sich die Stimmen gemeinsam, wie ein Chor, der demselben Dirigenten folgte, obwohl alle verschiedene Lieder sangen.

Was immer das zu bedeuten hatte, es überzeugte Golding jedenfalls davon, dass die Expedition eines Einzelnen in die Stadt nicht ratsam war. »Du kannst mich mal«, wiederholte er und drückte sich die Spritze auf den Arm. »Du und dieses beschissene Boot. Dieser beschissene Fluss. Diese beschissene Stadt. Diese beschissenen kranken Irren.« Er verzog schmerzerfüllt das Gesicht, als die Nadel sich in seine Haut bohrte, und warf den Injektor dann in den Fluss. »Scheiß auf das alles.«

»Gesprochen wie ein wahrhaft gebildeter Mann«, sagte Pynchon und verschwand im Ruderhaus.

Das Boot fuhr noch etwa für zehn Minuten im Schneckentempo weiter, als die Motoren erneut aussetzten und nur noch die Position hielten. Der Grund dafür ragte in unübersehbaren Trümmern vor ihnen auf.

»Das hat der Tourismusbranche sicher einen Dämpfer versetzt«, stieß Golding hervor. Er hatte sich seit seinem Ausbruch wieder etwas beruhigt, dennoch wirkte sein Versuch, einen Witz zu reißen, gezwungen.

»Waterloo Bridge?«, fragte Huxley.

Er schüttelte den Kopf. »Westminster.«

»Sieht aus, als hätte die jemand in die Luft gejagt.« Pynchon schaute durch das Visier seines Karabiners und schwenkte ihn über die Beton- und Eisentrümmer, die ihnen über die gesamte Flussbreite den Weg versperrten. »Wir bräuchten zehnmal so viel C4, wie wir besitzen, um da eine Delle reinzuschlagen.«

Huxleys Blick wanderte unwillkürlich zu der hohen gotischen Silhouette, die jenseits der Brückenreste aufragte. Sie wirkte so vertraut, dass er schon befürchtete, eine Erinnerung geweckt zu haben. Dass er keine Schmerzen verspürte, konnte jedoch darauf hindeuten, dass er den Big Ben heute zum ersten Mal mit eigenen Augen sah. Soeben waren sie an einem weiteren Postkartenmotiv vorbeigefahren, dem London Eye, einem gewaltigen Riesenrad, das Golding wortreich kommentierte. Der obere Bogen verlor sich im Nebel, und der sichtbare Teil wies einige Beschädigungen auf: Die Glaswände der busgroßen Gondeln waren von ausgefransten Löchern übersät, und Brandflecken verunstalteten das ansonsten blütenweiße majestätische Gebilde. Das Überdauern dieser Monumente und die intakte Tower Bridge warfen für Huxley die Frage auf, ob sie den Erkrankten in ihrem Wahn gleichgültig waren oder ob sie den Bauwerken doch noch einen Rest Ehrfurcht entgegenbrachten. Zudem erstaunte es ihn, wie schnell er und die anderen Abigails Begriff für die Infizierten – die Erkrankten – übernommen hatten, was Plath der menschlichen Neigung zur Begriffsfindung zuschrieb.

»Das ist eine Überlebensstrategie, die tief in uns verankert ist«, hatte sie erklärt. »Um den Rest des Stammes zu warnen, die Jagdgründe einer Säbelzahnkatze lieber zu meiden, muss man dem Untier einen Namen geben. Außerdem wird der Gegner dadurch zu einer gesichtslosen Masse, etwas Unmenschlichem. Es sind keine Menschen mehr, es sind die Erkrankten.«

»Tja.« Golding deutete auf die eingestürzte Brücke. »Das dort nenne ich dann mal Ende Gelände.«

Diesmal überraschte es Huxley nicht, als das Satellitentelefon sein tiefes Klingeln von sich gab. »Das Hindernis vor Ihnen muss durch Sprengkörper beseitigt werden, die aus der Luft abzuwerfen sind«, verkündete die Telefonstimme, wie immer ohne jede Vorrede. »Präzision ist entscheidend, und die Systeme an Bord Ihres Schiffes besitzen keine ausreichend hohe Auflösung für ein genaues Anvisieren. Holen Sie eine der Funkbaken aus dem Laderaum und platzieren Sie sie in der Mitte des Hindernisses. Infizierte Überlebende sind in dieser Gegend besonders aktiv, deshalb sollten alle Mitglieder Ihrer Mannschaft an der Mission teilnehmen, um für Sicherheit und Erfolg zu sorgen. Sobald die Funkbake aktiviert wurde, kehren Sie aufs Boot zurück. Es wird Sie in sichere Entfernung bringen.« Wieder endete die Nachricht lediglich mit ein paar Klicktönen, danach herrschte Stille.

»Anscheinend machen wir doch noch einen Ausflug.« Pynchon schulterte seine Waffe und ging zur Leiter. »Genau der richtige Zeitpunkt, um die Flammenwerfer rauszuholen.«

Die Strecke, die das Boot von den Trümmern der eingestürzten Brücke trennte, ähnelte einer arktischen Meereslandschaft im Kleinformat: Zerklüftete Eisberge aus rissigem Beton ragten aus der schnell fließenden Strömung auf. Die Kanäle dazwischen waren mit Stahlseilen und verbogenen Trägerbalken verstopft, die das Navigieren nicht gerade angenehm machten. Zunächst ging Huxley davon aus, dass sie zweimal mit dem Schlauchboot würden fahren müssen, um sie alle auf den künstlichen Grat der zertrümmerten Brücke zu bringen, doch das kleine Boot nahm ihr gemeinsames Gewicht überraschend problemlos auf. Pynchon trug einen der Flammenwerfer und reichte den anderen Plath. Vermutlich war er der Ansicht, dass sie am wenigsten zögern würde, ihn zu benutzen. Nord- und Südufer des Flusses waren mit Wasser überflutet, das relativ frei von Hindernissen war, aber Pynchon entschied sich gegen eine indirekte Annäherung.

»Wir wissen nicht, was da draußen ist«, sagte er. »Rein. Den Job erledigen. Wieder raus. Einfachheit ist immer die beste Taktik.«

Huxley ging im Bug in Stellung und behielt den Stahlbetondschungel vor ihnen im Auge, während Pynchon sie vorsichtig durch die beängstigend schmalen Wasserkorridore steuerte. Allein um die Hälfte der Strecke bis zu ihrem Zielort zurückzulegen, brauchten sie schon absurd lange. Huxley musste seine Finger ausschütteln, um am Griff des Karabiners keinen Krampf zu bekommen. Als er die Waffe wieder hob, sah er unter Wasser etwas aufblitzen – ein schimmernder orangefarbener Fleck unter den wirbelnden Wassermassen. Der Fleck pulsierte kurz und glitt dann rasch tiefer, war sofort wieder verschwunden.

»Habt ihr das gesehen?« Huxley stand auf und hielt den Karabiner aufs Wasser. »Vielleicht sind sie mutiert und können jetzt unter Wasser leben oder so was.«

»Das war ein Tintenfisch.« Golding gab sich keine Mühe, seine Belustigung zu verbergen. Er neigte den Kopf in Richtung des fast komplett zerstörten Gebäudes aus dem Edwardianischen Zeitalter, das südlich der kaputten Brücke aufragte. »County Hall, ehemals Sitz der Regionalregierung und später des Londoner Aquariums. Die Insassen haben wahrscheinlich die Flucht ergriffen, als der Fluss über die Ufer getreten ist. Wenn wir Glück haben, sehen wir als Nächstes einen Hai.«

Huxleys Verärgerung über den Tonfall des Historikers legte sich beim Anblick seines Gesichts. Mit weit aufgerissenen Augen, fast ohne zu blinzeln, starrte Golding in die vorbeigleitenden Schatten. Seine versteinerte Miene drückte die Art von Lähmung aus, die nicht allein von Angst, sondern von schierem Grauen herrührte. Zwar sahen sie beim Weiterfahren keine Tintenfische mehr, und auch keine Haie, dafür entdeckte Huxley mehrere

Schwärme umherflitzender bunter Fische. Die Seuche, der die Stadt erlegen war, schien zwar an Land alles tierische Leben vernichtet zu haben, unter Wasser hatte jedoch noch einiges überdauert, was Huxley ein wenig Trost spendete.

Er bemerkte die Leiche nur durch Zufall. Etwas am Rande seines Blickfeldes, das er glatt übersehen hätte, hätte der Oberkörper des Toten nicht in einem roten T-Shirt gesteckt. Durch das Visier des Karabiners erkannte er, dass der Mann seitlich auf einem Gitter lag. *Bei der Explosion der Brücke getötet*, schlussfolgerte er. *Oder aus irgendeinem Grund später hierhergeschwommen.* Ein weiterer mysteriöser Todesfall inmitten einer Stadt voller Leichen. Tausende, vielleicht sogar Millionen Geschichten hatten hier geendet in einer gewaltigen und für immer unbegreiflichen Prozession des Grauens. Er wollte den Karabiner schon weiterwandern lassen, hielt jedoch inne, als ihm an dem Leichnam etwas auffiel.

»Moment mal«, rief er Pynchon über die Schulter zu. »Das sollten wir uns genauer ansehen.«

Pynchon schüttelte den Kopf und hielt die Pinne weiter auf Kurs. »Rein und wieder raus.«

»Es ist wichtig.« Huxley funkelte ihn wütend an, erhielt jedoch nur einen gleichgültigen Blick zur Antwort.

»Je mehr wir in Erfahrung bringen, desto besser stehen unsere Chancen«, sagte Plath. »Fahr wenigstens etwas langsamer, damit wir einen Blick darauf werfen können.«

Pynchon presste die Lippen zusammen, verringerte aber tatsächlich leicht die Geschwindigkeit. Als das, was Huxleys Aufmerksamkeit erregt hatte, jedoch ganz in Sicht kam, brauchte Pynchon keine Aufforderung mehr, den Motor auszuschalten, sodass sie näher an den Leichnam herantrieben.

»Das ist neu.« Rhys richtete den Laserstrahler ihres Karabiners auf den rankenartigen Auswuchs, der aus dem Leichnam wucherte. Der Tote lag mit der Wange auf dem Metallgitter, und der Auswuchs spross wie ein fleischiger Zweig aus seinem Nacken hervor. Die rote Farbe war zu dunkel, als dass sie allein von Körperflüssigkeiten herrühren konnte. Die Wucherung wand sich korkenzieherähnlich bis zu der Stelle, wo sie auf das Stahlgitter traf. Dort teilte sie sich abrupt und wurde zu einem Geflecht, das sich wie Wurzeln um die verrosteten Gitterstäbe gelegt hatte.

»Offensichtlich ein Symptom der Krankheit«, sagte Plath. »Wir wissen, dass sie die Morphologie verändern kann.«

»Bei den Lebenden.« Rhys beugte sich mit konzentriertem Blick vor. »Das scheint erst nach dem Tod entstanden zu sein. Ich sehe keine Anzeichen von verheilten Wunden oder Narben an der Stelle, wo es aus dem Körper austritt.«

»Kennst du irgendeine Krankheit, die so etwas hervorruft?«, erkundigte sich Huxley.

»Manche Krankheitserreger leben auch nach dem Tod des Wirtskörpers noch weiter, aber das hier …« Sie verstummte kopfschüttelnd. »Wenn es sich bei diesem Toten tatsächlich um dieselbe Infektion handelt, dann haben wir es wohl mit einem Organismus zu tun, der mehrere Stufen durchläuft. Möglicherweise als Teil seiner Fortpflanzung. Dann würde es sich eher um einen Parasiten handeln als um einen Krankheitserreger.«

»Vielleicht sollten wir lieber nicht zu nah rangehen«, sagte Golding.

»Wir sind dem ausgesetzt, seit wir die Stadt erreicht haben. Womöglich sogar schon vorher. Der Nebel ist gar kein Nebel, erinnert ihr euch?«

»Und wir sind geimpft«, meinte Pynchon. »Sorry, Doc. Das ist alles faszinierend und so, aber wir müssen weiter.«

Er warf den Außenbordmotor an und nahm ihren schlingernden Kurs durch die teils versunkenen Überreste der Brücke wieder auf. »Das müsste reichen.« Er brachte das Boot am Fuß eines riesigen Betonklotzes zum Stehen, der eine steile, aber erklimmbare Schräge bildete, die ungefähr in die Mitte des Trümmerfeldes führte. »Herr Kommissar. Professor. Ihr seid dran.«

»Ich bin wohl immer noch am entbehrlichsten, wie?«, fragte Huxley.

»Inzwischen stehst du an zweiter Stelle.« Pynchons Blick ging zu Golding, dem er ein entschuldigendes Lächeln zuwarf, das eindeutig nur gespielt war. »Die Chancen auf einen Erfolg verdoppeln sich, wenn zwei gehen. Wir sind die Verstärkung, falls etwas schiefläuft.«

Zu Huxleys Überraschung erhob Golding keine Einwände, sondern seufzte nur, bevor er seinen Karabiner ergriff und sich bereitmachte, aus dem Schlauchboot zu springen. Trotz seiner Beinverletzung landete er geschmeidig und flink auf der Betonfläche, was man von Huxley nicht behaupten konnte. Seine Stiefel rutschten ab, und er wäre beinahe ins Wasser geglitten, hätte Golding ihn nicht festgehalten.

»Wo sollen wir es ablegen?«, fragte Huxley, als Pynchon ihnen die Funkbake zuwarf.

»In die Mitte, so wie die Stimme gesagt hat.« Pynchon hielt die zweite Funkbake hoch. »Ersatz, für den Fall, dass ihr beide … na ja, ihr wisst schon. Aktiviert es, indem ihr zweimal auf den großen Knopf an der Seite drückt. Wenn es hochfährt, hört ihr ein Piepen. Achtet darauf, es oben auf die Trümmer zu legen, nicht unter irgendwas drunter, damit es von der Luft aus gut zu sehen ist.« Ein weiteres offensichtlich falsches Lächeln. »Wir haben nicht den ganzen Tag Zeit, Ladys.«

»Dem macht das richtig Spaß«, murmelte Golding, während sie die Schräge hochkletterten. »Ich bin mir immer noch ziemlich sicher, dass ich mich nicht freiwillig hierfür gemeldet habe, aber ich könnte wetten, er schon.«

Sie kamen schnell oben an, wo sie eine schmale Kuppe aus zerklüfteten Trümmern vorfanden, die mit verbogenen Bewehrungsstäben gespickt waren. Nachdem sie sich rasch umgesehen hatten, gingen sie zu einer ebenen Fläche aus Betonbrocken ein paar Meter weiter rechts. »Ich meine«, fuhr Golding keuchend vor Anstrengung beim Laufen fort, »man könnte denken, dass ohne Erinnerung von der Persönlichkeit nichts übrig bleibt oder sie zumindest stark verändert wird. Aber unser Soldat hier ist immer noch ein Soldat. Ich bin Historiker. Rhys ist Ärztin. Und du bist ein Bulle.«

»Und Plath?«

Golding neigte leicht den Kopf und stieß ein Schnauben aus. »Ich bin mir nicht ganz sicher, ob wir mit der Wissenschaftlerin richtigliegen, oder was denkst du? Sie hatte einen Heidenspaß dabei, diese armen Schweinehunde abzuknallen.«

»Es ist dir also aufgefallen.«

»Ich glaube, das ist meine Stärke. Dass mir Sachen auffallen. Nützliche Eigenschaft für einen Historiker. Ein bisschen wie du mit deinem Detektivgehirn, schätze ich mal.«

Sie kamen zu einer Stelle, an der zwei oder mehr Steinplatten aufeinandergeprallt waren und ein schmaler, unebener Pfad entstanden war. Golding ging voraus, blieb jedoch nach wenigen Schritten stehen und starrte zu Boden. Huxley folgte seinem Blick und sah aus einem Riss im Beton eine klauenartige Hand hervorragen, als würde sie nach etwas greifen. Er trat näher heran und spähte in den dunklen Spalt. Darin war es so finster, dass nicht zu erkennen war, wem die Hand gehörte, der Zustand der Finger ließ jedoch keinen Zweifel daran, dass es sich um einen Erkrankten handelte. Die Knochen waren zu groß und die Finger zu lang, zudem endeten sie in übel gekrümmten Widerhaken.

»Wie ein Dämon, der sich aus der Unterwelt hochgräbt.« Golding legte nachdenklich den Kopf schief, um die Klaue zu betrachten. »Alles wird Hölle sein.«

»Wie bitte?«

Er zuckte mit den Achseln. »Eine Stelle aus Marlowe, die mir irgendwie eingefallen ist. ›Wenn diese Welt vergeht und jede Kreatur geläutert wird, wird alles Hölle sein, was nicht ist Himmel.‹«

»Du denkst, damit haben wir es hier zu tun? Mit der wahrgewordenen Hölle?«

»Ich weiß es nicht. Ich weiß nur, dass wir Schmerzen leiden, wir alle. Und damit meine ich nicht bloß, was sie mit unseren Köpfen angestellt haben. Nicht zu wissen, wer man ist, ist nicht bloß verwirrend, sondern geradezu quälend. Ohne Erinnerung, was sind wir dann noch? Niemand. Nichts. Wir kommen nirgendwo her. Wir gehören nirgendwo hin. Es ist so, als wäre man tot, würde aber aus irgendeinem Grund weiter atmen. Wir müssen leiden. Und ist das nicht, wozu die Hölle da ist? Dass wir nicht wissen, warum, macht es noch schlimmer. Womöglich habe ich das alles hier verdient. Womöglich bin ich ein schlechter Mensch und du auch. Vielleicht ist dieser ganze verfluchte Albtraum unsere gerechte Strafe. Denn wenn nicht, dann sind wir alle bloß Opfer in einem echt kranken Spiel.«

Huxley ging an ihm vorbei und kletterte auf das hohe Eisenwrack, das als Nächstes vor ihnen lag. »Nach allem, was wir wissen, muss ich Rhys recht geben: Wir wurden bestimmt hierhergeschickt, um dem Ganzen ein Ende zu setzen.« Er ging in die

Hocke und hielt Golding seine Hand hin. »Außerdem bin ich mir sicher: Es gibt kein Zurück. Kein Entkommen. Wenn wir tatsächlich in der Hölle sind, dann haben die dafür gesorgt, dass wir erst wieder rauskommen, wenn das hier erledigt ist.«

»Erlösung.« Golding ergriff seine Hand und zog sich hoch. »Klassischerweise der einzige Ausweg aus der Verdammnis. Glaubst du wirklich, das erwartet uns am Ende dieses Flusses?«

»So langsam denke ich, wenn einer von uns erlöst werden könnte, dann wären wir hierfür nicht ausgewählt worden.«

Sie platzierten die Funkbake oben auf einem Sockel, der den Zusammensturz der Brücke irgendwie überlebt hatte und inmitten des ganzen Chaos unversehrt aufrecht dastand. »Woher wissen wir, dass sie die Bomben nicht im selben Moment abwerfen, wenn wir das hier aktivieren?«, fragte Golding, als Huxley den Finger auf den Knopf legte.

»Ganz so entbehrlich sind wir, glaube ich, nicht.« Huxley drückte zweimal auf den Knopf, trat zurück und schaute zum Himmel hoch, als das Piepen ertönte. »Außerdem, kein Flugzeuggeräusch. Ich denke, uns bleibt noch etwas Zeit.«

Sie machten sich ohne Umschweife auf den Rückweg zum Schlauchboot, kletterten an Bord und griffen sich wieder ihre Karabiner.

»Irgendeine Idee, wie lange?«, fragte Huxley den Soldaten, als dieser das Boot zurücksetzte und mit der Pinne wendete. Zu Huxleys Überraschung wirkte Pynchon unsicher. Seine zusammengebissenen Zähne und der starre Hals zeugten von Schmerz. »Hat das was wachgerufen?« Huxley schob die Hand am Karabiner ein Stückchen nach vorn, nur ganz leicht, um seinen Finger näher zum Abzug zu bringen. Pynchon merkte es trotzdem.

»Ernsthaft?« Er hob eine Augenbraue und lachte schnaubend.

»Ich hab nur irgendwie das Gefühl, so was schon mal gemacht zu haben, aber nichts Genaueres. Um deine Frage zu beantworten: Die Batterie der Funkbake hält ziemlich lange, es könnte also eine Stunde oder mehr sein.«

»Schaut mal«, sagte Golding, als das Boot beschleunigte. Huxley drehte sich um und sah den Historiker lächelnd mit schiefgelegtem Kopf aufs Wasser blicken. »Noch ein Tintenfisch …«

Der Körperteil, der hinter dem Schlauchboot hervorschoss, war kein Fangarm. Er war hart und schmal und besaß mehrere Gelenke und stachlige, gewölbte Auswüchse. Zudem endete er in einer leicht gebogenen Spitze, die ohne Schwierigkeiten Goldings Hals durchbohrte. Huxley blieb noch Zeit, den verzweifelten Ausdruck auf dem blutüberströmten Gesicht des Historikers wahrzunehmen, bevor ihn das Ding, das ihn ganz sicher getötet hatte, vom Boot pflückte. Ein Platschen, ein Strampeln rasch verschwindender Beine, dann war er weg.

ACHT

Huxley und Rhys feuerten gleichzeitig. Die Schüsse ließen hohe Wasserfontänen um das Schlauchboot herum aufsteigen. Dann Pynchons Schrei: »Spart euch die Munition! Er ist tot!« Ihre Waffen verstummten.

»Doch kein Scheißtintenfisch!« Huxley keuchte schwer. Er fühlte sich hilflos. Am liebsten hätte er noch mal gefeuert, von einem perversen Wunsch nach Rache erfüllt. Die Ausbildung, die er erhalten haben musste, ließ ihn jedoch innehalten. Er sicherte den Karabiner.

»Augen aufs Wasser.« Pynchon steuerte das Schlauchboot weiter durchs Trümmerlabyrinth. »Wo es einen gab, könnten noch mehr sein.«

»Einen was?«, fragte Rhys, der es sichtlich Mühe bereitete, einen zusammenhängenden Satz von sich zu geben.

»Extreme Mutation«, sagte Plath. Ihre Stimme klang nicht so panikerfüllt wie die von Huxley und Rhys. Sie zündete die Gasdüse ihres Flammenwerfers und ließ den Blick ruhig und suchend übers Wasser gleiten. »Ähnelte irgendwie der Deformation an der Leiche, findet ihr nicht auch?«

»Die war nach dem Tod entstanden«, sagte Rhys.

»Dann können wir also mit einiger Sicherheit davon ausgehen,

dass diese Krankheit nicht zu einhundert Prozent tödlich ist.«
Plaths Mund zuckte. Es sah so aus, als müsste sie sich ein Grinsen
verkneifen. »Was einen nicht umbringt, macht einen stärker.«

Huxley wollte ihr sagen, dass sie den Mund halten solle. Er
wollte auf irgendetwas schießen. Er wollte, dass Golding nicht
tot war, und ganz besonders wollte er das glänzende Blut des Historikers von der Hülle des Schlauchbootes abwischen. Stattdessen
drückte er sich den Karabiner fester an die Schulter und suchte
weiter das Wasser ab. Disziplin. Ausbildung. Widerstandsfähig-
keit bei traumatischen Erfahrungen. Erworbene Fähigkeiten verbunden mit Eigenschaften, die möglicherweise angeboren waren.

Sie hatten das Trümmerfeld halb durchquert, als der nächste
Angriff kam. Wie zuvor gab es keine Warnung, stattdessen brach
direkt vor dem Schlauchboot ein Ding mit zahlreichen peitschen-
den Gliedmaßen aus dem Wasser. Pynchons Reflexe retteten ihn.
Er riss die Pinne nach rechts und wendete rechtzeitig das Boot,
um den herabsausenden Gliedmaßen mit den lebensgefährlichen
Dornen zu entgehen.

Allzu viele Einzelheiten konnte Huxley an dem dunklen, sich
schnell bewegenden Umriss ihres Angreifers nicht erkennen. Er
hörte eine Stimme, rau und knirschend, aber dennoch menschlich, die aus einem Mund drang, der sich irgendwo in der deformierten Masse des Geschöpfs befinden musste. »Miststück!
Scheißverlogenes Miststück!«

Das Geschöpf kam rasend schnell hinter dem Schlauchboot
her, das Pynchon in einem weiten Bogen steuerte. Huxley erhaschte einen Blick auf ein Gesicht in dem stachligen Schatten,
eine hasserfüllte Grimasse mit gefletschten Zähnen. »Verlogene
Hure!«, kreischte die Stimme. Das Wasser schäumte, während die
Kreatur sie verfolgte. »Du hast mir alles genommen …«

Huxley zielte auf die Stelle, an der er das hasserfüllte Gesicht gesehen zu haben glaubte, und feuerte zweimal. Das Ding zuckte beim Aufprall der Kugeln zusammen, raste aber weiter mit furchterregender Geschwindigkeit hinter dem Schlauchboot her. Huxley und Rhys verlagerten ihre Positionen und schossen ein weiteres Mal. Ihr Verfolger erzitterte, als er von den Kugeln getroffen wurde, machte jedoch keine Anstalten, langsamer zu werden.

»Nach links«, rief Plath knapp zu Pynchon. Ihr Blick war fest auf den Erkrankten gerichtet. »Dann den Motor aus.«

Pynchon runzelte die Stirn, begriff aber anscheinend, was sie vorhatte, und folgte der Anweisung. Während das Schlauchboot abdrehte und langsamer wurde, ging Plath auf ein Knie. Blitzschnell kam der Erkrankte durch das aufgewühlte, schäumende Wasser näher und brüllte dabei unentwegt Schimpfwörter.

»Miststück! Schlampe! Hure! …«

Das zischende Fauchen des Flammenwerfers übertönte die Flüche. Huxley schirmte sein Gesicht vor der Hitze ab, konnte den Blick jedoch nicht von dem Schauspiel abwenden. Die orangegelbe Flamme, die aus Plaths Waffe züngelte, hüllte den Erkrankten augenblicklich in eine Wolke aus Qualm und brennendem Fleisch. Sich windende Gliedmaßen schlugen zuckend um sich. Das Schmerzgebrüll der Kreatur war selbst über das Tosen der Feuersbrunst, die sie verzehrte, noch hörbar. Das Ding glitt kurz unter die Oberfläche, um die Flammen zu löschen. Panik oder Wahnsinn ließen es jedoch gleich wieder auftauchen. Plath verfolgte den Erkrankten, der sich auf einen Trümmerhaufen retten wollte, mit dem lodernden Feuerstrahl. Er kreischte in wortlosem Schmerz, krallte sich mit den dürren Gliedmaßen an den Trümmern fest und versuchte vergeblich, vor dem Inferno wegzukriechen. Als das Feuer seine Kehle verzehrte, hörten die Schreie endlich auf. Selbst als das Ding hinabrutschte und wie eine verkohlte Insel auf dem Wasser schwamm, konnte Huxley seine Gestalt nicht eindeutig erkennen. Bei dem Gestank von Brennstoff und versengtem Fleisch drehte sich ihm der Magen um.

»Der war ja nicht gerade höflich, was?« Plath warf den rauchenden Überresten des Erkrankten einen tadelnden Blick zu. Sie setzte sich wieder und winkte Pynchon lässig. »Nach Hause, und gib ordentlich Gas.«

Sobald sie das Trümmerfeld hinter sich gelassen hatten, beschleunigte Pynchon auf Höchstgeschwindigkeit, was immer noch Schneckentempo bedeutete. Ihr langsames Dahintuckern fand Huxley nun umso nerviger. Die Fahrt zurück zum Boot dauerte wahrscheinlich nur fünfzehn Minuten, kam ihm jedoch endlos vor. Währenddessen waren aller Augen wachsam aufs Wasser gerichtet. Nur Plath hatte sich entspannt zurückgelehnt und hielt den Flammenwerfer im Arm wie eine Mutter ihr Kind.

Nachdem sie das Schiff erreicht und das Schlauchboot an Bord gezogen hatten, erwachten die Motoren zum Leben. Huxley schlitterte ein Stück übers Achterdeck, als das Boot unvermittelt eine Wendung um hundertachtzig Grad vollzog und von der kaputten Brücke wegfuhr. Zum ersten Mal beschleunigten die Motoren auf volle Kraft. Zwei Wasserfontänen spritzten hinter ihnen auf, und sie rasten über den Fluss. Diese Geschwindigkeit behielten sie bei, bis die Überreste der Westminster Bridge im Nebel verschwunden waren.

»Das sollte reichen«, sagte Pynchon, als sich das Motorengeräusch erneut veränderte und das Boot beidrehte. Schweigen senkte sich herab, während sie warteten. Mit den Augen suchten sie den unsichtbaren Himmel ab und lauschten auf das Geräusch eines näher kommenden Flugzeugs.

»Womöglich können wir es nicht mal hören«, fügte Pynchon hinzu. »Wenn sie den Sprengstoff aus großer Höhe abwerfen …«

In diesem Moment übertönte das rauschende Dröhnen eines Jets seine Worte. Das Geräusch bewegte sich von Osten nach Westen. Sie sahen nichts, nicht einmal einen Schatten im roten Dunst. Pynchon hielt sich beide Hände über die Ohren, und Huxley folgte noch gerade rechtzeitig seinem Beispiel, bevor die Bombe niederging. Das darauffolgende Geräusch als Knall zu bezeichnen, wäre maßlos untertrieben gewesen. Es war etwas, das man eher spürte als hörte, so allumfassend, dass es die Sinne überwältigte. Huxley erschauerte, als der unsichtbare Arm eines bösen Geistes durch ihn hindurchzugehen schien.

Das Boot schaukelte in der heftigen Flutwelle, die die Explosion ausgelöst hatte. Der Nebel um sie herum wurde hinweggefegt, sodass sie ihre Umgebung besser erkennen konnten. Huxleys Blick ging automatisch zum Himmel, in der Hoffnung, ein wenig Blau zu sehen. Er nahm jedoch nur einen helleren Rosaton wahr, bevor sich der rote Dunst wieder um sie schloss. Als er die Hände von den Ohren nahm, hörte er etwas, das wie Regen klang – noch eine Wettererscheinung, die ihnen auf ihrer Reise bislang noch nicht begegnet war. Dann sah er jedoch an mehreren Stellen Wasser aufspritzen und begriff, dass es in Wahrheit Trümmerstücke waren, die aufs Wasser niederprasselten.

Nachdem ein paar Meter vor dem Bug die letzten Bruchstücke in den Fluss niedergegangen waren, sprangen die Motoren wieder an und das Boot tuckerte wie zuvor langsam weiter. Als sie sich der Explosionsstelle näherten, zeigte sich, dass die Überreste der Westminster Bridge zuvor eine Art Staudamm gebildet hatten. Nun strömte das Wasser rasend schnell durch die neuentstandene Lücke. Die Bombe hatte ein zwölf Meter breites Loch in die Barriere gerissen, und ein Kanal hatte sich gebildet, durch den schäumend das Wasser schoss. Das Boot wurde hin und her geschleudert, passierte die Stelle aber unbeschädigt. Nachdem sie wieder in vergleichsweise ruhiges Gewässer gelangt waren, sah sich Huxley dem frisch gefluteten Vorplatz der Houses of Parliament gegenüber. Am Südufer schwankten ein paar halb unter Wasser stehende Bäume in der Strömung.

»Denkt ihr, das war unsere Mission?«, fragte Rhys. »Den Rest der Stadt fluten?«

»Wozu?«, fragte Plath. »Sie ist doch eindeutig schon tot, warum sie noch überschwemmen?«

Im Laufe der nächsten halben Stunde fuhren sie unter zwei weiteren Brücken hindurch, deren Bogen zerstört waren – durch Luftangriffe, wie Pynchon vermutete. »Anscheinend wollte man verhindern, dass Leute sie überqueren«, sagte Rhys. »Aber in welche Richtung?«

»Nach einer Weile hat es vermutlich keine Rolle mehr gespielt«, sagte Pynchon. »Nach dem, was die junge Frau in ihren Videos gesagt hat, haben sie die Stadt offenbar aufgegeben und entlang der M25 eine Barrikade errichtet. Muss eine ziemlich große Operation gewesen sein. Wir reden hier von Zehntausenden Soldaten, damit das funktioniert.«

»Und wenn es nicht funktioniert hat?«, fragte Huxley. »Womöglich wurde die Barrikade schon vor Monaten überrannt. Was dann?«

»Dann ist vermutlich die ganze Welt vor die Hunde gegangen, nicht bloß diese Stadt.«

Die nächste Brücke war aus drei Gründen bemerkenswert.

Zum einen war sie vollständig intakt und nicht zerbombt worden, auch wenn sie sicher nie erfahren würden, weshalb. Zum anderen war es die erste Hängebrücke, die sie sahen. Zwei Paare hoher weißer Säulen bildeten die Verankerung für die Stahlseile, an denen die drei Brückenbogen befestigt waren. Der dritte Grund waren die mehr als fünfzig Leichen, die in unterschiedlichen Höhen von Seilen herabbaumelten und in der Brise leicht schaukelten. Huxley schwenkte das Visier des Karabiners über die Leichen hinweg. Bei vielen konnte er keine Anzeichen einer Infektion entdecken, bei anderen waren die Entstellungen von Gesicht und Gliedmaßen deutlich sichtbar. Einige waren nackt, andere vollständig bekleidet. Es gab Junge, Alte und auch ein paar Kinder. Einige der Opfer waren vor ihrer Hinrichtung mit Botschaften beschmiert worden: »KLASSENVERRÄTERIN« stand auf der Brust einer alten Frau, ein Kind ein paar Meter weiter links trug die Bezeichnung »MIGRANTENABSCHAUM«. Der Tod schien das Einzige zu sein, was sie alle gemein hatten.

»Die sind übereinander hergefallen«, stellte Rhys mit belegter Stimme fest.

»Eine typisch menschliche Reaktion«, sagte Plath, »wenn nur noch Chaos und Furcht vorherrschen. Wahrscheinlich haben sie mit den Erkrankten angefangen und sich dann die vorgenommen, die vielleicht infiziert sein könnten. Und danach«, sie zuckte mit den Achseln, »alle, die sie in die Finger kriegen konnten. Dass sie längst selbst infiziert waren, haben sie wahrscheinlich gar nicht gemerkt. Womöglich glaubten sie, etwas Gutes zu tun, sogar, als sie das kleine Mädchen dort aufgeknüpft haben.«

Sie klang unbekümmert, aber Huxley sah etwas Neues in ihrem Gesicht: Abscheu. Es war ein wissender Ausdruck, der auf Erfahrung gründete. Zum ersten Mal war er sich nicht mehr sicher, ob er das Ziel dieser Mission richtig gedeutet hatte. *Warum schickt man zur Rettung der Menschheit eine Frau los, die Menschen hasst?*

Im Geiste legte er sich bereits ein paar Fragen zurecht, um mehr über Plaths beunruhigendes Wesen herauszufinden. Das war nicht ganz leicht. Wie holte man Informationen aus jemandem heraus, der sich lediglich an die letzten zwei Tage seines Lebens erinnern konnte? *Wenn sie tatsächlich so wenig weiß, wie sie vorgibt.* Da hatte sich wohl wieder der Polizist zu Wort gemeldet – ein berufsmäßiger Argwohn, der ihm zur zweiten Natur geworden war. Momentan wirkte Plath von ihnen allen am gelassensten, selbstsicherer noch als Pynchon. Dass sie womöglich mehr über sich selbst wusste als die anderen, war daher keine abwegige Vermutung.

Die wachsende Liste an Fragen war jedoch augenblicklich vergessen, als mit einem Surren von Zahnrädchen und Elektronik die Kettenkanone zum Leben erwachte.

»Scheiße!« Rhys griff nach ihrem Karabiner, und alle starrten durch die Frontscheibe des Ruderhauses zu dem massigen Geschütz. Es feuerte nicht, sondern schwenkte nur den langen Lauf von rechts nach links und von oben nach unten, wie ein Boxer, der vor dem Glockenläuten im Ring die Muskeln spielen lässt. Alle zuckten erneut zusammen, als zu ihrer Rechten auf dem Armaturenbrett ein Bildschirm zum Leben erwachte. Das Bild flackerte kurz, dann war eine Schwarz-Weiß-Ansicht des Flusses zu sehen, die den Bewegungen der Kettenkanone folgte. Unter dem Bildschirm glitt ein Paneel zur Seite, und ein kleiner Joystick und eine Tastatur kamen zum Vorschein.

»Steuerung ist aktiviert.« Pynchons Stimme klang erleichtert, ja erfreut, während er auf dem Stuhl vor dem Bildschirm Platz nahm. Seine Finger tanzten über die Tasten, und er ergriff den Joystick. Wenn er ihn bewegte, änderte die Kanone entsprechend ihren Winkel. Huxley fand die Bewegungen des Geschützes merkwürdig geschmeidig, nicht roboterartig abgehackt, wie er es erwartet hätte.

»Vollständig geladen ist sie auch.« Pynchon tippte auf eine Zahl auf dem Display. »Fünfundzwanzig-Millimeter-Geschosse. Damit kann man nicht bloß einen Elefanten abschießen, sondern eine ganze Herde zu Hackfleisch verarbeiten.«

»Warum wurde sie gerade jetzt aktiviert?«, fragte Rhys.

»Weil«, Plath lächelte schief, »das, was vor uns liegt, schlimmer wird als das, was wir hinter uns haben.«

Als die nächste Brücke in Sicht kam, wurde das Boot langsamer. Wie die Hängebrücke war auch diese hier intakt, nur dass zum Glück keine Leichen daran hingen. Die Brückenpfeiler wirkten allerdings wenig vertrauenerweckend. Dazwischen hatten sich zahlreiche Bootswracks angesammelt, und es stand zu befürchten, dass sie sich erneut ihren Weg frei sprengen mussten. Als sie näher kamen, entdeckte Huxley zu seiner Erleichterung in dem Chaos eine befahrbare Lücke. Das Hochgefühl verflog sofort wieder, als sein Blick auf das größte und am wenigsten beschädigte Boot in dem ganzen Durcheinander fiel.

»Ist das …?« Rhys musterte das Wrack eingehend durch die Frontscheibe.

»Ein Mark-VI-Wright-Class-Patrouillenboot«, beendete Pynchon den Satz für sie. »Ja.«

Die Motoren erstarben, und mit einem Gefühl grimmiger Unvermeidlichkeit griff Huxley nach dem Satellitentelefon, das in diesem Moment zu klingeln begann. Er legte es auf das Armaturenbrett und drückte den grünen Knopf. »Huxley«, knurrte er angespannt.

»Gibt es Verluste?«

»Einer. Golding ist tot.«

Keine Pause. »Zeigt einer der anderen Anzeichen von Verwirrung oder grundloser Aggression?«

»Ach, verdammt noch mal. Golding ist tot! Begreifen Sie das nicht? Ein verdammtes Monster ist aus dem Wasser aufgetaucht und hat ihn umgebracht! Er ist tot!«

»Bestätigt. Beantworten Sie meine Frage: Zeigt einer der anderen Anzeichen von Verwirrung oder grundloser Aggression?«

Huxley stützte sich mit geballten Fäusten zu beiden Seiten des Telefons ab. Erstaunen und Wut rangen in ihm miteinander, am liebsten hätte er diese Maschine mit der falschen weiblichen Stimme mit noch mehr Flüchen überschüttet. *Sinnlos. Es ist ein Ding, keine Person. Was du denkst oder fühlst, ist ihm egal. So wurde es konstruiert. Wahrscheinlich aus gutem Grund.*

»Nein«, sagte er, nachdem er ein paarmal ruhig durchgeatmet hatte.

»Die Sensoren auf Ihrem Boot haben ein Transpondersignal empfangen. Was ist die Quelle?«

Huxley hob den Blick zur Frontscheibe und dem schiefliegenden hellgrauen Boot, das am nördlichen Brückenpfeiler festhing. »Vor uns befindet sich ein Boot, das identisch mit unserem ist.«

»Beschreiben Sie seinen Zustand.«

»Reglos. Scheint intakt zu sein.«

»Lebenszeichen?«

»Keine.«

Eine Pause, dann einige leise Klickgeräusche. »Erkunden. Sammeln Sie alles an Waffen und Sprengstoff ein, was Sie finden können. Es könnte für die nächste Phase Ihrer Mission nützlich sein. Wenn Sie fertig sind, sprengen Sie das andere Boot.«

Huxley schaute zu den anderen. In den Gesichtern von Pynchon und Rhys stand zweifelnder Argwohn, Plath hingegen wirkte fast desinteressiert. »Und wenn wir Überlebende finden?«, fragte er.

»Töten Sie sie.«

»Wessen Boot ist das?«

»Das ist für Ihre Mission nicht relevant. Zehn Minuten nachdem der Transponder des anderen Schiffes zerstört wurde, wird Ihr Boot reaktiviert.«

Wie üblich folgten ein paar Klickgeräusche, dann verstummte das Telefon.

»Mein Ratschlag«, sagte Plath, »wir bereiten etwas C4 vor und werfen es ins Boot. Sobald es peng macht, können wir weiterfahren.«

»Die wollen, dass wir das Boot erkunden«, hielt Rhys dagegen.

Plath hob die Augenbrauen und lächelte ausdruckslos. »Die können mich mal am Arsch lecken.« Sie wandte sich ab und ging zur Leiter, die zur Mannschaftskabine hinunterführte. »Wenn ihr wollt, geht rüber, aber lasst mich damit in Ruhe. Ich hab für heute genug Heldentaten vollbracht. Übrigens gern geschehen. Ich glaub, ich hau mich ein bisschen aufs Ohr.«

Sie entschieden, dass Pynchon zurückbleiben sollte, weil er als Einziger die Kettenkanone bedienen konnte. Als sie an der Brücke angehalten hatten, war am Nord- und Südufer noch alles ruhig gewesen. Je länger sie jedoch hierblieben, desto zahlreicher wurden die gequälten und wahnsinnigen Schreie, die aus dem

Dunst herüberhallten. Der Nebel war so dicht, dass die Erkrankten selbst nicht zu sehen waren, das zunehmende Kräuseln des Wassers zu beiden Seiten zeugte jedoch davon, dass die Menge stetig anwuchs. Huxley ließ den Blick immerzu übers Wasser schweifen, für den Fall, dass wieder ein dünner, spitzer Tentakelarm aus der Tiefe hervorgeschossen kam.

»Kann sein, dass wir bald massive Feuerkraft brauchen werden«, sagte er zu Pynchon und neigte den Kopf in Richtung Kettenkanone.

Der Soldat nickte zögernd, hielt aber den Blick auf das andere Patrouillenboot gerichtet. »Es ist keine schlechte Idee, wisst ihr. Was Plath gesagt hat. Es einfach zu sprengen und von hier zu verschwinden.«

»Wir brauchen Gewissheit«, sagte Rhys. »Oder ich jedenfalls. Wer sie waren. Was sie hier wollten.«

»Ich frage mich, wie sie so weit kommen konnten«, sagte Huxley. »Weil Westminster Bridge doch den Fluss versperrt hat, meine ich.«

»Ganz schön offensichtlich, oder, Herr Kommissar?« Pynchon grinste leicht herablassend. »Die Brücke stand noch, als sie dort vorbeikamen. Was heißt, dass sie schon eine Weile hier sind.« Sein Grinsen verschwand, als ihm offenbar ein weiterer Gedanke kam. »Oder die haben die Brücke gesprengt, um zu verhindern, dass sie umkehren.«

Er bereitete vier Blöcke C4 vor und befestigte Sprengzünder und Timer. »Einen im Maschinenraum«, erklärte er, legte die Sprengsätze in einen Rucksack und reichte ihn Huxley, »einen im Bug. Den dritten im Mannschaftsquartier und den vierten auf dem Armaturenbrett. Wenn das den Transponder nicht zerstört, wo immer der ist, dann weiß ich auch nicht.«

Huxley übernahm die Steuerung des Schlauchboots, und Rhys setzte sich in den Bug und hielt den Karabiner auf das andere Boot gerichtet. »Ich weiß, was du denkst«, sagte sie, als sie die Hälfte der Strecke zurückgelegt hatten.

»Was denn?«

»Plath. Sie hat sich verändert.«

»Das haben wir wahrscheinlich alle.«

»Das meine ich nicht, und das weißt du.« Sie schaute ihn entschlossen an. »Wir sollten sie töten.«

»Du denkst, sie ist infiziert?«

»Möglicherweise. Oder sie war immer schon so, und ihr Charakter zeigt sich jetzt erst richtig. Wenn sie beim Psychopathen-Test weniger als neunzig Prozent Trefferquote hätte, wäre ich sehr überrascht. Kurz gesagt: Sie ist komplett irre und eine Gefahr für uns alle.«

»Angesichts der wenigen Indizien, die wir haben, scheint mir die Diagnose etwas vorschnell. Klar, einen Preis für Charme und Sympathie wird sie nicht gerade gewinnen. Und sie hat definitiv eine boshafte Ader. Aber das macht sie noch nicht gleich zur Psychopathin.«

Sie warf ihm erneut einen – diesmal finsteren – Blick zu. »Wenn es um Leben und Tod geht, ist man gezwungen, schnelle Entscheidungen zu treffen, auch wenn einem nur wenige Daten zur Verfügung stehen. Ich habe dir gesagt, dass ich das hier unbedingt überleben will. Und auch den Grund dafür.«

Ihre Tochter. Die genauso gut ein Sohn sein könnte. Ein Kind, das sie auf die Welt gebracht hatte, aber dessen Name oder Gesicht sich ihrer Erinnerung entzog. Da wusste er mit absoluter Gewissheit, dass Rhys sich für diese Mission freiwillig gemeldet hatte, aus dem dringenden Bedürfnis heraus, die Zukunft ihres

Kindes zu sichern. Dasselbe Bedürfnis stand jetzt hinter ihrem Entschluss, Plath zu töten.

»Auch eine Psychopathin kann nützlich sein«, gab er zu bedenken und schaltete den Motor aus. Das Schlauchboot stieß gegen das Achterdeck des anderen Patrouillenboots. »Das hat sie heute bewiesen.«

»Weil sie es musste. Sie ist vollkommen unfähig, für andere Menschen etwas zu empfinden. Wenn sie der Meinung wäre, dass es für ihr Überleben notwendig ist, würde sie sich sofort gegen uns wenden.«

»Wie dir vielleicht aufgefallen ist, gehen uns langsam die Leute aus.« Er hob seinen Karabiner und drückte den Schaft gegen die Schulter. Rhys rührte sich nicht, sondern sah ihm nur in die Augen. »Wenn es sein muss«, sagte er, als sich der Moment unangenehm in die Länge zog, »werde ich nicht zögern. Aber ich bin nicht bereit, jemanden einfach kaltblütig zu ermorden.«

Rhys nickte zögerlich, dann straffte sie sich und richtete ihren Karabiner auf das Ruderhaus des Patrouillenboots. Es lag halb verborgen in der Finsternis unter dem Brückenbogen. Huxley sah das stumpfe Glänzen der dunklen Bildschirme auf dem Armaturenbrett. Rhys hielt den Karabiner mit einer Hand im Anschlag, während sie vom Schlauchboot auf das Achterdeck kletterte, ging auf die Knie und schaltete ihre Taschenlampe ein.

»Hallihallo!«, rief sie. »Hier sind Rhys und Huxley von nebenan. Wir haben euch Kirschkuchen mitgebracht. Schön habt ihr's hier!«

Keine Antwort. Huxley zog sich ebenfalls aufs Boot hoch. Die beiden Lichter ihrer Taschenlampen tanzten über das Innere des Ruderhauses und funkelten auf dem zersprungenen Glas der Frontscheibe. »Einschusslöcher«, sagte Huxley.

»Und zwar eine ganze Menge.« Rhys stand auf und betrat das

Ruderhaus. Der Strahl ihrer LED-Lampe wanderte hin und her. »Überall. Anscheinend wurde hier drinnen heftig geschossen.«

»Leichen?«

Sie schüttelte den Kopf und senkte die Taschenlampe, um zahlreiche leere Patronenhülsen zu beleuchten, die auf dem Boden verstreut lagen. Auch ein abstraktes Muster aus dunklen Flecken wurde auf den Gummimatten sichtbar. »Eine Menge getrocknetes Blut. Hier ist jemand gestorben.«

Huxley ging zum Armaturenbrett, das sich von dem auf ihrem Boot deutlich unterschied. Hier war die Steuerung nicht mit Paneelen abgedeckt. Er sah zahlreiche Tasten und Steuerflächen sowie rechts einen großen Joystick und mehrere Hebel, mit denen sich vermutlich die Pinne und die Bootsmotoren bedienen ließen.

»Sie hatten die volle Kontrolle«, sagte er. »Ein Satellitentelefon sehe ich auch nicht. Die mussten nicht warten, bis ihre Motoren wieder anspringen.«

»Dann wussten sie also, was sie tun. Und wer sie sind.«

»Vielleicht. Jedenfalls könnte ich wetten, dass sie viel mehr wussten als wir.« Er nickte zur Leiter. »Mannschaftskabine. Ich gehe vor.«

»Sexist.« Offenbar war das nicht als Beschwerde gemeint, denn sie machte bereitwillig Platz, während er sich den Karabiner über den Rücken warf und seine Pistole zog. Er nahm die Taschenlampe und hielt sie neben die Waffe. Im Lichtschein kamen weitere Flecken auf der Leiter zum Vorschein, auf dem Deck unten waren jedoch keine zu sehen. Geduckt stieg Huxley nach unten, hielt bei jedem Schritt inne und zwang sich, die Lampe langsam von links nach rechts zu schwenken. Die zwei Leichen, die zu beiden Seiten des schmalen Ganges an den Kojen lehnten, waren schwer zu übersehen.

Am Fuß der Leiter hielt er inne, um die ganze Kabine mit der Taschenlampe abzusuchen. Er sah Blutspritzer und verschiedene andere Überbleibsel. Leere Verpflegungspackungen und einige Smartphones lagen auf dem Boden verteilt. »Alles klar hier«, rief er Rhys zu und richtete die Taschenlampe auf die Leichen. »Die solltest du dir mal ansehen.«

Die beiden Toten, ein Mann und eine Frau, trugen dieselben tarnfarbenen Uniformen, die auch Huxley und Rhys anhatten. Ihre Haut war durch die bereits einsetzende Verwesung schwarz verfärbt. Auf der Brust des Mannes befand sich ein dunkler Fleck, die Frau hatte ein münzgroßes Loch in der Stirn und ein größeres an der Schädelrückseite. An der Wand dahinter zeichneten sich Spritzer einer dunklen Masse ab. Die steife aschedunkle Hand in ihrem Schoß hielt eine Pistole.

»Mord und darauffolgender Selbstmord«, schlussfolgerte Huxley, was ihm einen spöttischen Blick von Rhys einbrachte. Er war dankbar, dass sie ihm das »Ach wirklich, Sherlock?« ersparte, bevor sie sich daranmachte, die Leichen oberflächlich zu untersuchen.

»Beide über dreißig«, sagte sie nachdenklich und drehte den Kopf der Frau hin und her. Huxley musste einen Anflug von Ekel unterdrücken, als er trockenes Muskelgewebe knarzen hörte. »Die Leichenstarre ist schon überwunden, sie sind also bereits eine Weile tot.« Sie musterte die beiden Leichen genauer. »Ich hätte erwartet, dass die Verwesung weiter fortgeschritten sein müsste, aber vielleicht hat die Krankheit sie aufgehalten. Sie sind beide infiziert, siehst du?« Rhys fuhr mit dem Finger das Kinn der Frau entlang, um ihm die Missbildung zu zeigen. Unweit des Kinns ragte ein kleiner Knochenfortsatz aus der Haut hervor, der wie das Miniaturhorn eines Rhinozeros wirkte. »Er besitzt Auswüchse an der Wirbelsäule«, fügte sie hinzu und nickte zu dem Toten.

»Ihre Narben sehen anders aus.« Huxley richtete die Lampe auf den geschorenen Kopf der Frau und beleuchtete den etwa drei Zentimeter langen verheilten Einschnitt über ihrem Ohr.

»Kleiner«, stimmte Rhys zu. »Wahrscheinlich ein weniger invasiver Eingriff.« Sie musste ein Messer benutzen, um die Weste der Frau aufzuschneiden, die an vielen Stellen mit Blut vollgesogen war und an der Haut festklebte. »Keine Narben über den Nieren. Das haben die sich wohl für uns aufgehoben.«

»Wie steht's mit Namen?«

Rhys richtete die Taschenlampe auf den Unterarm der Frau. Auf der verfärbten Haut war die Tätowierung schwer zu erkennen, aber nach genauerem Hinsehen konnte sie sie dennoch entziffern. »KAHLO.« Die Tätowierung des Mannes war besser zu sehen, weil sein Blut in den Händen und nicht in den Armen geronnen war, wie Rhys erklärte. »TURNER.«

»Frida Kahlo und William Turner«, sagte Huxley. »Maler. Anscheinend war das hier das Künstlerboot. Aber waren sie nur zu zweit?«

»Unwahrscheinlich.« Rhys nickte zur Decke. »Die Schießerei hat drinnen stattgefunden. Ich würde vermuten, dass sie die anderen getötet haben, als sich bei ihnen die Krankheit zeigte. Die Leichen haben sie über Bord geworfen und dann …« Sie deutete auf die beiden Toten. »Dann ist ihnen klargeworden, dass sie es nicht schaffen würden.«

Huxley musterte die Smartphones, die auf dem Deck lagen. »Die haben sie wahrscheinlich in den Wracks flussabwärts gefunden.« Er griff sich ein Smartphone und drückte den Einschaltknopf, doch das Gerät war tot. Er warf es beiseite und versuchte es bei einigen anderen – mit demselben Resultat. »Hat keinen Zweck. Was immer sie in Erfahrung gebracht haben, sie haben es mit in den Tod genommen.«

»Irgendwas muss hier doch zu finden sein.« Rhys stand auf und ging zu den Lagerfächern im Boden. »Anscheinend hatten sie nicht so viel Ausrüstung wie wir. Oder sie haben sie auf dem Weg hierher komplett verbraucht.« Sie kniete sich hin und kramte in einem Fach herum, während Huxley zum Maschinenraum ging. Er verbrachte ein paar Minuten mit fruchtloser Suche und ließ den Lichtstrahl über verschiedene Maschinen gleiten, deren Skalen und Anzeigen jedoch allesamt tot waren. Ein wortloser Ausruf von Rhys ließ unwillkürlich seine Waffenhand zucken, doch wieder verhinderte die Ausbildung, die er offenbar erhalten hatte, dass er den Abzug drückte.

»Was?«, rief er zurück.

»Die haben uns was hinterlassen.« Rhys' Stimme klang überraschend fröhlich, wie die eines Kindes, das in einer Packung Cornflakes ein Spielzeug entdeckt hat.

Huxley kehrte in die Mannschaftskabine zurück, blieb jedoch stehen, als das LED-Licht seiner Lampe an der Wand hinter Turners Leiche etwas zutage förderte. Anfangs sah es nur wie verschmiertes Blut aus, das zu dunklen Strichen getrocknet war, aber je länger er hinschaute, desto klarer wurde ihm, dass es sich um ein Wort handelte. *Kahlo hat Turner erschossen und dann etwas mit seinem Blut an die Wand geschrieben, bevor sie sich selbst das Hirn weggepustet hat.* Er ging in die Hocke und ließ den Strahl der Taschenlampe über die krakeligen Großbuchstaben gleiten: ANTIKÖRPER. Dann ein weiterer Schmierfleck, der wie ein Punkt aussah und dahinter: 5FEHLSC

Fünf Fehlschläge?, grübelte er. *Waren sie vielleicht zu fünft, wäh-*

rend wir ursprünglich zu siebt waren? Ging es darum, die Chancen für einen Erfolg zu erhöhen, oder wollten die bloß noch mehr Versuchskaninchen?

»Huxley«, rief Rhys verärgert. Er wollte ihr schon von dem grausigen Graffito erzählen, biss sich jedoch auf die Zunge. Er hatte keine Ahnung, weshalb, aber irgendein Instinkt forderte ihn unmissverständlich auf, zu schweigen. *Das Polizisten-Hirn mal wieder.* Er rang einen Anflug von Schuldgefühlen nieder. *Informationen, die noch nützlich sein könnten, behält man besser für sich.*

»Was hast du entdeckt?«, fragte er und ging zu Rhys.

»Endlich mal was Sinnvolles.« Sie zerrte an einem Gegenstand in dem Fach, der etwa die Größe eines Druckers hatte, jedoch offenbar um einiges schwerer war. »Ach bitte«, keuchte sie. »Du musst mir nicht helfen. Ich komm schon klar.«

»Was ist das für ein Ding?« Er packte am breiten Boden des Gegenstandes mit an, und gemeinsam hoben sie ihn aufs Deck. Im Strahl von Huxleys Taschenlampe sah er wie eine merkwürdige Mischung aus Feldstecher und Flachbettscanner aus.

»Wenn ich mich nicht irre«, Rhys strich mit der Hand über den massigen Kopf des Dings, »dann ist das ein Mikroskop-Spektralphotometer.« Als sie seinen verständnislosen Blick sah, setzte sie zu einer Erklärung an. »Mikroskop und Spektrometer in einem. Damit kann man nicht nur Proben auf der Mikroebene betrachten, sondern auch ihre Zusammensetzung bestimmen. Und«, sie legte am unteren Ende einen Schalter um und lachte zufrieden, als er grün leuchtete, »es scheint eine eigene, voll funktionsfähige Energiequelle zu besitzen.«

»Du weißt, wie man so was verwendet?«

»Da bin ich mir ziemlich sicher.«

»Na gut.« Er blickte über die Schulter zu den Leichen. Das an die Wand geschriebene Wort lag im Schatten. *Antikörper.* »Dann bringen wir es ins Schlauchboot und schauen, ob hier noch mehr zu finden …«

Der Lärm, der in diesem Moment draußen losbrach, war dermaßen laut, dass er erst glaubte, ein Jet käme kreischend zu einer weiteren Bombardierungsmission angeflogen. Als das Getöse erstarb, um gleich darauf erneut loszuscheppern, erkannte er jedoch, dass es kein Jet sein konnte. Der Radau erinnerte an einen Hochleistungsbohrer, doch das Hämmern war schneller und wurde von einem hohen Pfeifen begleitet. Offenbar wurde unter hohem Druck Luft verdrängt.

»Die Kettenkanone«, sagte er und kam hoch. »Zeit, zu verschwinden.«

Ächzend versuchte Rhys, das Mikroskop hochzuheben, konnte es jedoch kaum von der Stelle bewegen. »Das können wir nicht hierlassen.«

Huxley verkniff sich einen Fluch, als er ein weiteres Mal das Kreischen der Kettenkanone hörte. Über ihnen ertönte ein Poltern, als etwas auf das Dach des Bootes fiel. Er nahm den Rucksack ab und holte einen der Blöcke C4 heraus. Huxley stellte den Timer auf fünf Minuten, überlegte es sich dann anders und reduzierte die Zeit auf vier Minuten.

»Das muss reichen«, sagte er, steckte den Block wieder in den Rucksack und legte ihn eilig vor die Luke zum Maschinenraum. Er überprüfte, ob mit der Leiter nach oben alles in Ordnung war, konnte jedoch nichts entdecken. Zu seiner Erleichterung war die Kettenkanone verstummt. Gemeinsam mit Rhys wuchtete er ihren Fund die Leiter zum Ruderhaus hoch. Als sie das obere Ende erreicht hatten, ließ die Kettenkanone ein weiteres Gepolter los. Über ihren Köpfen waren mehrere Einschläge zu hören, die das

Boot ins Schwanken brachten. Huxley erhaschte einen Blick auf etwas Schweres, Feuchtes, das die Frontscheibe hinunterrutschte, blieb jedoch nicht stehen, um es genauer zu betrachten.

Als sie aufs Achterdeck hinaustraten, wurden sie von etwas begrüßt, das wie ein horizontaler Lichtblitz aussah. Das schrille Hämmern der Kettenkanone hallte ihnen in den Ohren. Sie duckten sich, Huxley schaute hoch und sah eine Kette monströser Glühwürmchen über sie hinwegschwirren. *Leuchtgeschosse*, erkannte er und verfolgte den glühenden Strom bis zur Brücke. Als dieser auf ein dunkles, waberndes Hindernis traf, sprühten rote Feuerfontänen auf, die hin und her wanderten und eine Spur aus blutroten Novas hinterließen. Ein Stück eines rauchenden, deformierten Unterarms landete auf dem Deck.

Die Kettenkanone verstummte wieder, und er sah zum Boot, wo eine dünne graue Rauchfahne von der Mündung des Geschützes aufstieg. Er glaubte, Pynchon zu erkennen, der hinter der Frontscheibe des Ruderhauses stand und ihnen eindringlich zuwinkte, war sich aber nicht ganz sicher. Vom Heck des Bootes war ein wiederholtes Krachen zu hören. Die Mündung von Plaths Karabiner blitzte auf. Sie gab gezielte Schüsse auf etwas am Nordufer ab.

Ein mehrstimmiges Knurren von oben ließ Huxley wieder zur Brücke hochschauen. Das Geländer war mit Blut besudelt und mit den zerfetzten Leichen von Erkrankten übersät. Wo das Knurren herkam, konnte er nicht erkennen, vermutlich stammte es von denen, die noch genügend Vernunft besessen hatten, um in Deckung zu gehen, und den Salven der Kettenkanone deshalb entgangen waren. Die Lautstärke zeugte von einer beträchtlichen Anzahl. Manche der Erkrankten, denen sie begegnet waren, hatten durchaus verständliche Worte von sich gegeben. Hier war jedoch nur ein wahrhaft höllisches, unverständliches Gebrabbel zu hören. Rhythmisches Jaulen begleitete klagendes Heulen und Wutgebrüll und bildete einen Chor, den Huxley als bestialisch bezeichnet hätte, wäre er nicht absolut sicher gewesen, dass kein Tier jemals etwas so Hässliches von sich geben würde.

Eine der Leichen stürzte von der Brücke, schlug auf dem Dach des Ruderhauses auf und brachte das Boot ins Schwanken. Weitere folgten, und Huxley sah, dass sie direkt über dem Boot übers Geländer geworfen wurden, manche im Ganzen, meist jedoch nur abgerissene Gliedmaßen und Köpfe – eine Kaskade aus Leichenteilen, die stetig weiter anschwoll.

»Die wollen uns versenken«, sagte Rhys.

Einige krachende Schüsse aus Plaths Karabiner lenkten Huxleys Aufmerksamkeit wieder aufs Boot zurück. *Vier Minuten*, erinnerte er sich. Er bückte sich, hob das Mikroskop hoch und schleppte es zum Schlauchboot. *Inzwischen eher zwei.*

Glücklicherweise ging das Schlauchboot unter dem an einer Stelle konzentrierten Gewicht des Mikroskops nicht unter, auch wenn es beängstigend auf und nieder wippte, als Rhys das Seil löste und Huxley ihr das Gerät übergab. Er setzte sich an den Außenbordmotor. Um nicht in die Schussbahn von Plaths Karabiner zu geraten, steuerte er zur Backbordseite des Bootes. Sobald sie am Bug vorbei waren, erwachte die Kettenkanone erneut dröhnend zum Leben. Sie gab jetzt kurze Salven ab, Huxley schaute zurück und sah die Leuchtgeschosse im oberen Teil der Brücke einschlagen. Vermutlich wollte Pynchon, dass die Erkrankten die Köpfe einzogen. Allerdings schien es wenig zu bewirken, die Leichenteile prasselten unvermindert weiter hinab. Das andere Boot neigte sich unter dem zusätzlichen Gewicht und trieb vom Brückenpfeiler weg. Wasser schwappte über das Heck.

»Neues Spielzeug?«, erkundigte sich Plath, die kurz zu ihnen hinübersah, als sie das Schlauchboot festbanden und das Mikroskop aufs Achterdeck hievten. Sie drehte sich wieder um und feuerte, ohne eine Antwort abzuwarten. Huxley richtete sich auf, um zu sehen, worauf sie schoss. Das Kräuseln des Wassers auf der Steuerbordseite hatte deutlich zugenommen, und im Nebel waren zahlreiche Silhouetten zu sehen. Wie die Erkrankten auf der Brücke hatten auch diese hier ein groteskes Lied angestimmt, das jedoch mit mehr Wut und Aggression hervorgebracht wurde.

»Ab und zu stürmen ein oder zwei von denen vorwärts«, sagte Plath. Hinter ihr spritzte Wasser im Dunst auf, und sie gab zwei kurze Schüsse ab. »Seht ihr? Die scheinen mit jeder Minute mutiger zu werden. Und wir können das Boot nicht drehen, damit Pynchon sie mit der Kettenkanone ausradieren kann.«

»Wie lange noch?«, rief Pynchon aus dem Ruderhaus.

Huxley ließ Rhys bei Plath zurück, damit sie sie mit ihrem Karabiner unterstützte, und lief zur Frontscheibe des Ruderhauses, um zum anderen Boot hinüberzuschauen. Das Heck lag jetzt schon teilweise unter Wasser, und das Boot trieb weiter auf die Mitte der Brücke zu, beladen mit immer mehr grausigen Geschossen von oben.

»Ich habe den Zünder auf vier Minuten gestellt«, sagte er zu Pynchon. »Kann nicht mehr lange dauern.«

Pynchons Miene zeigte Verwirrung, und er packte den Joystick fester, um den Brückenbogen erneut mit einer Salve aus der Kettenkanone einzudecken. Huxley richtete den Blick auf das andere Boot und zählte sechzig Sekunden herunter. Als nichts passierte, seufzte er frustriert. »Vielleicht habe ich den Timer nicht richtig eingestellt.«

»Na phantastisch.« Pynchons Kinn arbeitete, offenbar gelang

es ihm nur mit Mühe, einen Haufen Flüche und wüste Beschimpfungen zurückzuhalten. »Dann können wir bloß hoffen, dass das Transpondersignal abgeschwächt wird, wenn das Boot sinkt. Wasser hemmt Funkwellen. Aber ich bin mir nicht sicher, ob der Fluss tief genug ist.«

Huxley sah, wie eine weitere Flut aus Leichenteilen auf das Boot niederging. Die Erkrankten duckten sich, als Pynchon erneut eine kurze Salve Leuchtgeschosse abfeuerte. »Wenn das so weitergeht, haben wir bald keine Munition mehr.«

»Ich kapiere nicht, warum die es unbedingt versenken wollen«, sagte Huxley. »Ich meine, die sind doch alle verrückt, oder? Wegen der Krankheit. Aber sie arbeiten eindeutig zusammen …«

Er verstummte, als das andere Boot plötzlich in einem Wasserschwall verschwand. Die Explosion war so nah, dass der Knall förmlich über sie hinwegflutete. In der Frontscheibe bildeten sich Haarrisse, während Huxley und Pynchon sich die Ohren zuhielten und in Deckung gingen. Ihr Boot schwankte und schaukelte in der Flutwelle, dann richtete es sich wieder auf und setzte sich in Bewegung. Erst als das Klingeln in Huxleys Ohren nachgelassen hatte, wurde ihm bewusst, dass die Motoren wieder angesprungen waren.

Der Schatten der Brücke wanderte über sie hinweg, und Huxley ging zum Achterdeck, wo Plath den Erkrankten zum Abschied noch ein paar Kugeln hinterherschickte. Der Nebel schloss sich um sie, bevor Huxley Einzelheiten ausmachen konnte, er gewann jedoch den Eindruck einer großen Menge deformierter Körper, die sich auf dem Brückenbogen drängten. Ihr infernalisches Gelärme verklang langsam und wurde vom Dröhnen der Motoren übertönt.

Rhys war damit beschäftigt, ihr Fundstück genauer in Augenschein zu nehmen. Zögernd und ehrfurchtsvoll glitten ihre Hände über die verschiedenen Knöpfe und Schalter. »Mist«, sagte sie und schaute mit hochgezogenen Augenbrauen zu Huxley. »So viel Blut und Eingeweide, und wir haben nicht dran gedacht, eine Probe mitzunehmen.«

NEUN

Das Satellitentelefon begann zu läuten, als sie ein Stück von der Brücke entfernt waren. Zum ersten Mal verspürte Huxley den Wunsch, es einfach klingeln zu lassen. So lange, bis ihre unsichtbaren Peiniger die Motoren ausschalteten. Pynchon erkannte offenbar, was in ihm vorging, denn er verzog entschuldigend den Mund, als er auf den grünen Knopf drückte. »Wir haben keine Wahl. Das weißt du.«

»Gibt es Verluste?«, fragte die Telefonstimme gewohnt emotionslos.

Huxley strich sich mit der Hand über den Kopf. Wieder verspürte er pulsierenden Erinnerungsschmerz. Vielleicht hatte er irgendwann mal schlechte Erfahrungen in einer Warteschleife gemacht.

»Nein.«

»Zeigt einer der anderen Anzeichen von Verwirrung oder grundloser Aggression?«

»Nein.«

»Beschreiben Sie den Zustand des anderen Bootes.«

»Starke Schäden im Inneren durch den Einsatz von Handfeuerwaffen. Keine Überlebenden. Zwei Leichen. Kahlo und Turner. Mord/Selbstmord. Beide waren infiziert.«

»Konnten Sie irgendetwas mitnehmen, das interessant oder für Ihre Mission von Wert ist?«

Sein Blick ging zu dem Mikroskop, das auf einem der Stühle festgeschnallt war. »Nein. Dafür blieb keine Zeit.« Er hatte die Lüge mit den anderen nicht vorher abgesprochen, aber keiner von ihnen widersprach. »Ein Haufen Erkrankter ist aufgetaucht. Denen passte es anscheinend nicht, dass wir da waren. Haben sogar alle zusammengearbeitet, um uns aufzuhalten. Irgendeine Idee, wie das sein kann?«

Er erwartete keine Antwort, deswegen überraschte ihn die nun folgende ausführliche Erklärung. »Die meisten Infizierten erliegen der Krankheit innerhalb von vier Wochen. Einige jedoch nicht. Manche verhalten sich weiter wie Einzelwesen, andere bilden Gruppen, die an hierarchisch organisierte Raubtierrudel erinnern. Auf Eindringlinge in ihrem Territorium reagieren sie äußerst aggressiv.«

»Wenn das so ist, dann können sie nicht vollständig verrückt sein. Ein Teil von ihnen ist noch in der Lage, zu denken und zu kommunizieren.«

Eine kurze Pause, ein Klicken. »Ihr Mitgefühl ist unangebracht und irrelevant für den Erfolg dieser Mission.«

»Ihrer Mission.«

»Es ist auch Ihre. Ihre Teilnahme ist vollkommen freiwillig.«

»Das behaupten Sie. Wir können nicht überprüfen, ob es stimmt.« Wieder ein Klicken. »Eine weitere Erörterung dieses Sachverhalts ist irrelevant. Das Boot fährt auf eine tiefere Stelle im Fluss zu, wo es sich während der Nachtstunden abschalten wird. Ruhen Sie sich aus, aber stellen Sie zur Sicherheit eine Wache auf. Im Morgengrauen wird das Boot wieder aktiviert, und Sie erhalten weitere Anweisungen.«

»Ja«, murmelte Huxley, als das vertraute Klicken und die Stille folgten. »Sie können mich auch mal.«

»Es ist eine komplexe organische Verbindung.« Rhys schürzte die Lippen und trat vom Mikroskop zurück. Da sie sonst keine Proben besaßen, hatten sie beschlossen, den Inhalt einer der überzähligen Impfdosen zu testen. Das Mikroskop stand auf einer umgedrehten Lagerkiste, in der Nähe der Luke zum Ruderhaus, von der aus Pynchon das umliegende Wasser im Auge behielt. Unten am Gerät hatten sie ein kleines Fach mit Objektträgern, Spritzen und nützlichen Instrumenten entdeckt.

Eine Stunde nach dem Gespräch mit dem Satellitentelefon hielt das Boot tatsächlich an. Die Motoren erwachten von nun an wieder nur gelegentlich zum Leben, um die Position zu halten. Im Nebel war von ihrer Umgebung nichts zu sehen. Durch die hereinbrechende Dämmerung entstand der Eindruck, inmitten eines gewaltigen, endlosen Ozeans zu schwimmen und nicht in einer zerstörten und gefluteten Stadt. Im Dunst waren entfernte Schreie zu hören, die mit dem misstönenden Chor der Erkrankten auf der Brücke jedoch nichts gemein hatten.

»Lange Liste verschiedener Elemente, wie ihr sehen könnt.« Rhys deutete auf den kleinen ausklappbaren Bildschirm am Mikroskop, auf dem der Inhalt des Objektträgers angezeigt wurde, den sie in das Gerät geschoben hatte. Huxley sah nur einen graurosafarbenen Schmierfleck, der von chemischen Symbolen und Zahlen überlagert wurde. Rhys hingegen, die zwar behauptet hatte, sich mit Biochemie nicht auszukennen, konnte sie problemlos entziffern.

»Das ist aber nicht weiter überraschend«, fuhr sie fort. »Entscheidender ist das, was sie zusammen bilden.«

»Und was wäre das?«, erkundigte sich Huxley.

»Desoxyribonukleinsäure und Proteine in unterschiedlichen Mengen. Kurz gesagt, Stammzellen. In der spektrographischen Analyse wurden auch einige Aluminiumsalze identifiziert.«

»Was heißt das?«, fragte Plath.

»Aluminiumsalze sind ein Adjuvans, das bei vielen Impfstoffen zum Einsatz kommt.«

»Adjuvans?«, fragte Huxley.

»Das ist der medizinische Fachbegriff für eine Substanz, die die Wirkung der Hauptinhaltsstoffe eines Präparats verstärkt. Bei Impfstoffen werden Aluminiumsalze verwendet, um die Entzündungsreaktion des Körpers zu verstärken. Dadurch wird die Immunantwort stimuliert, und es werden mehr Antikörper gebildet.«

Antikörper ... Kurz überlegte Huxley, ob er den anderen von den hingeschmierten Buchstaben auf dem anderen Boot erzählen sollte, sein Polizeiinstinkt hielt ihn jedoch erneut davon ab.

»Es ist also tatsächlich ein Impfstoff«, sagte Plath.

Rhys betrachtete den Bildschirm des Mikroskops und schüttelte den Kopf. »Nicht unbedingt. Adjuvanzien werden auch bei anderen Medikamenten eingesetzt. Aber es ist wahrscheinlicher. In den Erinnerungen, die mir geblieben sind, finde ich allerdings nichts darüber, ob und wie Stammzellen in Impfstoffen eingesetzt werden.«

»Was immer es ist, es könnte uns tatsächlich immun gemacht haben«, warf Pynchon ein. »Ich meine, bisher hat keiner von uns Symptome bekommen.«

»Dickinson schon«, gab Huxley zu bedenken.

»Weil sie die Spritze noch nicht bekommen hatte«, sagte Plath. »Damit stellt sich eine andere Frage: Wenn es wirklich ein Impfstoff ist, warum sollten wir ihn uns erst spritzen, nachdem wir schon eine ganze Weile unterwegs waren?«

»Angeblich hatten wir ja vorher schon eine Dosis erhalten«, sagte Rhys. »Die Spritze enthielt einen Booster, wie die Stimme im Telefon gesagt hat. Manche Impfungen werden erst nach der zweiten Dosis richtig wirksam. Außerdem sollten wir die Narben über unseren Nieren nicht vergessen. Vielleicht war ein chirurgischer Eingriff nötig, damit der Impfstoff wirkt, beispielsweise durch Veränderungen im Hormonsystem. Was Dickinson betrifft: Keine zwei Menschen sind völlig gleich. Auf Krankheiten reagiert jeder anders. Manche bekommen milde Symptome, andere überhaupt keine. Mitunter ist jemand sogar ohne Impfung natürlicherweise immun. Vielleicht war Dickinson einfach anfälliger für die Infektion. Wenn ja, dann hätte ihr auch diese Booster-Spritze wahrscheinlich nicht geholfen.«

Pynchon nickte zum Mikroskop. »Du könntest damit unser Blut testen, oder? Schauen, ob wir infiziert sind?«

Rhys nickte. »Aber ich bräuchte Proben zum Vergleich. Proben von Erkrankten, und wir haben keine.«

»In der Mannschaftskabine klebt noch ein bisschen von Dickinsons Blut«, warf Plath ein.

»Das ist inzwischen getrocknet und verunreinigt.« Rhys wandte sich dem Nebel zu, der in roten Wirbeln vor dem Heck dahintrieb. »Wenn wir eine brauchbare Probe wollen, müssen wir uns eine beschaffen.«

Diesmal bestand Pynchon darauf, dass Rhys zurückblieb. »Wir brauchen ihre Fachkenntnisse. Was nützt es, wenn wir eine Leiche auftreiben, aber die Ärztin tot ist und sie nicht mehr analysieren kann?«

Plath lächelte breit. »Wie wunderbar ermutigend.«

Pynchon ignorierte sie ebenso, wie er Golding ignoriert hatte, und wandte sich stattdessen Rhys zu, um ihr die Funktionsweise der Kettenkanone zu erklären. »Es ist ziemlich einfach.« Er ließ sie den Joystick bedienen, woraufhin sich die Kanone auf der anderen Seite der rissigen Frontscheibe hin und her bewegte und sich die Schwarz-Weiß-Anzeige synchron dazu veränderte. »Die Kamera sieht, was die Waffe sieht. Der Restlichtmodus ist aktiviert. Du solltest also alles anvisieren können, was sich in der Nähe befindet. Wenn du den Abzug drückst, wird jedes Ziel in der Mitte des Bildschirms ausgelöscht. Sei beim Feuern zurückhaltend. Kurze Salven genügen. Wir haben noch etwa fünfzehn Sekunden Feuerkraft übrig, also verbrauch nicht alles auf einmal.«

Die Nachtsichtbrille kam Huxley unbequem und schwer vor und der Riemen zu eng. »Ich hab das Gefühl, dass wir mit denen nicht oft geübt haben.« Er fummelte an den Rädchen herum. Das verschwommene Grün blendete ihn zunächst, wurde jedoch gestochen scharf, als Pynchon ihm bei der Einstellung half. Huxley blinzelte überrascht. Plötzlich sah er völlig klar, der Nebel war verschwunden, stattdessen war zu allen Seiten ruhiges Wasser zu sehen. Am Südufer konnte er die harten Kanten und geraden Linien von Gebäuden ausmachen, während am Nordufer die halb unter Wasser stehenden Bäume eines Parks aufragten.

»Wie in den Everglades«, sagte Plath. Ein leises elektronisches Surren war zu hören, als sie ihre Brille einschaltete. »Ob es hier wohl Krokodile gibt?«

»Die Batterie an den Dingern hält nicht sehr lange.« Pynchon nahm neben dem Außenbordmotor im Schlauchboot Platz. »Höchstens zwei Stunden. Wir sollten also keine Zeit vertrödeln. Wir suchen uns einen Erkrankten, töten ihn und nehmen ihn mit.

Sollten wir Geschützfeuer vom Boot hören, brechen wir die Mission ab. Ohne Diskussion.«

Pynchon entschied sich fürs Südufer. In einem Wohngebiet war die Wahrscheinlichkeit größer, dass sie auf einen Erkrankten stoßen würden. Sie waren bereits ein paar hundert Meter vom Boot entfernt und der dunkle Monolith eines lichtlosen Wohnblocks ragte vor ihnen auf, als die Haut des Schlauchboots über unsichtbare Hindernisse unter der Oberfläche schabte.

»Gärten«, sagte Pynchon und schaltete den Motor aus, um das grüne Schimmern genauer zu betrachten. Er stand auf und tauchte ein Bein ins Wasser. Es ging ihm bis zum Knie. Er nahm den Karabiner vom Rücken und murmelte: »Von hier aus laufen wir weiter. Ich gehe voraus. Huxley, du bildest die Nachhut. Plath, denk dran, warum wir hier sind: Die Proben werden nur gegrillt, wenn ich es sage.«

Plath salutierte spöttisch, griff sich den Flammenwerfer und stieg aus dem Schlauchboot. Huxley nahm sich das Seil, das am Bug des Bootes befestigt war, und glitt langsam ins Wasser, um ein Platschen zu vermeiden. Nachdem er kurz unter der Oberfläche herumgetastet hatte, fand er ein schweres, festverankertes Stück Metall, möglicherweise ein Gartenmöbel. Er band das Seil daran fest und ging hinter Plath her, die wiederum Pynchon folgte.

Pynchon hielt auf die Doppeltür des Wohnblocks direkt vor ihnen zu. Die dünne, glitzernde Linie des Laserstrahls hüpfte flackernd nach rechts und nach links, während er nach einem Ziel suchte. Die Tür war offen, im Hausflur dahinter stand Wasser. Pynchon betrat das Gebäude ohne Eile und richtete den Karabiner auf das Treppenhaus. Es roch nach Fäulnis und Abwasser, vermischt mit etwas Beißendem.

»Verwesung hat schon einen eigentümlichen Geruch, findet ihr nicht auch?«, flüsterte Plath, offensichtlich ohne eine Antwort zu erwarten. Durch die Nachtsichtbrille betrachtet kam sie Huxley noch unheimlicher vor: Aus der durchschnittlich attraktiven psychopathischen Wissenschaftlerin war ein grinsender Kobold mit Glasaugen geworden. *Ist sie wirklich Wissenschaftlerin?* Die Frage war ihm bisher noch nicht in den Sinn gekommen, schien aber angebracht. *Oder hat sie einfach nur eine Menge Bücher gelesen? Was man eben so macht, wenn man viel freie Zeit hat. Zum Beispiel im Gefängnis oder in der Psychiatrie.*

Im Erdgeschoss des Gebäudes gab es drei Wohnungen. Pynchon durchsuchte sie alle gründlich. Zwei waren leer, in der dritten fanden sie eine Leiche, die in einem der Schlafzimmer im Bett lag. Auf dem Wasser, das gegen die Matratze schwappte, schaukelte allerlei Haushaltskrempel. Der Leichnam war schon ein paar Wochen alt und wies keine offensichtlichen Anzeichen einer Infektion auf. Alter und Identität ließen sich aufgrund des Zustands der Leiche und des Brillenfilters nicht eindeutig bestimmen.

»Paracetamol und Promethazin«, flüsterte Plath und hob zwei leere Tablettenfläschchen auf dem Nachttisch hoch. »Das funktioniert.«

»Man kann es ihnen nicht verdenken, oder?« Pynchon nickte zur Decke. »In Krisenzeiten zieht es die Leute meist an höher gelegene Orte.«

Auf der Treppe zum ersten Stock befand sich eine weitere Leiche, die noch stärker verwest war und Anzeichen einer Infektion aufwies. Wie bei dem Toten an der Westminster Bridge zeigten sich Auswüchse entlang der Wirbelsäule, die hier allerdings deutlich größer waren. Der Leichnam lag gekrümmt und mit dem Gesicht nach unten auf den Stufen. Aus seinem Rücken ragten

Fortsätze, die sich in einem Gewirr wurzelartiger Knoten um das Treppengeländer legten. Aus diesen waren Ranken gesprossen, die bis zu den Wänden und die Treppe hinaufreichten.

»Sieht aus, als würden sich die Erkrankten nach ihrem Tod in Pflanzentöpfe verwandeln.« Plath musterte die Wülste am Treppengeländer. Sie zog ein Messer aus dem Gürtel und schnitt ein Stück davon ab. Die Klinge konnte die fasrige Substanz kaum durchdringen. »Das wird nicht reichen, oder?« Sie verzog das Gesicht und steckte die Probe in einen leeren Verpflegungsbeutel, den sie zu diesem Zweck mitgenommen hatten.

»Rhys hat gesagt, sie braucht Blut.« Pynchon stieß die Leiche mit dem Lauf seines Karabiners an. »Der Kerl hier ist viel zu trocken.«

Sie gingen weiter und fanden noch vier Wohnungen, in denen heilloses Chaos herrschte. Bewohner – ob lebendig oder tot – konnten sie keine entdecken. Sie wollten gerade zur Treppe zurückkehren, als sie es hörten: ein gedämpftes, aber deutlich wahrnehmbares Poltern aus dem Stockwerk über ihnen. Pynchon hielt eine geschlossene Faust hoch, als Zeichen, dass sie stehen bleiben sollten. Sie lauschten, hörten jedoch zunächst nichts. Dann jedoch war ein leiseres Geräusch zu vernehmen, das irgendwie merkwürdig klang. Es wurde lauter, als Pynchon sie zum Treppenhaus führte. Ein Klagelaut, der Huxley instinktiv mit dem Drang erfüllte, sich zu beeilen. *Ein Kind.* Ein weinendes Kind.

Durch die Nachtsichtbrille wirkte der Flur monochrom, bis auf den Lichtschein, der am anderen Ende durch eine angelehnte Wohnungstür fiel. Das Weinen wurde noch lauter. Ein unvermittelt hohes Schluchzen ließ Huxley auf die Tür zustürmen.

»Halt!«, zischte Pynchon und hielt ihn mit dem Unterarm zurück. »Langsam, Herr Kommissar.« Er sah Huxley in die Augen und nickte dann Plath zu. Sie hob eine Augenbraue, schulterte den Flammenwerfer und zog ihre Pistole. Als sie in die Nähe der Tür kam, nahm sie die Brille ab. Huxley folgte ihrem Beispiel, da der Lichtschein ihm sonst die Sicht genommen hätte.

Gebückt schob Plath die Tür mit der Schulter auf und hielt die Pistole mit beiden Händen vor sich. Ohne die Verstärkung durch die Brille war das Leuchten in der Wohnung überraschend schwach, ein blau-weißes Flackern, das mehr zu verhüllen als zu offenbaren schien. Immer noch gebückt schlich Plath weiter, Pynchon folgte mit gezogener Waffe dicht hinter ihr. Huxley kam als Letzter. Er sah einen kurzen Flur, der zu einem Wohnzimmer führte, in dem etwas lag, das wie ein umgestürzter Baum aussah. Im flackernden, dünnen Lichtschein war ein Geflecht aus Auswüchsen zu erkennen, die anscheinend aus zwei Leichen in der Mitte des Zimmers gesprossen waren. Das Gewucher nahm den ganzen Raum ein und hatte sich sogar in die Decke und die umliegenden Wände gebohrt.

Der Lichtschein fiel durch eine Tür zu ihrer Rechten, und von dort kam auch das unablässige Weinen. Huxley hörte Schmerzen darin, körperliche und seelische – ein Ruf der Trauer und tiefen Verzweiflung, der ihn erneut vorwärtstrieb. *Finde es! Hilf ihm!* Er erschauerte und konnte nur mit Mühe den Drang unterdrücken, Pynchon und Plath beiseitezustoßen, die Tür aufzutreten und dem dahinter verborgenen Kind zu Hilfe zu kommen. So herzzerreißend das Weinen auch war, es ließ ein Warnsignal in seinem Kopf schrillen: *Da stimmt etwas nicht.* Womöglich war es wieder der Polizisteninstinkt oder etwas Tieferliegendes, jedenfalls wollte er plötzlich gar nicht mehr wissen, was sich auf der anderen Seite der Tür befand. Er musste sich sogar beherrschen, um Plath nicht eine Warnung zuzurufen, die in diesem Moment die Hand ausstreckte, um die Tür zu öffnen.

Das Weinen ging in ein ängstliches Keuchen über, als Plath mit der Taschenlampe ins Zimmer leuchtete. In der Mitte des Raums kauerte eine Gestalt. Offenbar handelte es sich um ein ehemaliges Schlafzimmer, allerdings ließ der Zustand des Raums kaum noch etwas davon erkennen. Wurzelähnliche Ranken bedeckten Boden, Wände und Decke. Unter der organischen Masse ragte die Ecke eines Posters hervor – das Foto irgendeiner Rockband, deren Namen Huxley nicht kannte, vermutlich schlicht aus Ahnungslosigkeit, da der Anblick keinen Erinnerungsschmerz hervorrief.

Die unstete Beleuchtung rührte von einer elektrischen Laterne her, die auf einem Teppich aus gewundenen Ranken stand. Offenbar gab die Batterie langsam den Geist auf, daher das nervige Flackern. Die in eine Decke gehüllte Gestalt schreckte wimmernd zurück, als der Strahl von Plaths Taschenlampe über sie hinwegglitt. Der Lichtschein wanderte durch den Raum, verharrte an manchen Stellen, aber nicht lange genug, dass Huxley weitere Einzelheiten hätte erkennen können.

»Seid ihr …?« Plaths Taschenlampe zuckte zu der Gestalt zurück, die mit leiser, zittriger Stimme, kaum lauter als ein Seufzen, zu sprechen begann. »Seid ihr … die Feuerwehr?«

»Wie bitte?«, fragte Plath.

»Mama hat gesagt, dass sie kommen werden. Als es richtig schlimm geworden ist. ›Nicht weinen‹, hat sie gesagt. ›Die Feuerwehr kommt und holt uns hier raus.‹« Ein halb unterdrücktes Schluchzen und Schniefen. Die Gestalt drehte zitternd den Kopf, nur so weit, dass ein feucht glänzendes Auge unter der Decke sichtbar wurde.

»Mh-hm«, erwiderte Plath. »Wann war das denn, meine Kleine?«

»Tage … Wochen. Ich weiß nicht.« Wieder ein Schluchzen und

ein klagendes Jammern. Die Gestalt zitterte. Als sie sich wieder beruhigt hatte, wandte sie sich Plath zu. Jetzt war von ihrem Gesicht etwas mehr zu sehen: Es handelte sich um das eines kleinen Mädchens, bleich und tränenüberströmt. In ihren Augen leuchtete verzweifelte Hoffnung. Huxley schätzte sie auf acht oder neun. »Seid ihr …?« Sie neigte sich zu Plath vor, die Decke wölbte sich, als sie offenbar eine darunter versteckte Hand nach ihr ausstreckte. »Seid ihr hier, um mich rauszuholen?«

»Ach bitte«, sagte Plath mit hörbarem Abscheu. Dann schoss sie dem kleinen Mädchen in den Kopf.

Huxleys Instinkt, als Cop oder einfach als Mensch, ließ ihn den Karabiner anlegen und auf die Rückseite von Plaths Schädel zielen. Sein Finger schloss sich um den Abzug. Bevor er jedoch abdrücken konnte, packte Pynchon den Vorderschaft von Huxleys Waffe und stieß die Mündung kraftvoll beiseite.

»Stopp!« Er sah Huxley durchdringend an und nickte zu der Leiche in der Zimmermitte. »Schau mal.«

Plath trat vor und bückte sich, um die Decke wegzuziehen. Der Körper, der darunter zum Vorschein kam, war bis zu den Knien menschlich, danach ging er in eine ausladende Masse aus Ranken über, die mit dem Bewuchs an Wänden und Decke verbunden waren. Bemerkenswert war auch die Tatsache, dass es sich um einen Männerkörper handelte – die schlaffe Wampe eines unsportlichen Kerls in mittlerem Alter, unter der kümmerliche Genitalien hervorlugten. Das Gesicht war dagegen das eines acht- oder neunjährigen Mädchens, auf dessen Stirn nun ein Einschussloch prangte.

»Du hattest recht«, sagte Plath zu Huxley und musterte den Erkrankten mit schiefgelegtem Kopf.

Ihr emotionsloser Tonfall machte ihn wütend. Allein ihre

Gleichgültigkeit reichte schon, um in ihm den Wunsch zu wecken, sie zu erschießen. Huxley schluckte und zwang sich, die Hand vom Griff des Karabiners zu lösen. »Womit?«

»Die können noch denken«, sagte Plath. »Das hier war eine Scheißvenusfliegenfalle.« Sie wandte sich wieder dem Zimmer zu, und der Strahl ihrer Taschenlampe fiel auf etwas Rundliches, Bleiches in einer Ecke. »Und anscheinend hat's auch funktioniert. Zumindest einmal.«

Huxley trat an das Pflanzengebilde heran und erkannte einen Schädel, der in der Masse aus Wurzeln eingesunken war. Er wirkte ungewöhnlich sauber, nicht ein Fetzen Haut und kein einziges Haar war noch daran. »Hat dieses Ding ihn gefressen?«, fragte er.

»Was sonst?«

»Ich dachte, das sei alles nur Zufall«, sagte Pynchon nachdenklich. Huxley drehte sich um und sah, wie er die obszöne Mischung aus Kind und Mann genauer betrachtete.

»Was?«, fragte Huxley.

»Die Krankheit, was sie anrichtet. Wie hat Rhys es genannt?« Er tippte mit dem Lauf seines Karabiners auf die Stelle, wo die glatte Haut des kleinen Mädchens in den wulstigen Männerkörper überging. »Eine morphologische Umwandlung, die ziemlich schnell vonstattengeht. Ich dachte, die Art der Verwandlung sei einfach nur Zufall. Das hier spricht dagegen.«

»Du glaubst, er hat sich absichtlich so verwandelt?«

»Vielleicht. Vielleicht auch nicht. Irgendwie kommt es mir aber wie eine auffällig vorteilhafte Verwandlung vor, wenn man in dieser veränderten Welt überleben will.«

»Ihr verschwendet Zeit mit sinnlosen Grübeleien.« Plath ging in die Hocke und versetzte dem toten Erkrankten probeweise einen Schubser. »Zu groß zum Tragen, selbst wenn wir ihn von dem ganzen Zeug hier losschneiden könnten.«

Huxley hörte ein metallisches Schaben. Er drehte sich um und sah, wie Pynchon sein Kampfmesser zog. »Wir brauchen nicht alles.«

Huxley bemerkte sie als Erster – als er seine Nachtsichtbrille wieder einschaltete, blitzte vor ihm ein verschwommener grüner Fleck auf. Er und die anderen waren gerade auf dem Weg nach draußen. Er lief an der Spitze, Pynchon mit seinem jetzt prall gefüllten Rucksack hinter ihm, und Plath bildete die Nachhut. Beim Hinabsteigen ins Erdgeschoss war alles ruhig geblieben, und in ihm hatte sich schon die Hoffnung geregt, dass Plaths Schuss unbemerkt geblieben war. Fehlanzeige.

»Gegner von links!« Er war sich nicht sicher, woher die Worte kamen. Vermutlich war es Teil seiner Ausbildung gewesen, eine solche Warnung auszustoßen, bevor er den Karabiner hob und feuerte. Der Hass der Erkrankten wurde schon in ihren Bewegungen sichtbar. Ein Dutzend oder mehr vage menschliche Gestalten kamen durch das Wasser auf sie zugestürmt. Ihre Schreie ähnelten dem aggressiven Chor der Erkrankten auf der Brücke, auch wenn sie etwas leiser waren.

Der Erste ging augenblicklich zu Boden, zwei Schüsse in die Körpermitte ließen ihn platschend ins Wasser fallen. Huxley zielte nach rechts, feuerte und traf noch einen. Dann nach links, eine schnelle Salve, und zwei weitere gingen nieder.

»Wir rücken auf!«, schrie Pynchon, stürmte ein paar Meter nach vorn, blieb stehen und feuerte. Plath rannte an Huxley und Pynchon vorbei, verharrte und ließ mehrere Schüsse aus ihrer Pistole los. Diese dynamische Formation behielten sie den ganzen Weg bis zum Schlauchboot bei. Die Gruppe der Erkrankten ließ sich vom Waffenfeuer nicht beirren. Lediglich wenn eine Kugel ihr Ziel traf, blieb einer von ihnen zurück. Huxley wurde etwas mulmig zumute, als Plath das Schlauchboot als Erste erreichte. Fast erwartete er, dass sie damit losfahren würde, bevor er und Pynchon an Bord gelangen konnten. Doch das tat sie nicht. Sie legte den Flammenwerfer ins Boot, löste das Seil und hielt das Schlauchboot fest.

»Hier.« Pynchon kletterte ins Schlauchboot und nahm den Flammenwerfer. »Alle Tiere haben Angst vor Feuer.« Er warf Plath die Waffe zu und ging zum Außenbordmotor. Huxley schoss noch zwei weitere Erkrankte nieder, während Pynchon den elektrischen Motor startete und Plath den Flammenwerfer bereitmachte. Ohne zu zögern, entfachte sie den Feuerstrahl und ließ die zwanzig Meter lange Flammenzunge hin und her wandern. Geblendet von dem grellen Lodern, riss Huxley sich die Nachtsichtbrille vom Kopf und sprang ins Schlauchboot. Er lag quer über der Mitte des Boots und zielte mit dem Karabiner links an Plath vorbei. Eine Gestalt, die vom Kopf bis zu den Knien in Flammen gehüllt war, taumelte im Todeskampf und verschwand unter Wasser.

Als der feurige Strahl von Plaths Flammenwerfer zu einem flackernden Tröpfeln versiegte, eröffnete Huxley erneut das Feuer. Ohne die Nachtsichtbrille konnte er keine klaren Ziele erkennen, deshalb schoss er einfach in Richtung der Schreie.

»Alles Gute geht einmal vorbei.« Mit bedauerndem Seufzen warf Plath den leeren Flammenwerfer weg und stieg in den Bug des Schlauchboots. Sie zog ihre Pistole und schloss sich Huxleys vermutlich nutzlosem Sperrfeuer an, während Pynchon das Boot beschleunigte und in einem schnellen Bogen herumzog. Huxley drehte sich und zielte mit dem Karabiner auf die Flammen, die jetzt über die Bäume und die halb im Wasser stehenden Büsche leckten, die einst den Gemeinschaftsgarten des Wohngebäudes gebildet hatten. Er hörte erst auf zu feuern, als das Magazin leer war.

ZEHN

»So sieht es also aus.«

Das Bild auf der Anzeige des Mikroskops sagte Huxley nichts. Aus ästhetischer Sicht fand er das Gebilde aber um einiges hässlicher als den Inhalt der Spritze. Das Molekül war dunkel und besaß eine gezackte gelbe Außenlinie. Darüber hinaus war es mit roten Flecken gesprenkelt, die sich ständig hin und her bewegten.

»Ja.« Rhys' Miene war zu einem grimmigen Stirnrunzeln verzogen. Anscheinend hatte sie keine guten Neuigkeiten zu verkünden. Sie hatte ihre Analyse eine Stunde vor Tagesanbruch begonnen und hoffte, damit fertig zu sein, bevor die Motoren erneut starteten. Vor dem Inhalt aus Pynchons Rucksack war sie zunächst zurückgeschreckt. Der Kopf eines kleinen Mädchens, der auf dem abgetrennten Hals eines erwachsenen Mannes saß, war definitiv kein schöner Anblick. Doch sie hatte sich schnell wieder gefasst und an die Arbeit gemacht. Mit einem der Kampfmesser öffnete sie den Schädel und entnahm ihm mit einer Spritze etwas Flüssigkeit. Diese tropfte sie auf einen Objektträger und schob ihn ins Mikroskop.

»Die Probe ist voll davon«, fuhr sie fort. »Scheint sich schnell zu vermehren, das kleine Mistding.«

»Hast du eine Ahnung, wie man es nennt?«, fragte Huxley.

Sie lachte humorlos. »Würde mich wundern, wenn so was vor dem Ausbruch schon mal einem Forscher untergekommen ist. Ich kann euch sagen, dass es kein Virus ist. Morphologie und chemische Zusammensetzung ähneln eher einem Bakterium. Die gute Nachricht ist: So ungewöhnlich, wie es aussieht, und so schnell, wie es sich vermehrt, dürfte es auch in anderen Proben problemlos zu identifizieren sein.« Sie griff nach einer frischen Spritze. »Also, wer möchte als Erster?«

Vor lauter Beklommenheit spürte Huxley es kaum, als die Spritze in seinen Arm stach. Nach ihrer Rückkehr ins Boot hatte er vielleicht eine Stunde lang unruhig geschlafen. Wieder hatte er den Traum gehabt, der in seiner Klarheit ebenso schön wie schrecklich war. Diesmal spürte er, wie ihm der Wind Sand auf die Haut blies. Die kräftigen Böen, die vom blauen Ozean unter dem tiefen Himmel heranwehten, tosten ihm in den Ohren. Die Schönheit war jedoch nicht ganz ungetrübt. Die Frau mit dem breitkrempigen Hut verbarg ihr Gesicht vor ihm, als er nach ihr griff. Ihre Bewegung, die er zunächst für ein freudiges Wirbeln gehalten hatte, schien ihm jetzt eher ein Versuch, sich seiner Berührung zu entziehen. Als sie schließlich den Kopf umwandte, kamen im Schatten des Hutes Augen zum Vorschein, die mit Tränen gefüllt waren und ihn anklagend musterten. Sie wollte etwas sagen, doch in diesem Moment löste der Traum sich auf, weil Pynchon ihn weckte.

»Also, da ist es«, vermeldete Rhys, nachdem sie wieder ihren Zauber am Mikroskop gewirkt hatte. Anfangs sah Huxley lediglich ein paar rote Kügelchen auf dem Bildschirm, bis Rhys die Vergrößerung hochfuhr und dieselben hässlichen dunklen Zellen sichtbar wurden. »Allerdings kleiner.« Rhys drückte ein paar Knöpfe und veränderte die Einstellungen. »Auch weniger zahlreich, aber das könnte an der Stelle liegen, wo die Probe entnommen wurde. Wir wissen, dass es sich als Erstes aufs Gehirn auswirkt. Womöglich vermehrt es sich dort am stärksten. Und«, sie musterte den Bildschirm genauer, »weniger beweglich ist es auch. Nicht ganz inaktiv, eher etwas träge.«

Sie nahm von jedem Teammitglied Proben, als Letztes von ihrem eigenen Blut. Bei allen war es dasselbe Ergebnis. Interessant war, dass Huxleys Anspannung nachließ, als er die Neuigkeit aufnahm. Sie hatte etwas Unvermeidliches an sich, die Bestätigung, dass jede Hoffnung, diese Reise zu überleben, illusorisch war. *Fünf*, dachte er und erinnerte sich an die in Blut geschriebenen Worte auf dem Künstlerboot. *Fehlschläge. Die haben's nicht geschafft, warum sollten wir es schaffen?*

»Wir tragen es also alle in uns«, sagte Pynchon. »Aber es tut nicht viel.«

Rhys neigte den Kopf. »Mehr oder weniger. Die Frage ist: Wieso?«

»Die Injektionen«, sagte Plath. »Was immer die uns gegeben haben, es verlangsamt die Vermehrung.«

»Möglicherweise.« Rhys starrte weiter stirnrunzelnd auf den Bildschirm. »Das würde erklären, warum wir keine Symptome haben.«

»Du klingst nicht überzeugt«, sagte Huxley. »Denkst du, das mit dem Booster war gelogen?«

»Vielleicht. Aber ich glaube, es hat mehr mit unseren Erinnerungen zu tun.« Sie deutete auf die Narben an ihrem Kopf. »Dickinson hat ein paar Erinnerungen zurückgewonnen und dann ...«

»Dann hat sie sich in eine blutrünstige Irre verwandelt, und Pynchon hat sie abgeknallt«, schloss Plath. »Und?«

»Und es kommt mir wahrscheinlich vor, dass der Erreger ir-

175

gendwie mit den Hirnfunktionen verbunden ist. Das Gedächtnis ist Teil unseres kognitiven Apparats. Bisher litten sämtliche Erkrankte, denen wir begegnet sind, unter Wahnvorstellungen. Die Missbildungen des Mädchens auf dem Laptop wurden schlimmer, als sie von der Erinnerung an das Telefonat mit ihrer Mutter heimgesucht wurde.«

»Du denkst, die haben uns die Erinnerungen genommen, um uns zu schützen«, sagte Huxley. »Erinnerungen sind der Auslöser, die offene Wunde, die das Ding braucht, um uns zu infizieren.«

»Infiziert sind wir schon. Aber womöglich wirkt der Akt des Erinnerns als Stimulus.«

Plath musterte sie mit zusammengekniffenen Augen. »Eine psychische Erkrankung? Ach, komm schon.«

»Das Erinnern ist ein physiologischer Prozess im Gehirn. Ein elektrochemisches Signal, das über ein Netzwerk aus Synapsen weitergeleitet wird. Daran ist nichts Übernatürliches. Womöglich braucht der Erreger genau diesen Prozess, um aktiviert zu werden.«

»Das heißt«, sagte Pynchon, »solange wir unter Gedächtnisverlust leiden, ist alles in Ordnung?«

Huxley spürte wieder Angst in sich aufsteigen, als Rhys die Arme verschränkte. »Kann sein, aber das wird nicht so bleiben.«

»Warum nicht?«, fragte Plath. »Ich meine, wir wurden operiert, damit wir keine Erinnerungen mehr haben. Kann sogar sein, dass sie ganz entfernt wurden.«

»Das stimmt. Aber wir besitzen die Fähigkeit, neue Erinnerungen zu bilden. Zwar reicht unsere Erinnerung nur wenige Tage zurück, aber es sind trotzdem Erfahrungen, die in unserem Gehirn gespeichert werden. Wir erinnern uns also weiterhin, es gibt nur weniger, woran wir uns erinnern können.«

»Je länger wir überleben, desto mehr Erinnerungen sammeln sich an«, sagte Huxley. »Und desto größer wird die Gefahr, das Ding zu aktivieren.«

»Nicht nur das.« Rhys hielt inne und lächelte leicht. »Der Eingriff, dem wir unterzogen wurden, verhindert, dass wir uns an Einzelheiten aus unserem früheren Leben erinnern, aber ich glaube nicht, dass wir neue Erinnerungen bilden könnten, wenn die alten komplett verschwunden wären. Die organische Maschine, die unser Gedächtnis steuert, ist untrennbar mit dem Rest verbunden, der uns zu menschlichen Wesen macht. Das kann man nicht einfach alles rausreißen. Und, wie ich schon mal sagte, das Gehirn repariert sich selbst.« Sie hielt erneut inne und verschränkte die Arme noch fester. »Womit wir zu den Träumen kommen. Und sagt mir jetzt nicht, dass ich die Einzige bin.«

Ihr Blick glitt von einem zum anderen, und sie hob erwartungsvoll die Augenbrauen. *Jeder von uns hat ein Geheimnis*, dachte Huxley, als er sah, wie Plath und Pynchon sich unbehaglich wanden. *Nicht nur ich.*

»Bei mir ist es ein Strand«, sagte er. »Da ist eine Frau. Ich weiß nicht, wer sie ist, aber ich bin mir ziemlich sicher, dass ich sie von früher kenne.«

Pynchon atmete langsam aus, bevor er mit angespannter Miene sprach. »Ein staubiges Dorf irgendwo. Die Luft riecht nach Scheiße und Rauch. Am Boden liegen eine Menge Tote. Ich glaube, ich habe sie umgebracht.«

»Ein Junge, den ich wahrscheinlich mal kannte«, sagte Plath. Ihr verschlossener Gesichtsausdruck machte deutlich, dass sie mehr nicht verraten würde.

Rhys' Blick trübte sich, sie ließ die Arme sinken. »Eine Notaufnahme. Hektisch, chaotisch. Ich versuche zu helfen, aber es reicht nicht. Leute sterben. Ich glaube, ich bin die einzige Ärztin dort.«

Mindestens eine Minute lang sagte niemand etwas. Dann sprach Pynchon aus, was vermutlich alle dachten: »Träume sind Erinnerungen, oder? Wir erinnern uns im Schlaf.«

»Tatsache ist«, erwiderte Rhys, »dass die Neurowissenschaft im Hinblick auf unsere Träume noch ziemlich im Dunkeln tappt. Bislang hat noch keiner eine überzeugende Erklärung gefunden, warum die Evolution es so eingerichtet hat, dass wir träumen. Die glaubhaftesten Theorien besagen, dass es sich um ein Neben-produkt zufälliger elektrischer Impulse handelt, die vom Gehirn während des Schlafs produziert werden. Erinnerungen sind ein wichtiger Teil des Traumzustands, das schon, aber im Traum ver-ändern sie sich. Bei der Verarbeitung von Zufallsdaten fällt das Gehirn auf die angeborene Notwendigkeit zurück, Narrative zu erschaffen. Was wir im Traum sehen, können Erinnerungen sein oder einfach etwas, das die Millionen Synapsen in unserem Kopf zusammengebraut haben.«

»Wie unendlich viele Affen mit unendlich vielen Schreibma-schinen, die Shakespeare erschaffen«, sagte Huxley.

»Genau. Wir können uns auf das, was wir in unseren Träumen sehen, nicht verlassen. Diese Träume hier kommen mir aber ein bisschen zu konkret vor, darum ist es wahrscheinlich, dass sie auf Erinnerungen zurückgehen.« Sie schaute ein weiteres Mal auf den Bildschirm des Mikroskops. »Ich müsste noch mehr Tests durchführen, um ganz sicher zu sein, aber ich wäre überrascht, wenn sich die Anzahl dieser kleinen Biester in unserem Blut nicht erhöhen würde, während wir schlafen.«

»Mit den Träumen fängt es an.« Plath grinste spöttisch, als sie Abigails Worte aus dem Laptop zitierte. »Sie wollte uns warnen.«

»Es hätte keinen Unterschied gemacht«, sagte Pynchon. »Umzukehren wäre sowieso nicht infrage gekommen.«

»Für dich vielleicht.«

»Für uns alle. Wir sind infiziert, schon vergessen? Wer immer uns hierhergeschickt hat, wusste das. Selbst wenn wir es durch irgendein Wunder zu Fuß aus der Stadt hinausgeschafft hätten, wären wir höchstens von einer Kugel empfangen worden.« Er wandte sich wieder Rhys zu. »Wie lange bleibt uns noch?«

»Es gibt keine Möglichkeit, das herauszufinden. Die Behandlungen, die wir erhalten haben, verschaffen uns eindeutig etwas Zeit, aber nach allem, was ich weiß, könnte sich die Vermehrung des Erregers jeden Moment beschleunigen.«

»Warum schickt man uns hierher, nur damit wir krank werden und sterben?«, fragte Huxley.

»Vielleicht sollen wir ein Heilmittel finden«, gab Plath zu bedenken.

»Wenn es so wäre«, Rhys klopfte auf das Mikroskop, »dann hätten wir das hier nicht klauen müssen. Die haben uns nichts gegeben, womit wir unsere Umgebung analysieren können. Außerdem besitzt auch keiner von uns das nötige Fachwissen dafür.«

»Außer dir«, sagte Huxley.

»Und ich tappe ziemlich im Dunkeln. Wahrscheinlich soll ich nur dafür sorgen, dass alle am Leben bleiben. Und wenn man drüber nachdenkt: Ist das nicht genau das, was wir seit Beginn unserer Reise machen? All unsere Fähigkeiten sind aufs Überleben ausgerichtet.« Sie deutete auf Pynchon. »Kämpfen.« Ihr Finger wanderte zu Huxley weiter. »Ermitteln. Nützlich, wenn jederzeit einer in der Gruppe zum Monster werden kann. Dickinson war Bergsteigerin, eine Entdeckerin, die an den Überlebenskampf in Extremsituationen gewöhnt war.«

»Golding kam mir nicht wie der geborene Überlebenskünstler vor«, wandte Pynchon ein.

»Er besaß einen beachtlichen Vorrat an Wissen, einiges davon sogar nützlich. Und trotz seiner Angst und seines Gejammers ist er nie in Panik verfallen. Für mich steht fest, dass wir für diese Mission ausgewählt wurden, und die Auswahlkriterien waren vermutlich ziemlich streng. Nicht in Panik zu geraten, ist eine wichtige Überlebensfähigkeit.«

»Und ich?«, erkundigte sich Plath mit hochgezogener Augenbraue.

Rhys sprach ausdruckslos weiter und sah ihr dabei fest in die Augen. »Deine wissenschaftlichen Kenntnisse sind nützlich, aber deine Überlebenschancen werden vor allem durch deine pathologische Fixiertheit auf die eigenen Bedürfnisse erhöht.«

Plaths Mundwinkel zuckten, sie hob die Schultern. »Und ich dachte, wir wären inzwischen Freunde.«

»Warum auch immer wir hier sind«, fuhr Rhys fort, »es geht nicht ums Forschen, Erkunden oder Sammeln von Daten. Es steckt was anderes dahinter. Etwas, das unser Überleben erfordert, zumindest im Moment.«

In diesem Augenblick starteten die Motoren, und das Boot beschleunigte kurz, bevor es wie üblich gemächlich weiterfuhr. Erwartungsvoll sah Huxley das Satellitentelefon an, aber es schwieg.

»Zum Glück«, murmelte Pynchon und ließ sich hinter dem Steuerpult der Kettenkanone nieder. »Im Moment hab ich wirklich keine Lust, Befehle auszuführen.«

Sie fuhren unter weiteren Brücken hindurch und an den Überresten von zerstörten vorbei. Im Nebel war von den Ufern nicht viel zu sehen, bis auf einige Umrisse von Vegetation, die mit jedem Kilometer dichter und höher wurde. Auch die Brücken waren mit immer mehr wurzelähnlichem Behang überwuchert, der sich um Pfeiler und Geländer wand. »Zu viel«, hörte Huxley Rhys murmeln, die ihren Karabiner über eine besonders stark bewachsene Brücke hinwegschwenkte.

»Was?«

»Zu viel Bewuchs. Sieht aus wie ein Dschungel, der eine verlassene Stadt überwuchert hat. Klar ist die Stadt zerstört, aber so schnell kehrt die Natur nicht zurück.«

Er hob seinen eigenen Karabiner und spähte durchs Visier zum Norduferhinüber, wo er etwas entdeckte, das wie der Stamm eines gewaltigen Baums aussah. Anfangs hielt er es für eine Eiche oder Eibe, deren massige Wurzeln halb vom Wasser verborgen waren. Bei genauerem Hinsehen bemerkte er jedoch ein bestimmtes Muster im Wurzelgeflecht – eines, das er in der vergangenen Nacht schon einmal gesehen hatte.

»Das ist nicht Natur«, sagte er. »Einige der Leichen, die wir letzte Nacht gefunden haben, besaßen Auswüchse. Wie Pflanzentöpfe, hat Plath gesagt. Das da«, er ließ das Visier am nebligen Ufer entlangschweifen, das mit Unmengen an Vegetation überwuchert war, »das waren alles mal Menschen. Das passiert, wenn dieses Ding einen endgültig zum Monster gemacht hat.«

»Nicht bloß eine Krankheit«, grübelte Rhys. »Ein Organismus, der mehrere Phasen durchläuft. Eine neue Lebensform.«

»Aus dem Weltraum?« Huxley senkte den Karabiner und grinste, als er ihre finstere Miene sah. »Ach bitte. Der Gedanke muss dir doch auch schon gekommen sein.«

»Abigail hat nichts über … Raumschiffe oder Meteoriteneinschläge oder seltsame Lichter am Himmel gesagt. Wenn es eine

Invasion war, dann muss sie ziemlich leise vonstattengegangen sein.«

»Na ja, das ergibt ja auch Sinn, wenn man drüber nachdenkt.«

»Sinn?«

»Sagen wir mal, du bist eine außerirdische Zivilisation und stößt auf einen hübschen blaugrünen Planeten, den du kolonisieren willst. Das Problem ist, dass er von ein paar Milliarden vernunftbegabter Affen bewohnt ist. Oder befallen, wie man's nimmt. Nicht nur würden die ziemlich sauer reagieren, wenn du hier aufkreuzt, sondern die vergiften den Planeten auch mit allem möglichen chemischen Zeugs. Vielleicht war es für die Außerirdischen so, wie wir eine Zimmerpflanze mit Insektenspray einsprühen.«

Rhys lachte leise und schüttelte den Kopf. »Das überzeugt mich nicht. Eine Zivilisation, die in der Lage ist, durch den Weltraum zu reisen, braucht nichts dermaßen Kompliziertes. Ihre Technologie wäre unserer so weit überlegen, dass sie wie Götter wären. Außerdem, wenn man mit Lichtgeschwindigkeit durch die ganze Galaxis düsen kann, warum dann ausgerechnet hierherkommen?«

»Ich bin völlig offen für andere Theorien, Frau Doktor.«

»Krankheiten, Pandemien, so was passiert. In der Geschichte der Menschheit hat es mindestens einmal pro Jahrhundert einen größeren Ausbruch einer gefährlichen Infektionskrankheit gegeben. Die hier ist nur die bislang … ungewöhnlichste.«

»Das ist deine Theorie? So ist das Leben?«

»Ich gebe zu, es ist nicht gerade Darwin oder Einstein. Aber ich bleibe dabei, bis wir mehr Informationen haben.«

In dem Moment hallte ein Geräusch durch den Nebel herüber, eine Stimme, die jedoch nicht kreischte wie die Erkrankten, denen sie bislang begegnet waren. Stattdessen klang es eher wie ein rhythmisches Grunzen, das einige Sekunden anhielt und dann verklang. Wenig später ertönte etwas weiter entfernt ein nahezu identischer Laut.

»Was ist das?«, fragte Huxley und lauschte angestrengt.

»Sprache.« Plath, die ein Stück abseits gestanden hatte, kam zu ihnen und stützte sich auf die Reling. »Sie kommunizieren miteinander.«

»Wie Vögel«, stimmte Rhys zu. »Oder Affen. Schimpansen zum Beispiel warnen Artgenossen davor, ihr Gebiet zu betreten, indem sie auf Bäume klettern und Grunzlaute von sich geben.«

»Warum reden sie nicht einfach?«, fragte Huxley.

»Vielleicht haben sie vergessen, wie's geht«, sagte Plath. »Wie Frau Doktor sagt, durchläuft dieses Ding mehrere Stadien. Je weiter die Infektion fortschreitet, desto weniger menschlich wird man, wenn man nicht schon vorher stirbt und sich in einen Baum verwandelt.«

Etwa eine Minute lang herrschte Stille, dann setzten die Rufe erneut ein, diesmal lauter. Huxley hatte den Eindruck, dass sich die Erkrankten, von denen die Laute stammten, parallel zum Boot bewegten. »Folgen sie uns?«, fragte Rhys.

Plaths Augen verengten sich, ihre Miene wirkte angespannt. »Ich glaube, ja. Revierverhalten bedeutet, dass Eindringlinge nicht geduldet werden.« Huxley trat unwillkürlich einen Schritt zurück, als sie Luft holte und in den Nebel schrie: »VERSCHWINDET, IHR VERFLUCHTEN MUTANTENSCHWEINE!«

Kurz herrschte Stille, dann waren erneut Grunzlaute zu hören. Huxley hatte das Gefühl, dass sie jetzt noch lauter waren. Plath schien es ebenfalls bemerkt zu haben. Sie griff sich ihren Karabiner und ging wie ein Raubtier auf dem Achterdeck auf und ab.

Immer wieder zielte sie mit der Waffe in den Nebel, senkte sie dann wieder und gab ein enttäuschtes Zischen von sich.

Die Rufe hielten den Rest des Tages an und bildeten eine konstante und immer nerviger werdende Geräuschkulisse auf ihrer Reise. Da sie sonst nichts zu tun hatten, nahm sich Rhys die Materialprobe der Wucherung vor, die sie von ihrer Expedition mitgebracht hatten. Pynchon dagegen ging in die Mannschaftskabine und machte sich daran, ihre Waffen auseinanderzunehmen, zu säubern und wieder zusammenzusetzen. Huxley ließ sich auf dem Sitz vor der Kartenanzeige nieder und behielt den Punkt im Auge, der langsam die breite blaue Linie entlangwanderte. Dabei ging sein Blick immer wieder zu dem stummen Satellitentelefon. Ihm kam der Gedanke, dass das Schweigen ebenfalls kalkuliert sein könnte. Vielleicht wollten die ihre Ängste schüren, auch wenn er sich nicht erklären konnte, zu welchem Zweck. Natürlich konnte es auch einfach sein, dass diejenigen, die über das Gerät wachten, ihnen momentan nichts mitzuteilen hatten. *Oder*, grübelte er, *sie wollen weiteren Fragen aus dem Weg gehen.*

Plath hielt weiter auf dem Achterdeck Wache. Je mehr sich die Kakophonie an den Flussufern steigerte, desto unruhiger wurde sie. Inzwischen klang das Gelärme eindeutig wütend. Verschiedene, sich überlagernde Stimmen ließen vermuten, dass es mehrere Erkrankte waren, die ihnen folgten.

»Einen nur«, hörte Huxley Plath murmeln. »Nur einen Einzigen. Dieser verfluchte Nebel …«

Huxley trat in die Luke des Ruderhauses und stützte sich mit den Händen am Türsturz ab. Plaths Nasenflügel blähten sich beim Sprechen, als versuchte sie, Witterung aufzunehmen. »Kannst du sie riechen?«, fragte Huxley.

In ihrem Gesicht zuckte es, und sie schüttelte leicht den Kopf. »Es riecht nach Fäulnis. Genau wie in den Everglades.«

Plötzlich waren vom Nordufer laute Rufe zu hören. Plath wirbelte herum und ging zur Steuerbordreling, um ihren Karabiner auf den tiefen Dunst zu richten. »Jetzt sind sie auf beiden Seiten. Und es sind mehr geworden. Das spüre ich.« In dem Moment nahm sie offenbar im wirbelnden Dunst eine Bewegung wahr, ihr Finger ging zitternd zum Abzug des Karabiners, dann senkte sie die Waffe wieder.

»Ganz ruhig«, sagte Huxley. Sie warf ihm jedoch nur einen verächtlichen Blick zu und setzte ihre fruchtlose Jagd fort.

»Nur einen«, hörte er sie flüstern, als er ins Ruderhaus zurückkehrte.

»Irgendwas gefunden?«, fragte er Rhys. So konzentriert, wie sie durchs Mikroskop schaute, erinnerte sie ihn an Plath.

»Wäre ich eine echte Biologin«, sagte sie, ohne den Blick von den Linsen zu nehmen, »würde ich jetzt sicher häufig das Wort ›faszinierend‹ verwenden.«

»Ungewöhnlich, hm?«

»Wenn man Eiweiße, die eine Zellulosestruktur bilden, als ›ungewöhnlich‹ bezeichnen will, ja.«

»Und jetzt nochmal in verständlich, bitte?«

Seufzend trat sie vom Mikroskop zurück und drückte auf einen Knopf, um den Bildschirm einzuschalten. Darauf war eine Reihe unregelmäßig geformter Ovale vor einem rötlich braunen Hintergrund zu erkennen. »Es sieht aus wie eine Pflanze«, erklärte Rhys, »aber es besteht aus Fleisch und einigen anderen Verbindungen, die in menschlichem Gewebe normalerweise nicht vorkommen. Die Zellteilung läuft bemerkenswert schnell ab. Es wächst buchstäblich vor unseren Augen.«

»Der Pflanzentopf-Vergleich war also nicht ganz falsch.«

Rhys neigte den Kopf und zog die Brauen hoch. »Pflanzsack wäre eine passendere Beschreibung. Ich würde vermuten, dass die Infektion nach dem Tod in die nächste Phase übergeht. Das organische Material des Wirtskörpers wird dazu genutzt, um … das hier hervorzubringen.« Sie tippte auf den Bildschirm. »Zellen, die sich vermehren und verzweigte Strukturen bilden.«

»Zu welchem Zweck?«

»Keine Ahnung. Aber es muss etwas mit dem Lebenszyklus des Erregers zu tun haben. Wo liegt sonst der Sinn?«

»Muss es denn einen Sinn ergeben?«

Der Blick, den sie ihm zuwarf, war kaum weniger verächtlich als Plaths. »Alles im Leben ergibt einen Sinn.«

»Und worin besteht der?«

»Das, was auch unser Lebenszweck ist: Überleben. Der Fortbestand der Spezies.«

Huxley grinste reumütig und wollte schon zur Kartenanzeige zurückkehren, als ihm an Rhys' Hals etwas auffiel. Ein winziger Punkt, kaum größer als ein Leberfleck, aber er war sich ziemlich sicher, dass er heute früh noch nicht da gewesen war. »Was?«, fragte sie, aber das plötzliche Klingeln des Satellitentelefons kam ihm zuvor.

Huxley trat an die Leiter und rief zu Pynchon hinunter: »Mama und Papa sind am Apparat!« Dann ging er zum Armaturenbrett, wo das vibrierende Telefon lag. Er wartete, bis die anderen sich um ihn versammelt hatten, und drückte auf den grünen Knopf.

»Gibt es Verluste?«

»Nein.«

»Zeigt einer der ander…«

»Genug mit dem Scheiß! Natürlich zeigen wir Anzeichen von

Aggression und irrationalem Verhalten. Warum zum Teufel auch nicht? Kommen Sie zur Sache.«

Klicken, dann Stille. Die Schiffsmotoren erstarben. »Ruhepause«, sagte die Telefonstimme. »Kommunikation wird in sieben Stunden wieder aufgenommen. Halten Sie bis zum Morgengrauen jeweils zu zweit Wache. Die Infizierten in dieser Gegend sind äußerst aggressiv.«

»Werden Sie uns irgendwann mal sagen, warum wir hier sind?«

»Anweisungen für die letzte Phase werden bald erteilt. Beobachten Sie einander weiter auf Hinweise für plötzliche geistige oder körperliche Veränderungen.«

Klicken. Stille.

»Wenn diese Frau ein echter Mensch ist«, sagte Pynchon ausdruckslos, »dann will ich das hier überleben, nur damit ich sie jagen und umbringen kann. Und zwar schön langsam.«

Huxley und Rhys übernahmen die erste Wache. Er stand auf dem Vorderdeck und überlegte, ob er sie auf den Fleck an ihrem Hals aufmerksam machen sollte. *Vielleicht ist es nichts weiter.* Das stimmte nicht, und das wusste er. *Nur weil ihre Infektion schlimmer wird, heißt das nicht, dass es bei uns anderen auch so ist.* Lächerlicher Optimismus. *Sie würde es erfahren wollen.* Wahrscheinlich. *Sie wird dich dafür hassen, wenn du es ihr erzählst.* Noch wahrscheinlicher.

Das Frage-Antwort-Spiel in seinem Kopf ging immer weiter, begleitet von einigen anderen Gedanken im Hintergrund. Plaths plötzliche Unruhe. Pynchons plötzlicher Fatalismus. Die Tatsache, dass sie ganz allein waren, in einer Stadt voller Monster, und ebenfalls infiziert, und dass er bald sterben würde und die Erinnerung an sein Leben bloß drei verdammte Tage zurückreichte …

Du hast was übersehen. Mit eindringlicher Klarheit durchbrach der Gedanke die aufsteigende Panik. Sollte der Polizisteninstinkt eine Stimme besitzen, dann klänge sie genau so. *Etwas Wichtiges. Etwas, das für uns alle den Tod bedeuten könnte, wenn es dir nicht einfällt. Aber was?*

Um sich abzulenken, richtete er den Blick auf den dunklen, wirbelnden Nebel, doch der Chor der Erkrankten ließ ihn nicht zur Ruhe kommen. Ihm kam der Gedanke, dass er eigentlich erst wenige Tage alt war, ein Baby, das in eine Welt des Grauens hineingeschickt wurde. *Ohne Erinnerung, was sind wir dann noch?*, hatte Golding gefragt. *Niemand. Nichts.* Er war ein Kind, das vorgab, ein Erwachsener zu sein, und das einzig wegen der Fähigkeiten, die ihnen geblieben waren. Dem Instinkt des Polizisten, der ihn nützlich machte. Warum also funktionierte er jetzt nicht?

Zu viel Stoff zum Nachdenken. Zu viele Hinweise. Du musst Klarschiff machen. Platz schaffen.

Er fand Rhys beim Mikroskop, nur war sie diesmal nicht mit Analysen beschäftigt. Der eingebaute Computer des Geräts besaß eine Zeitanzeige, die – soweit sie feststellen konnten – korrekt war.

»Unsere Wache geht noch zehn Minuten«, sagte sie, als er das Ruderhaus betrat.

Er gab sich Mühe, nicht ihren Hals anzustarren, aber es gelang ihm nicht. Inzwischen war der Fleck auf die Größe einer Münze angewachsen und dunkelrot verfärbt. »Mir ist vorhin was aufgefallen …«

»Du meinst das hier?« Sie deutete auf den Fleck. »Ja, mir auch.«

»Es tut mir leid …«

»Schon gut.« Sie zögerte und verzog das Gesicht. »Du hast auch einen. Hinter dem linken Ohr.«

Seine Hand tastete sofort danach. Hätte Rhys ihn nicht darauf hingewiesen, dann hätte er ihn gar nicht bemerkt – eine kleine wulstige Stelle, die nicht wehtat, wenn er mit zittrigem Finger darüberstrich. »Also …«, er schluckte, weil seine Kehle plötzlich furchtbar trocken war, »hat es angefangen.«

»Ich bin mir nicht sicher. Erinnerst du dich an irgendwas? Ich meine, mehr als vorher?«

Er schüttelte den Kopf. »Nur an den Traum. Und ich habe immer noch keine Ahnung, wer die Frau ist.«

»Bei mir genauso. Erinnerungen sind der Auslöser, das wissen wir.«

»Also, was dann …?« Er verstummte, als ihm die beschämend offensichtliche Antwort einfiel. »Die Impfung. Es war doch keine.«

»Auch da bin ich mir nicht sicher. Diese Flecken könnten eine Nebenwirkung sein. Vielleicht davon, dass der Impfstoff gegen die Infektion ankämpft.«

Er strich wieder über den Fleck, seltsam verärgert, dass es nicht wehtat. »Kannst du die testen?«

»Für eine Biopsie sind sie zu klein, jedenfalls mit den Instrumenten, die mir zur Verfügung stehen. Allerdings, so schnell, wie sie wachsen …« Sie hob die Augenbrauen und klopfte mit der Hand auf das Mikroskop. »Morgen früh nehme ich ein bisschen Flüssigkeit und schau mal, was es uns sagen kann.«

Es wird uns sagen, dass wir sterben. Die Erkenntnis, ohne den leisesten Zweifel, löste kein Entsetzen aus, wie er erwartet hätte. Offenbar hatte er sich mit der Unvermeidlichkeit des Todes bereits abgefunden, auch wenn er es sich bisher weder in Worten noch in Gedanken eingestanden hatte. *Es war von Anfang an eine Selbstmordmission. Wie konntest du je etwas anderes glauben?*

»Okay«, sagte er und ließ die Hand sinken. »Pynchon und Plath?«

»Bei ihnen sind mir noch keine Flecken aufgefallen, aber mit großer Wahrscheinlichkeit haben sie auch welche.«

»Sagen wir es ihnen?«

»Sie haben es bestimmt schon selbst bemerkt. Außerdem können wir sowieso nichts dran ändern.« Sie schaltete das Mikroskop aus und ging zur Leiter. »Am besten warten wir bis morgen.«

ELF

Wenig überraschend konnte er nicht einschlafen. Plath und Pynchon erwachten aus dem Halbschlaf und übernahmen ohne ein Wort die Wache. Als Pynchon mit trübem Blick die Leiter hochstieg, bemerkte Huxley an der Unterseite seines Handgelenks einen kleinen roten Fleck. *Den hat er bestimmt gesehen.* Die völlige Absurdität, sich von zwei Leuten bewachen zu lassen, die keine Erinnerungen besaßen, der eine ein melancholischer Soldat, die andere eine hochgradig gestörte Psychopathin, ließ ein Kichern in ihm aufsteigen. Er unterdrückte den Drang mit Erinnerungsschmerz. Wenn er sich jetzt dem Humor hingab, würde es in Hysterie enden, so viel stand fest.

Wo bist du zur Highschool gegangen?, fragte er sich. Ein unangenehmer Schmerz durchzuckte seine Stirn.

Wie alt warst du, als du zum ersten Mal einen feuchten Traum hattest? Noch mehr Schmerzen, diesmal stärker. Vielleicht eine schlechte Erinnerung? Ein schwieriges sexuelles Erwachen? Oder war er missbraucht worden, so wie Dickinson?

Er rief sich die Frau aus seinem Traum vor Augen, sah, wie sie sich im Sonnenlicht drehte. *Wie lautet ihr Name? Wo hast du sie kennengelernt? Wie klang ihr Lachen? Wie hat sie gerochen ...?*

Er zitterte heftig, Qualen wüteten in seinem Kopf, doch mit der letzten Frage hörten sie auf. Nicht, weil er eine Antwort wusste. Es lag an der Frage selbst. *Gerüche.* Der Polizisteninstinkt meldete sich und ließ sein Herz schneller schlagen. Er richtete sich auf. *An welche Gerüche erinnerst du dich?*

Hotdogs? Nichts. Er sah einen Hotdog vor sich, mit tropfendem Ketchup, roten Zwiebeln und gelbem Senf. Dampf stieg von der Mischung aus Formfleisch und Weißbrot ohne jeden Nährwert auf. Er wusste noch vage, wie es schmeckte, genau wie damals bei dem Bourbon, den sie auf Abigails Schiff gefunden hatten. An den Geruch jedoch erinnerte er sich nicht.

»Zwiebeln«, sagte er laut, und die Erinnerung an den süßlich scharfen Geschmack stieg in ihm auf. »Ketchup.« Genau dasselbe. »Jetzt Hotdogs.« Wieder nichts.

Die Frau am Strand. Er schloss die Augen, sah, wie sie mit wehendem langem Haar über den Sand lief. Er wusste, dass der Wind den Geruch von Salz, vielleicht sogar einen Hauch ihres Parfüms herüberwehen müsste. Doch wieder griff er nur in den leeren Kasten.

Rhys hatte es offenbar geschafft einzuschlafen, was er ebenso ärgerlich wie bewundernswert fand. »Morgen früh, hab ich gesagt«, stöhnte sie und schob seine Hand weg, als er sie an der Schulter rüttelte.

»Dein Traum«, sagte er leise und drängend. »Wonach riecht er?«

Sie runzelte blinzelnd die Stirn und leckte sich mit der Zunge über die Lippen. »Keine Ahnung, es ist ein Traum …«

»Wonach *riecht* er?«

Eine Falte erschien auf ihrer Stirn, und ihr Blick wurde starr.

»In einer hektischen Notaufnahme muss es doch nach was riechen, oder?«, sagte er. »Blut, Scheiße, Erbrochenes. Aber du kannst dich nicht dran erinnern, stimmt's?«

Sie schüttelte den Kopf.

»Du weißt noch, wie Blut riecht, oder?«

Ihr Stirnrunzeln vertiefte sich, sie nickte.

»Kontext«, sagte er und beugte sich zu ihr hinüber. »An einzelne Gerüche erinnern wir uns. Aber sobald sie mit einem Kontext verbunden sind, nicht mehr.«

»Gerüche sind starke Auslöser für Erinnerungen«, flüsterte sie zurück. »Sogar stärker noch als Bilder. Eine interessante Nebenwirkung des Eingriffs, aber ...«

»Plath erinnert sich daran, wie es in den Everglades riecht. Nach Fäulnis, hat sie gesagt.«

Sie blinzelte zweimal, dann griff sie nach ihrem Karabiner. »Kein Zögern. Wir töten das Miststück.«

Er nickte und zog seine Pistole. Dann ging er zur Leiter. Er hatte fast das obere Ende erreicht, als ein lautes Platschen ertönte. Etwas Schweres war ins Wasser gefallen, gefolgt von Keuchen und dem Schmerzensschrei eines Mannes. *Pynchon.*

Huxley zog sich ins Ruderhaus hoch und duckte sich. Er hielt die Pistole mit beiden Händen umklammert und suchte seine Umgebung ab. Das Ruderhaus war leer und das Mikroskop verschwunden, wie ein Blick in den hinteren Teil des Raums offenbarte. Ein Ächzen und Schaben von links, sein Blick ging zum Achterdeck. Dort stand Pynchon und starrte ihn mit weit aufgerissenen Augen an. Die Zähne hatte er vor Schmerzen zusammengebissen. *Er steht nicht*, wurde Huxley klar, als er die Füße des Soldaten sah: Nur die Spitzen seiner Stiefel berührten das Deck, Blut tröpfelte auf die Gummimatten. Huxleys Blick wanderte an Pynchons Körper hoch zu der Stelle, von der das Blut kam – ein langer, dunkler, spitzer Gegenstand hatte sich von hinten durch Pynchons Schulter gebohrt.

»Sorry«, sagte eine Stimme hinter Pynchon. »Hab ich euch geweckt?«

Es war Plaths Stimme und doch wieder nicht: In ihren sonst so gleichförmigen Tonfall hatte sich ein seltsames Zischeln gemischt. Ihre Worte klangen abgehackt, als spräche sie mit entstelltem Mund.

»Oder bist du endlich mal zu einer intelligenten Schlussfolgerung gelangt, Herr Kommissar?«, erkundigte sich Plath. Etwas bewegte sich hinter Pynchon, dessen Körper wie eine Marionette hin und her schaukelte. Huxley glitt ein Stück nach vorn, um Rhys Platz zu machen, die die Leiter hochstieg. In der Dunkelheit hinter Pynchon konnte er einen Umriss ausmachen, größer, als er gedacht hätte, aber er konnte ihn nicht klar genug erkennen, um darauf schießen zu können.

»Wie lange?«, rief er zurück und schob sich noch ein paar Zentimeter nach vorn. »Seit du dich erinnerst. Wie lange?«

»Schwer zu sagen.« Plaths Tonfall verursachte ihm eine Gänsehaut. Fröhliche Normalität mischte sich mit krächzender Boshaftigkeit. »Manches weiß ich immer noch nicht. Meinen Namen zum Beispiel. Aber an dem habe ich sowieso nie sonderlich gehangen. Andere Sachen dagegen … tja, die sind ziemlich konkret geworden.«

Pynchons Körper zuckte, als Rhys mit angelegtem Karabiner zur Mitte des Ruderhauses ging. Huxley erhaschte einen Blick auf Plaths deformierte Gestalt, als sie ihren menschlichen Schutzschild bewegte. Sie besaß noch ihr Gesicht, und es war eindeutig ihre Stimme. Zwar wirkten ihre Züge schmaler, das Kinn länglich und spitz, die Wangenknochen breiter, dazu lange Zähne, die über die Unterlippe ragten, doch sie war noch wiedererkennbar. Er versuchte, auf ihre Stirn zu zielen, aber in dem

Moment bewegte sie sich erneut, und Pynchon geriet in seine Schusslinie.

»Vorsicht«, warnte Plath. »Wollt ihr meine Geschichte nicht hören? Ich kann euch versprechen, sie ist interessant.«

Rhys schlich ein Stück vorwärts, Huxley schaute zu ihr hin. Ihre Miene erstarrte, als sie das Fehlen des Mikroskops bemerkte. »Wo ist es?«, fauchte sie.

»Dein kleines Spielzeug hast du gar nicht gebraucht, meine Liebe«, erwiderte Plath spöttisch. »Es war richtig, dass die uns keine diagnostische Ausrüstung mitgegeben haben. Das hätte uns bloß abgelenkt.«

»Wovon?«, fragte Huxley. Er kam ein Stück hoch, um einen anderen Schusswinkel einzunehmen, aber noch immer fand er kein klares Ziel.

»Von dem, was wir hier erledigen sollen, natürlich.« Plath lachte – das grässlichste Geräusch, das sie bislang von sich gegeben hatte. »Ich sollte es wissen. Es war meine verfluchte Idee, auch wenn ich mich nicht erinnern kann, mich freiwillig dafür gemeldet zu haben …«

Dröhnend erwachten in diesem Moment die Bootsmotoren zum Leben, und das Schiff schwankte so heftig von Backbord nach Steuerbord, dass Plath ins Stolpern geriet. Pynchon schrie auf, als er herumwirbelte und irgendwie die Kraft fand, sich mit seinem Oberkörper wegzustemmen. Mit den Beinen stieß er sich ab und konnte sich so von dem Gegenstand befreien, der seine Schulter aufspießte.

Huxley feuerte im selben Moment, als Pynchon auf dem Deck aufkam. Zwei Schüsse, direkt in die dunkle Masse, die jetzt übers Heck flüchtete. »Scheiße, Scheiße, Schei–!«, brüllte Rhys. Die Worte wurden vom Bellen ihres Karabiners verschluckt, während sie vorwärtslief und Kugel um Kugel in die dunstige Finsternis feuerte. Huxley rannte zu Pynchon und drückte die Hände auf das Loch in seinem Rücken, aus dem Blut hervorsprudelte.

»Hilf ihm!«, rief er Rhys zu. Sie schoss immer noch ins Leere, jeder Schuss wurde von einem wütenden Ausruf begleitet. »Doktor!« Endlich gelang es ihm, ihre Aufmerksamkeit auf sich zu ziehen. Wütend schulterte sie ihren Karabiner und ging neben Pynchon in die Hocke, um die Wunde zu begutachten.

»Hol Verbandszeug«, wies Rhys Huxley an, schob seine Hände beiseite und drückte ihre eigenen auf die Wunde. Als Huxley aufstand, hörte er Pynchon keuchen. Blut sprühte ihm aus dem Mund. Mühsam brachte er hervor: »Lügen … sie hat gesagt, es seien alles bloß … Lügen …«

Im Morgengrauen tuckerte das Boot weiter gemächlich den Fluss entlang, der genauso gut ein Ozean hätte sein können. Von der Welt jenseits des Nebels war so wenig zu sehen, dass sie sich nur auf die Kartenanzeige verlassen konnten, um ihren Standort zu bestimmen.

»Irgendwo zwischen Richmond und Kingston … vermute ich.« Pynchon sprach langsam und brachte jede einzelne Silbe deutlich hervor, während sein Gesicht vor Schmerzen zuckte. Nach Rhys' Einschätzung war seine Verletzung zu tief, um sie nähen zu können. Sie hatte lediglich einen Verband darumgewickelt. Den Vorschlag des Soldaten, die Wunde auszubrennen, hatte sie schroff zurückgewiesen.

»Der Zünder des anderen Flammenwerfers …«

»Vergiss es. Der Schock würde dich umbringen. Genug mit dem Harter-Hund-Gehabe. Es wird langweilig.«

Sie schnallten Pynchon auf dem Stuhl vor der Karte fest, und

Huxley ärgerte sich, dass er bei ihrer Expedition an Land nicht nach Schmerzmitteln gesucht hatte. Pynchon wurde immer wieder von heftigen Krämpfen geschüttelt, dazwischen verfiel sein Körper in eine Starre. Sein Gesicht war die ganze Zeit schmerzverzerrt. Dennoch bestand er darauf, ihnen von Plaths Verwandlung zu berichten.

»Es ging so schnell. Ich war auf dem Vorderdeck und habe die Kettenkanone überprüft, auch wenn es nicht viel zu überprüfen gab. Eigentlich nur, um was zu tun zu haben. Das Zielfernrohr abwischen, so was eben.« Er hielt inne, als ihn ein Schauer durchlief, und trank etwas Wasser aus der Feldflasche, die Rhys ihm an die Lippen hielt. Dann sprach er weiter. »Sie war auf dem Achterdeck, wo ich sie haben wollte. In letzter Zeit hab ich mich in ihrer Gegenwart nicht sehr wohlgefühlt. Ging uns wahrscheinlich allen so, oder? Ich hab was gehört … eine Art Reißen, dann ein Aufschrei, als hätte sie Schmerzen. Als ich bei ihr ankam …« Er verstummte und runzelte verwirrt die Stirn. »Sie hatte gerade das Mikroskop hochgehievt. Aber ihr Gesicht, ihre Arme. Die waren verändert. Ich konnte es nicht genau sehen. Als ich die Waffe hob, hat sie das Mikroskop in den Fluss geworfen und sich auf mich gestürzt, viel zu schnell für einen Menschen. Danach ist alles verschwommen. Ich hatte das Gefühl, gegen einen riesigen Skorpion zu kämpfen.« Ein leises, bitteres Lachen kam ihm über die Lippen. »Hab wohl verloren, was?«

»Hat sie irgendwas gesagt?«, fragte Huxley.

»Nicht viel. Nur das über die Lügen, aber es war alles bloß Nonsens, bis ihr zwei aufgetaucht seid. Übrigens danke dafür.«

Huxley wandte sich an Rhys. »Denkst du, es stimmt, was sie gesagt hat? Dass es ihre Idee war?«

»Wer weiß? Psychopathen lügen gern. Das gehört zu ihrer

Manipulationsmasche. Ganz offensichtlich hat die Krankheit ihren Körper verändert. Ihre Persönlichkeit dagegen weniger.«

»Bist du sicher, dass du sie getroffen hast?«, fragte Pynchon.

»Ziemlich sicher«, erwiderte Huxley. »Aber es ging alles sehr schnell, und wir haben schon andere Erkrankte gesehen, die eine Menge einstecken konnten.«

»Sie ist noch da draußen.« Rhys sprach mit Überzeugung, während sie durch das Fenster des Ruderhauses spähte. »Verfolgt uns. Ich meine, es ist ziemlich offensichtlich, dass wir hier sind, um die Erkrankten zu vernichten. Und jetzt ist sie eine von ihnen. Warum sollte sie nicht versuchen, uns aufzuhalten? Wahrscheinlich würde sie es einfach nur zum Spaß tun.«

»Von jetzt an«, sagte Huxley und musterte den Nebel, der dichter denn je vor der Frontscheibe hing, »halten wir die Nachtsichtbrillen ständig griffbereit. Das ist die einzige Möglichkeit, um in der Suppe überhaupt was zu sehen.«

»Die Batteriedauer …«, setzte Pynchon an und hob warnend eine schlaffe Hand.

»Ich weiß.« Huxley ergriff seine Hand und schob sie sanft nach unten. Bevor er sie losließ, spürte er die raue Stelle, die er zuvor bemerkt hatte. Sie war größer geworden, ein länglicher blutroter Streifen, der sich von Pynchons Handgelenk bis zu seinem Ellbogen hinzog.

»Ich hasse es«, sagte Pynchon. Huxley schaute hoch und sah den Soldaten schwach grinsen. »Verschandelt meine Tattoos.« Sein Blick ging zu Huxleys Hals, und seine Augen verengten sich mitfühlend. »Ich bin also nicht der Einzige.«

Von Beschaffenheit und Größe her ähnelte der Fleck dem an Pynchons Handgelenk – ein länglicher Umriss, der Ähnlichkeit mit einem Farnwedel hatte und sich von Huxleys Ohr bis zu seinem Schlüsselbein erstreckte. Wieder fand er es seltsam, dass es nicht wehtat. »Du sollst dich ja nicht ausgeschlossen fühlen«, sagte er, und der dünne Klang seiner Stimme beschämte ihn.

»Ich glaube, es ist der Impfstoff, der auf die Krankheit reagiert«, erklärte Rhys. »Man kann davon ausgehen, dass das Präparat, das uns verabreicht wurde, experimentell ist und wahrscheinlich nicht ausreichend getestet wurde. Ernste Nebenwirkungen sind zu erwarten.«

Pynchon starrte sie mit trübem Blick an, dann keuchte er: »Das über den netten Umgang mit Kranken hast du an der Uni wohl geschwänzt, was, Doc?«

»Bei Plath scheint das Präparat nicht gewirkt zu haben«, sagte Huxley. »Woher wissen wir, dass es bei uns funktioniert?«

»Zum einen haben wir uns bisher noch nicht in Monster verwandelt«, antwortete Rhys. »Zum anderen habe ich bei ihr keine Flecken gesehen. Womöglich war sie gegen den Impfstoff resistent.«

»Sie sagte … sie hätte schon vor einer Weile angefangen, sich zu erinnern«, warf Pynchon ein und biss die Zähne zusammen, als eine weitere Schmerzwelle über ihn hinwegrollte. »Vielleicht wirkt das Mittel nicht mehr, wenn die Erinnerungen zurückgekehrt sind, oder jedenfalls ein paar davon.«

»Erinnerungen sind die Wunde«, wiederholte Huxley die Schlussfolgerung, zu der er gelangt war, als Rhys die Gewebeprobe des Erkrankten untersucht hatte. »Einmal infiziert, ist man erledigt.«

Eigentlich hätten sie inzwischen an das Klingeln des Satellitentelefons gewöhnt sein müssen, dennoch zuckten alle zusammen, als es ertönte.

»Auch auf das Risiko hin, wegen Meuterei vor ein Kriegsgericht gestellt zu werden«, sagte Pynchon, »ich hätte nichts dagegen, das verfluchte Ding über Bord zu schmeißen.«

Als Huxley nach dem Gerät griff, fühlte er sich stark versucht, genau das zu tun. Aber sie waren so weit gekommen und wussten immer noch so wenig. Auch wenn die Telefonstimme meist kaum etwas preisgab, bot sie zumindest die Möglichkeit, mehr in Erfahrung zu bringen.

»Wie ehrlich sollen wir sein?«, fragte er, während sein Finger über dem grünen Knopf verharrte.

Rhys verschränkte die Arme und ließ sie wieder sinken. »In unserer jetzigen Lage können wir ihnen auch einfach alles erzählen.«

Huxley sah Pynchon an, der mit den Schultern zuckte und sogleich das Gesicht verzog.

»Dann also Ehrlichkeit«, sagte Huxley und drückte auf den Knopf.

Wie üblich begann die Telefonstimme ohne Umschweife mit ihrer unvermeidlichen Frage: »Gibt es Verluste?«

»Plath hat sich in … etwas Unschönes verwandelt. Sie hat Pynchon angegriffen. Wir haben sie verletzt, aber sie ist entkommen.«

»Ist Pynchon tot?«

»Nein. Aber sein Zustand ist …« Huxley sah, wie Pynchon eine Augenbraue hob und mit schmerzerfüllter Miene blinzelte. »… ernst.«

Kurze Pause, ein Klicken. »Sie werden feststellen, dass sich im Laderaum ein weiteres Fach geöffnet hat. Nehmen Sie das Telefon mit und untersuchen Sie den Inhalt.«

Rhys folgte Huxley die Leiter hinunter in die Mannschaftskabine, wo der Deckel des zuvor verriegelten Lagerfaches ein Stück offen stand. Im Inneren fanden sie ein Tablet auf einem robusten Plastikgehäuse, das etwa die Größe eines Koffers hatte. Es besaß ein LED-Feld und ein Keypad mit elf Ziffern auf der Oberseite, dessen blaue Anzeige leer war. Das Tablet aktivierte sich im selben Moment, als Rhys es herausnahm. Auf dem Display erschien eine Karte: eine einfache Darstellung von Nordeuropa. Südöstlich der britischen Inseln pulsierte ein roter Punkt, und die Telefonstimme begann zu sprechen:

»Das sogenannte M-Strain-Bakterium wurde vor ungefähr achtzehn Monaten zum ersten Mal in London entdeckt. Die Auswirkungen der Masseninfektion haben Sie mit eigenen Augen gesehen.« Weitere Punkte erschienen auf der Karte und bildeten eine Spur von Westen nach Osten. »Dieppe. Den Haag. Oslo. Kopenhagen. Alles Städte, in denen die Infektion sich ausbreitete. Infizierte wurden darüber hinaus an Orten in Polen, Belarus und der Russischen Föderation entdeckt. Sämtliche Grenzen sind seit über einem Jahr geschlossen, alle zivilen Flüge untersagt und der Seehandel ausgesetzt.«

»Der Wind hat es weitergetragen«, sagte Rhys in die Pause hinein. »Auf der Nordhalbkugel bläst der Wind meist in östliche Richtung.«

»Korrekt.« Die Bildschirmanzeige veränderte sich erneut, und es erschien etwas, das für Huxley wie eine Unmenge weißer Fasern aussah, die aus einem zentralen Kern hervorwucherten. »Der primäre Infektionsvektor. Eine durch die Luft übertragene Spore, die nach dem Tod eines infizierten Wirts entsteht. Dieser Vektor machte die üblichen Pandemie-Reaktionspläne unwirksam. Durch Quarantäne wird nur eine zeitweilige Verzögerung der Ansteckung erreicht, da der Erreger für seine Vermehrung keinen menschlichen Kontakt braucht. Die Infektion erfolgt sowohl über die Atemluft als auch über die Haut. Schutzanzüge bieten eine gewisse Sicherheit, aber nur in Gegenden, in denen lediglich Sporen nachgewiesen wurden. Sobald eine ausreichende Anzahl von Opfern infiziert ist, lässt sich die Ausbreitung nicht mehr verhindern.«

»Außer bei Leuten, die unter Gedächtnisverlust leiden«, sagte Huxley.

»In den frühen Phasen des Ausbruchs meldeten mehrere Krankenhäuser geringere Ansteckungsraten bei Patienten mit Alzheimer, neurologischen Beeinträchtigungen oder anderen Erkrankungen, die mit symptomatischem Gedächtnisverlust einhergehen. Untersuchungen bestätigten, dass die Patienten dem Bakterium gegenüber zwar nicht immun, aber stark resistent dagegen waren.«

»Das heißt«, warf Rhys ein, »Sie haben sich einen Haufen Leute mit Alzheimer gesucht, sie der Spore ausgesetzt und die Zeit gemessen, bis sie gestorben sind. Richtig?«

Keine Pause. »Korrekt. Aus offensichtlichen Gründen konnten Demenz-Patienten keine Feldstudien durchführen. Man suchte Freiwillige für weitere Tests. Ihre Mission ist das Ergebnis dieser Tests.«

»Aber diese Mission ist keine Feldstudie, oder?«, fragte Huxley.

Der Bildschirm schaltete zu einer Karte von London und zoomte in die Stadt hinein. Gleich darauf füllte sie das Display ganz aus, und das Bild wurde detailreicher. Die einfache Graphik wich einer Satellitenaufnahme. Ein leichter Dunst hüllte die Stadt ein, der über den Außenbezirken rosa und am Westrand der Stadt tiefrot verfärbt war. Es erinnerte Huxley an die Zellen, die sie durch das Mikroskop gesehen hatten. Der blutrote Fleck wirkte wie der Zellkern von etwas Großem und Bösartigem.

»Nebel, der kein Nebel ist«, sagte Rhys. »Das ist die Krankheit, oder? Der Nebel besteht aus den Sporen, und wir befinden uns schon seit Tagen mittendrin, atmen ihn ein und nehmen ihn in uns auf.«

»Ja«, bestätigte die Telefonstimme, so monoton wie eh und je. »Der Impfstoff, den Sie sich verabreicht haben, hat sich bislang als das wirksamste Mittel erwiesen.«

»Sie haben keine Mühen gescheut, um uns hierherzuschaffen.« Rhys tippte auf den roten Zellkern. »Warum?«

Wieder veränderte sich das Bild. Es zeigte dieselbe Region Londons, aber diesmal war der Nebel verschwunden, und ein Schwarz-Weiß-Bild der Stadt war zu sehen. Anfangs glaubte Huxley, die Aufnahme sei unscharf oder beschädigt. Die Straßen besaßen keine klaren Abgrenzungen mehr, sondern verschwanden beinahe vollständig unter einer wuchernden Masse, die von oben vage an einen Wald erinnerte.

»Das ist die aktuellste Radaraufnahme der sogenannten Primären Infektionszone oder kurz PIZ. In der Frühphase des Ausbruchs sammelte sich eine große Anzahl von Infizierten in der Region und starb dort. Der Grund dafür war lange Zeit unbekannt, auch wenn man annahm, dass die Nähe zu einer Wasserquelle ein wichtiger Faktor war. Geschätzt zehntausend Menschen starben hier innerhalb von vierundzwanzig Stunden. Und im Verlauf der nächsten zweiundsiebzig Stunden erhöhte sich die Zahl der Toten weiter exponentiell. Die Wucherungen, die aus den Leichen hervorsprossen, formten das Gewächs, das Sie hier vor sich sehen. Es bildet eine Art Baldachin, der Sonnenlicht abhält und eine Überwachung dessen, was darunter vor sich geht, verhindert. Wärmebildkameras«, das Bild veränderte sich, und aus Schwarz und Grau wurden Rosa und Rot, »deuten jedoch auf beträchtliche biochemische Aktivität hin. Die Anzahl der Sporen in diesem Gebiet ist zudem weitaus größer als sonst irgendwo.«

»Es ist eine Brutstätte«, schlussfolgerte Rhys. »Für die Sporen.«

»Wir gehen davon aus, dass das korrekt ist.«

»Dann bombardieren Sie sie«, sagte Huxley. »Ein paar tausend Tonnen Brandbomben sollten genügen.«

»Vor vier Monaten wurde eine Vakuumbombe auf die zentrale Masse der PIZ abgeworfen, direkt auf die Brutstätte des Bakteriums. Sie hinterließ eine verbrannte Fläche von einem halben Quadratkilometer. Innerhalb von achtundvierzig Stunden war der Schaden auf unseren Aufnahmen verschwunden. Die Masse ist in der Lage, sich selbst zu reparieren.«

»Dann werfen Sie eben eine Atombombe ab. Das lässt sich nicht reparieren.«

Eine Pause und ein Klicken im Telefon, dann: »Bitte richten Sie Ihre Aufmerksamkeit auf die Kiste im Fach.«

Er betrachtete die Hartplastikkiste mit ihrer noch immer unveränderten Displayanzeige. Dann schaute er Rhys an und wusste, dass sein Gesicht zweifellos dieselbe absurde Mischung aus Schock und Begreifen spiegelte wie ihres.

»Ist nicht Ihr Ernst«, sagte er.

»Jeder aus der Luft abgeworfene Sprengkörper, der die PIZ beschädigen kann, schafft mehr Probleme, als er löst«, sagte die Telefonstimme. »Die Explosion würde Sporen über die gesamte Nordhalbkugel verteilen. Darüber hinaus würde eine Strahlungswolke entstehen, die schädlich für die Landwirtschaft und langfristig auch für die menschliche Gesundheit ist. Bei dem Sprengsatz in der Kiste handelt es sich um eine schwache Thoriumbombe. Röntgenaufnahmen der PIZ deuten darauf hin, dass sich unter dem Gewächs mehrere tiefe Hohlräume befinden. Die Explosion des Sprengkörpers wird die Masse von innen heraus verbrennen und eine lokal begrenzte Strahlungswolke erzeugen, die im Laufe der nächsten Monate alles organische Material, einschließlich der Sporen, vernichten wird.«

Rhys stieß ein kurzes, schrilles Lachen aus. Sie erhob sich aus der Hocke und ging in der Kabine auf und ab, wobei sie sich über die stoppelige Kopfhaut rieb. »Eine Reise ohne Wiederkehr also«, sagte sie mit einem atemlosen Seufzen, das fast wie ein Schluchzen klang.

»Sie haben sich für diese Mission alle freiwillig gemeldet«, sagte die Telefonstimme. »Genau wie die Mitglieder früherer Erkundungsmissionen. Mathematische Modellrechnungen kamen allesamt zu demselben Ergebnis, ohne jede Fehlerquote: Wird das M-Strain-Bakterium nicht aufgehalten, dann stirbt im Laufe der nächsten neun bis zwölf Monate jegliches menschliche Leben aus.«

Huxleys Blick ruhte immer noch auf der Kiste. Gleichzeitig nahm der Erinnerungsschmerz eine ungeahnte Intensität an, und sein Polizisteninstinkt meldete sich. *Lügen*, hatte Plath gesagt. *Hat sie das hier gemeint?* »Was ist mit den anderen Missionen passiert?«, fragte er.

»Der Eingriff zur Gedächtnissuppression erwies sich bei früheren Versuchen als unzureichend. Der Erreger ist in der Lage, Erinnerungssynapsen zu reparieren und zu verändern. Bei Ihnen wurde der chirurgische Eingriff durch eine Gentherapie ergänzt und zusätzlich ein Adjuvans verwendet, um die Immunantwort zu stärken und gegen die Fähigkeit des Erregers, verlorene Erinnerungen wiederherzustellen, anzukämpfen.«

»Also«, sagte Rhys, nachdem sie ein paarmal ruhig durchgeatmet hatte, »sind die roten Flecken tatsächlich eine Nebenwirkung des Impfstoffs?«

»Ja. Sie haben sicher bemerkt, dass ihre Größe anwächst und die Farbe kräftiger wird, je mehr sich die Zahl der Bakterien in Ihrem Körper erhöht.«

»Wie lange, bis das Mittel seine Wirkung verliert?«

»Das ist individuell unterschiedlich, wie Sie bereits gesehen haben.«

Huxley wechselte einen langen Blick mit Rhys. *Eigentlich können wir ihnen auch gleich alles erzählen.* »Plath hat etwas gesagt. Nach ihrer … Verwandlung. Sie sagte, das sei alles ihre Idee gewesen. Was hat sie damit gemeint?«, fragte er.

»Das ist irrelevant …«

»Nein. Nein! NEIN!« Er schlug mit der Hand auf den Boden neben dem Telefon. »Schluss damit. Sie wollen, dass wir Ihre große Feuerwerksrakete mitten in das Ding reintragen, dann beantworten Sie verflucht noch mal meine Frage, oder wir gehen nirgendwohin. Verstanden?«

Zwanzig Sekunden Stille, drei langsame Klickgeräusche. »Die Freiwillige, die Sie als Plath kannten, war eine Physikerin mit Kenntnissen über die biomedizinischen Anwendungsformen der Radiographie. Sie wurde in das internationale Team versetzt, das die ursprünglichen Tests zur Bekämpfung des M-Strain-Bakteriums überwachte. Später wirkte sie auch an der Entwicklung der Thoriumbombe mit. Zwar hat sie diese Mission nicht direkt ins Leben gerufen, sie gehörte aber zum Planungsstab und überwachte die Auswahl der Teilnehmer.«

»Sie ist eine verfluchte Psychopathin«, presste Rhys hervor und starrte das Telefon an. »Das müssen Sie doch gewusst haben.«

»Ihr Persönlichkeitsprofil gab Anlass für Bedenken, die aufgrund ihrer Fachkenntnisse ausgeräumt wurden. Die problematischen Aspekte ihres Charakters offenbarten sich erst während der Testphase mit menschlichen Probanden.«

»Die Alzheimer-Patienten«, sagte Huxley. »Ich wette, es hat ihr Spaß gemacht, sie sterben zu sehen. Gott zu spielen, das hat sie bestimmt geliebt.«

»Ihre Methoden sorgten für Kontroversen, ihre Resultate hingegen waren unstrittig.«

Rhys lehnte sich mit dem Rücken gegen die Wand und ließ sich daran hinabgleiten, um auf dem Boden Platz zu nehmen. Sie schaute Huxley an, während sie sprach. Die Frage, die im starren Blick ihrer feuchten Augen lag, war offensichtlich. »Wir sollen da also einfach reinmarschieren, den Schalter umlegen und uns pulverisieren lassen? Ich hab keine Ahnung, wer ich früher war, aber mit Sicherheit keine Heldin.«

»Sie haben einen zehnjährigen Sohn«, erwiderte die Telefonstimme. Auf dem Bildschirm tauchte das Foto eines Jungen auf, beim Laufen aufgenommen, wie er über die Schulter hinweg in die Kamera lachte. Huxley glaubte, in Rhys' Gesichtszügen eine gewisse Ähnlichkeit mit dem Jungen zu bemerken, war sich aber nicht sicher. Er hielt das Tablet hoch, damit sie es sehen konnte. Sie starrte es mit tränennassen Augen an, aber ohne einen Hauch von Erkennen.

»Pynchon hat einen Ehemann, Eltern und zwei Brüder«, fuhr die Telefonstimme fort. Das Display zeigte eine Reihe von Fotos. Diesmal war die Familienähnlichkeit unverkennbar, und Huxley verspürte einen Stich der Dankbarkeit, dass Pynchon der Anblick der Familie, an die er sich nicht erinnern konnte, erspart blieb. Zum Glück konnte er die Telefonstimme nicht hören.

»Huxley, Sie haben eine Frau.« Es überraschte ihn nicht, als auf dem Bildschirm die Frau aus seinem Traum auftauchte. Sie trug sogar denselben Hut. Ihr Lächeln war so strahlend und wunderschön, dass er nicht lange hinschauen konnte. Er erzitterte, als der Erinnerungsschmerz durch seinen Kopf zuckte. Er konnte sich einfach nicht beherrschen, wollte mehr über sie erfahren, ihren Namen herausfinden.

»Gibt es einen Grund, warum Sie uns das nicht schon früher erzählt haben?« Er schloss die Augen, als der Schmerz unerträglich wurde.

»Studien deuten darauf hin, dass die wiederholte Konfrontation mit Details aus dem früheren Leben die Gedächtnissuppression aushöhlen kann. Deswegen wurde dafür gesorgt, dass Sie auf Ihrer Mission nichts an Ihre Vergangenheit erinnert. Während der Ausbildung wurden Sie alle voneinander isoliert, damit Sie einander nicht wiedererkennen können.«

»Daher die Maschinenstimme. Keine Chance, Erinnerungen zu wecken.«

»Korrekt.«

»Und jetzt spielt das keine Rolle mehr?«

»Jetzt gilt das Risiko als vertretbar, wegen Ihrer offensichtlichen Resistenz gegenüber dem Bakterium und der Notwendigkeit für motivierende Argumente.«

»Motivierende Argumente?« Ihm gelang ein Lächeln. »Sie bitten uns, unser Leben für Menschen zu geben, die womöglich gar nicht existieren.«

»Die gesamte Menschheit ist vom Aussterben bedroht. Normen der Ethik und Moral sind nicht länger relevant.« Eine Pause, dann ein einzelnes Klicken. »In Studien zeigte sich jedoch, dass die menschliche Fähigkeit zu hoffen in Überlebenssituationen ein wichtiger Faktor ist. Betrachten Sie das Display am Sprengsatz.«

Huxley beugte sich vor und sah, dass auf der LED-Anzeige nun eine schwarze Zahl stand: 120.

»Es handelt sich um einen Timer«, fuhr die Stimme fort. »Die Zeit bis zur Detonation kann mithilfe des Tastenfelds manuell angepasst werden. Sobald der Sprengsatz aktiviert wurde, bleibt Ihnen ein Maximum von einhundertzwanzig Minuten, um zum Boot zurückzukehren und zu entkommen. Der Explosionsradius wird durch die Masse der PIZ eingegrenzt.«

»Aber wir wären immer noch infiziert.«

»Sie haben bewiesen, dass der Impfstoff eine wirksame Behandlung darstellt. Weitere Behandlungen werden nötig sein, aber unserer Analyse zufolge liegen Ihre Chancen für ein längerfristiges Überleben bei zehn Prozent.«

»Zehn Prozent?« Rhys stürzte sich auf das Telefon, hielt es sich an den Mund und brüllte in den Empfänger: »Fickt euch!« Sie warf es Huxley zu und lief zur Leiter. »Schalt's aus.«

»Es hat keinen Ausschalter.«

»Dann lass es einfach liegen.« Sie stieg die Leiter hoch. »Wir müssen darüber reden. Alle drei.«

ZWÖLF

»Hübscher Kerl, findet ihr nicht auch?« Pynchon hatte darauf bestanden, sich die Fotos auf dem Tablet anzuschauen. Beim Durchscrollen zeigte er keine Anzeichen von Unbehagen, wie es Huxley bei dem Anblick überkommen hatte. Das erste Bild von dem Mann, mit dem er nach Aussage der Telefonstimme verheiratet war, betrachtete er am längsten.

»Zu groß für meinen Geschmack«, erwiderte Rhys gezwungen fröhlich. Ihre Augen waren vom Weinen gerötet, neue Tränen wischte sie verärgert und entschlossen weg. »Mir sind Männer lieber, die ich küssen kann, ohne mich dabei auf eine Kiste stellen zu müssen. Denke ich jedenfalls.«

»Sie hat …« Pynchon verzog das Gesicht, und sein Kopf sackte nach vorn, als ihn ein weiterer Krampf durchzuckte. Der Verband auf seiner Wunde war von Blut durchtränkt, und auch der Sitz, auf dem sie ihn festgeschnallt hatten, war damit besudelt. Er richtete sich auf und schluckte, dann holte er tief Luft und versuchte es noch einmal. »… hat euch keinen … Namen genannt, oder?«

»Tut mir leid.« Huxley schüttelte den Kopf.

»Wie lange wir wohl schon zusammen waren?« Pynchon strich mit zitterndem Finger über das Tablet. »Und warum habe ich nicht … von ihm geträumt?«

»Wir …« Rhys hustete. »Wir müssen eine Entscheidung treffen. Ich denke, sie sollte einstimmig sein.«

»Sprengen oder nicht sprengen.« Pynchon warf das Tablet auf das Armaturenbrett. »Das ist hier die Scheißfrage.« Er lehnte sich zurück und unterdrückte ein Zittern, während sein Blick zwischen ihnen hin- und herging. »Ich bin nicht sicher, ob ich mitentscheiden sollte. Schließlich … kann ich nirgendwo mehr hingehen.«

»Trotzdem«, sagte Rhys. »Einstimmig. Oder ich mache nicht mit.«

»Ich könnte befangen sein.« Pynchon lächelte schwach. »Weil ich bald sterben werde und so … aber ich bin dafür. Genau deswegen sind wir hier. Ob wir uns daran erinnern, spielt keine Rolle. Ich *weiß*, dass ich mich freiwillig gemeldet habe. Und ich hab auch den Verdacht, dass es … bei euch beiden genauso war.«

»Ein Timer von zwei Stunden«, erinnerte ihn Huxley. »Es wäre möglich, dort reinzugehen, zum Boot zurückzukehren und dich hier rauszubringen …«

Pynchon machte eine wegwerfende Handbewegung. »Genug … Ich habe abgestimmt. Du bist dran, Herr Kommissar.«

Huxley sah zur Leiter. Unten lag das Satellitentelefon und wartete auf ihre Antwort. Die Telefonstimme war nur eine Maschine, aber er wusste, dass dahinter Menschen steckten – ein ganzer Raum voller Leute in weißen Kitteln oder Uniformen, die angespannt und beklommen den Lautsprecher ansahen. Er stellte fest, dass er sie hasste. Für all die Probanden, die sie getötet hatten, um diese Mission vorzubereiten. Dafür, dass sie weit weg von dem Grauen waren, in das sie andere schickten. Wo befanden sie sich? In irgendeinem Bunker tief unter der Erde? Vor alldem in Sicherheit? Vielleicht besaßen sie sogar Vorräte und Wasser für ein ganzes Leben, nur für den Fall, dass ihr großartiger Plan scheiterte. Vermutlich glaubten sie, ihnen bliebe keine andere Wahl. Und dass sie die Wächter einer Spezies seien, die zu extremen Maßnahmen greifen musste. Trotzdem hasste er sie, weil er hier war und sie nicht.

»Es könnte gelogen sein«, sagte er. »Womöglich schleppen wir das Ding da rein und es explodiert, sobald wir den Timer einschalten. Wenn wir das wirklich machen, dann müssen wir davon ausgehen, dass wir nicht zurückkehren.«

»Einverstanden«, sagte Rhys. »Deine Entscheidung.«

Die Schnelligkeit seiner Antwort überraschte ihn, zumal er gar nicht gewusst hatte, wie er sich entscheiden würde, bis ihm das Wort über die Lippen kam. »Ja.«

Rhys' Miene blieb ausdruckslos, als sie sprach. Ihre Stimme klang so monoton wie die des Satellitentelefons: »Ja.«

Der Empfänger des Telefons musste viel empfindlicher sein, als sie gedacht hatten, oder ein verstecktes Mikrophon hatte ihre Diskussion belauscht, jedenfalls erwachten im selben Moment dröhnend die Bootsmotoren zum Leben. Ein vielfaches elektronisches Surren lenkte Huxleys Blick zum Armaturenbrett. Abdeckungen glitten beiseite, und verborgene Steuerelemente kamen zum Vorschein. Die bislang dunkel gebliebenen Anzeigen flammten auf.

»Wie's aussieht, werde ich jetzt endlich doch noch … Kapitän auf diesem Kutter«, murmelte Pynchon. Er streckte zitternd eine Hand nach den Steuerhebeln aus, aber sie sank gleich wieder in seinen Schoß zurück, und der Fleck an seinem Handgelenk wurde sichtbar. Er war jetzt mehr als doppelt so groß, und die Beschaffenheit hatte sich verändert. Inzwischen war er knallrot und glänzte, außerdem hatten sich darauf einige Blasen gebildet.

Huxleys Hand ging unwillkürlich zu seinem eigenen Fleck, der ebenfalls etwas gewachsen war, sich aber unverändert rau anfühlte.

»Ich hole das Telefon«, sagte er.

»Steuern Sie dreiundzwanzig Grad nach Steuerbord«, wies die Telefonstimme sie an. »Geschwindigkeit beibehalten. In diesem Gebiet befindet sich eine große Zahl feindseliger Infizierter, halten Sie deshalb bewaffnet Wache.«

Huxley übernahm die Pinne, während Pynchon ihm Ratschläge zur Steuerung gab und die verschiedenen Bildschirme und Anzeigen kommentierte. Rhys ging mit ihren verbliebenen Waffen und einer Nachtsichtbrille aufs Achterdeck. »Jede Menge Bewegung«, rief sie ihnen über das Dröhnen der Motoren hinweg zu. Sie hielt den Karabiner im Anschlag und suchte ständig nach Zielen, während das Boot im Schneckentempo durchs Wasser pflügte. »Schwer auseinanderzuhalten.«

»Erkundungsflüge mit Drohnen deuten darauf hin, dass die Außenwand der PIZ dicht und möglicherweise undurchdringlich ist«, sagte die Telefonstimme. »Sie werden einen Eingang erzeugen müssen.«

»Wie sollen wir das machen?«, fragte Huxley.

»Improvisieren Sie.«

»Das ist wirklich sehr hilfreich. Danke.«

»Entspann dich«, knurrte Pynchon und deutete auf die Steuerung der Kettenkanone. »Diese Schönheit kann in nahezu alles ein Loch reißen. Und wenn das nicht klappt, haben wir noch jede Menge C4 übrig.«

»Wenn man uns genug Zeit lässt, dass wir es benutzen können.«

Wie um seine Worte zu bestätigen, eröffnete Rhys in diesem Moment das Feuer und gab drei schnelle Schüsse ab. Huxley schaute über die Schulter und sah hinter dem Boot hohe Wasserfontänen aufspritzen. »Da ist was unter der Oberfläche«, rief Rhys ihnen zur Erklärung zu. »Was Großes.«

»Plath vielleicht?«, grübelte Pynchon.

»Wer weiß?« Huxley drückte den Steuerhebel der Pinne, um die Fahrtrichtung an die Anzeige auf dem Bildschirm anzupassen. »Aber ich hab das Gefühl, dass sie nicht weit weg ist.«

»Was immer passiert …« Pynchon hielt inne, hustete und wischte sich einen roten Fleck von den Lippen. »Bevor das hier vorbei ist … *erledige* sie. Für mich. Ja?«

Vor der rissigen Frontscheibe tauchte im Nebel ein breiter dunkler Streifen auf, und Huxley griff nach dem Bremshebel, um ihre Fahrt zu verlangsamen. »Ja«, sagte er. »Ich erledige sie.« Er drehte sich zum Achterdeck um und rief Rhys zu: »Anscheinend sind wir da.«

»Eine Menge Bewegung im Wasser«, rief sie zurück und schwenkte die Waffen in einem weiten Bogen herum. »Ich bin ziemlich sicher, dass die uns verfolgen!«

»Waffenanzeige«, sagte Pynchon, und Huxley trat an die Steuerung der Kettenkanone. Pynchons Anweisungen folgend stellte er die Kamera so ein, dass sie sehen konnten, was sich vor ihnen befand. Die Wucherungen waren hier höher und dichter als alles, was sie bislang gesehen hatten – eine Wand aus verflochtenem, nach oben gewölbtem organischem Material, die in den Nebel aufragte. Wie die Telefonstimme vorhergesagt hatte, konnte Huxley keinen Eingang erkennen.

»Okay.« Er umfasste die Steuerung der Kanone. »Worauf soll ich zielen?«

»Versuch …« Pynchon hustete und bebte vor Schmerz. »Versuch es knapp über der Wasseroberfläche. Kurze Salven … Munitionsvorrat, denk dran.«

»In Ordnung.«

Huxley drückte eine halbe Sekunde lang den Feuerknopf und kämpfte gegen den Drang an, vor dem kreischenden Rattern der Kettenkanone zurückzuweichen. Mündungsblitze und Leuchtgeschosse flammten vor der Frontscheibe auf, und als er den Feuerknopf losließ, war dünner Rauch zu sehen. Auf den ersten Blick wirkte der Schaden beträchtlich – ein dunkler, ausgefranster quer verlaufender Riss in der Wand. Bei genauerer Betrachtung auf dem Kamerabildschirm wurde jedoch ersichtlich, dass die Geschosse nur ein Stück weit in die Masse eingedrungen waren und es immer noch keinen Weg ins Innere gab.

»Versuch's noch mal«, sagte Pynchon. »Ziel auf die Mitte der beschädigten Stelle. Zwei Sekunden.«

Wieder blitzten Leuchtgeschosse, und zerfetztes Material spritzte auf. Als Huxley diesmal den Feuerknopf losließ, war der Riss in der Wand tiefer. Ein Loch hatte sich aber immer noch nicht gebildet. Seine wachsende Verärgerung wurde zu Furcht. Rhys' Karabiner feuerte jetzt unablässig, immer jeweils drei Kugeln.

»Sie kommen näher!«, rief sie. Huxley warf einen Blick nach hinten und sah, wie sie ein frisches Magazin in den Karabiner steckte. Hinter ihr kräuselte sich das Wasser und spritzte an einigen Stellen hoch. Hier und da tauchten lange, dürre Gliedmaßen auf und peitschten feindselig durch die Luft.

»Anscheinend gefällt denen nicht, dass wir hier sind«, sagte er.

»Asoziales Pack.« Pynchon deutete auf die Steuerung der Kanone. »Mach weiter.«

Huxley ließ vier weitere Salven auf die Barriere los, dann war die Munition der Kettenkanone erschöpft. In der Wand war ein tiefer horizontaler Spalt entstanden, der aber weiterhin keinen Eingang bot. Rhys' Karabiner bellte jetzt immer häufiger.

»Also gut«, stöhnte Pynchon, während sie beide die beschädigte Wand anstarrten, in der sich keine Öffnung zeigte. Er hustete erneut, machte sich diesmal aber nicht die Mühe, das Blut von seinen Lippen abzuwischen. »Rückwärtsgang einlegen. Und bring mir das C4.«

An der Resignation und Entschlossenheit in Pynchons schlaffen Zügen erkannte Huxley, was er vorhatte. »Wir könnten einen Zeitzünder aktivieren und das Zeug rüberwerfen …«

»Mach, was ich sage, Herr Kommissar!« Der Soldat zitterte beim Sprechen, seine zusammengebissenen Zähne waren rot verfärbt. »Uns bleibt keine Zeit mehr.«

Huxley verkniff sich eine Erwiderung, griff stattdessen zur Motorsteuerung und rief Rhys eine Warnung zu: »Achtung! Wir fahren rückwärts!«

Wasser schäumte auf, als er das Boot zurücksetzte. Auf Pynchons Nicken hin schaltete er die Motoren ab. »Jetzt hol … das Zeug. Und pack genug Munition ein … für dich und Rhys. Beeilung!«

Huxley kletterte schnell die Leiter in die Mannschaftskabine hinunter und füllte zwei Rucksäcke mit sämtlichen Pistolen und Karabinermagazinen, die er finden konnte. Dazu steckte er noch Feldflaschen mit Wasser und ein paar Proteinriegel ein. *Was soll's. Vielleicht kriegen wir ja unterwegs Hunger.* Er warf die Rucksäcke aufs Oberdeck und holte das C4. Dabei fiel sein Blick auf den verbliebenen Flammenwerfer. *Alle Tiere haben Angst vor Feuer.* Er schlang sich den Gurt des Flammenwerfers über die Schulter und griff sich den Rucksack mit dem C4. Die Leiter hochzuklettern dauerte nur ein paar Sekunden, kam ihm jedoch endlos vor. Das Rattern von Rhys' Waffe und Pynchons keuchende Rufe, er solle sich beeilen, hallten ihm in den Ohren.

»Bereite einen Block vor«, sagte Pynchon, als Huxley den Rucksack mit dem C4 auf dem Sitz neben ihm öffnete. »Den Timer kannst du weglassen.«

Huxley steckte einen Sprengzünder in den C4-Block und hob fragend den Blick. »Die Steuerung …«

»Ich komm schon klar.« Blut sprühte von Pynchons Lippen, als er sich vorbeugte, eine Hand auf den Steuerknüppel legte und mit der anderen den Beschleunigungshebel griff. »Schafft die Bombe ins Schlauchboot und dann … fahrt los. Ich starte, sobald ihr von Bord seid.«

Huxley wollte noch etwas sagen, konnte jedoch nur Pynchons fiebrigen, aber ruhigen Blick erwidern. Sie schauten einander kurz an, dann verzogen sich die Lippen des Soldaten zu einem schmalen, nachdenklichen Lächeln. »Ich glaube, sein Name … ist Michael«, krächzte er. »Er sieht aus … wie ein Michael.« Er nickte auffordernd, und Huxley riss seinen Blick von ihm los.

Die Bombe war weniger schwer, als er erwartet hatte. Sie wog etwa vier Kilo und ließ sich dank der Griffe an beiden Seiten problemlos hochheben. Dennoch musste er nach Rhys rufen, damit sie ihm half, den Sprengsatz die Leiter aufs Deck hochzuhieven und ins Schlauchboot zu verfrachten.

»Bleibt er …?«, setzte sie an und wandte sich dem Ruderhaus zu.

»Ja, er bleibt hier.«

Das umliegende Wasser kräuselte sich und spritzte an einigen Stellen auf, während unter der Oberfläche Kreaturen schwammen. Einige gutplatzierte Schüsse von Rhys hielten sie jedoch auf Abstand. »Ich glaube, die Dinger sind verwirrt«, sagte sie, nachdem sie eine weitere Kugel auf eine fuchtelnde Gliedmaße abgefeuert hatte, die ein Dutzend Meter vom Heck entfernt auftauchte. »Wissen nicht, wie sie auf das alles reagieren sollen.«

»Hoffentlich bleibt das so.« Huxley ließ den Flammenwerfer ins Schlauchboot fallen und das Boot zu Wasser. »Steig ein.«

Er hielt das kleine Boot fest, während Rhys an Bord kletterte und zum Außenbordmotor ging. Bevor auch er hinübersprang, gestattete er sich noch einen letzten Blick zum Ruderhaus. Pynchon war nur eine zusammengesunkene Silhouette vor den Anzeigen. Huxley sah keine Bewegung, aber etwas sagte ihm, dass sich der Soldat weiterhin an sein Leben klammerte. *Er kann einfach nicht aufgeben.*

»Wir sind von Bord!«, rief er, als sich das Schlauchboot ein Stück vom Heck des Bootes entfernt hatte. Das Dröhnen der Motoren übertönte seine Stimme. Einen Moment lang drohte das hochschäumende Wasser ins Schlauchboot zu schwappen, bis Rhys den Außenbordmotor einschaltete und sie vom Boot wegsteuerte. Huxley nahm mit angelegtem Karabiner im Bug Platz. Eigentlich hätte er die Wasseroberfläche nach Anzeichen von Erkrankten absuchen sollen, konnte jedoch den Blick nicht abwenden, als das Boot auf die Barriere zuraste.

Pynchon hielt direkt auf den ausgefransten Riss zu, den die Kettenkanone hinterlassen hatte, und beschleunigte dabei immer weiter. Krachend kollidierte das Boot mit der Wand. Eine Erschütterung durchlief den Rumpf, und das Heck verschwand in einer Wasserfontäne, weil die Motoren weiter versuchten, das Boot anzutreiben. Vom Bug konnte Huxley nicht viel sehen, er vermutete jedoch, dass es Pynchon gelungen war, das Boot bis zur Frontscheibe in die Barriere hineinzufahren. Hoffentlich reichte das aus.

Er drehte sich zu Rhys um und bedeutete ihr, sich zu ducken. »Geh lieber in Deck–«

Die Explosion folgte schneller als erwartet. Eigentlich hätten es mehrere Detonationen sein müssen, da sich die Energie des Blocks C4 mit dem Sprengzünder auf die anderen übertrug, es kam Huxley jedoch wie ein einzelner gewaltiger Knall vor. Bevor er instinktiv die Augen schloss, sah er noch, wie das Boot in einem gleißenden weißgelben Lichtblitz zerplatzte und von aufblühenden Flammen verschluckt wurde. Das umliegende Wasser brodelte von herabprasselnden Trümmerteilen, die meisten waren zum Glück nur klein. Es hatte den angenehmen Nebeneffekt, dass die Erkrankten es zumindest vorübergehend nicht mehr wagten, an die Wasseroberfläche zu kommen.

Blinzelnd versuchte Huxley, in der grauschwarzen Rauchwolke etwas zu erkennen. Das Boot war komplett verschwunden, der einzige Hinweis darauf, dass es existiert hatte, war eine dunkle Rußspur, die jetzt den Riss in der Wand umgab. Von den Rändern der beschädigten Stelle fielen einzelne Stücke ab, im Rauch konnte Huxley aber nichts Genaueres erkennen.

»Wir sind durch«, sagte Rhys. Huxley drehte sich um. Sie hatte die Nachtsichtbrille aufgesetzt und betrachtete damit den Riss. »Von dem, was drinnen ist, kann ich nicht viel sehen, aber da ist definitiv ein Loch.«

Ein paar hundert Meter vor dem Bug wurde das Wasser aufgewirbelt, und Huxley riss reflexartig den Karabiner hoch und gab zwei schnelle Schüsse auf die Stelle ab. »Dann los.«

Rhys lenkte das Schlauchboot direkt auf den Riss zu. Nervtötend langsam tuckerten sie durchs Wasser, das mit auf und nieder schwappenden Trümmerteilen übersät war. Zudem schillerte ein Ölfilm darauf, der aus dem zerstörten Treibstofftank des Bootes stammen musste. Noch zweimal stiegen vor dem Bug Luftblasen auf, und jedes Mal schoss Huxley ohne zu zögern. Pynchons Anweisung, mit der Kettenkanone knapp über die Wasseroberfläche zu zielen, erwies sich als vorausschauend, dadurch konnte Rhys das Schlauchboot nun direkt in den Riss hineinsteuern. Die Explosion hatte eine Art Rampe aus zerstörtem Material hinterlassen, und Rhys gelang es, den Bug aus dem Wasser zu schieben, bevor sie den Außenbordmotor ausschaltete. Huxley sprang aus dem Boot und hielt es mit dem Seil am Bug fest, während Rhys die Ausrüstung auslud. Der Untergrund kam Huxley überraschend fest vor.

»Da hast du aber wahrlich nicht geknausert, was?«, ächzte Rhys, als sie den Flammenwerfer und einen der Rucksäcke auf die Rampe schleppte.

»Ich fand es besser, vorbereitet zu sein.«

Die Gestalt, die in diesem Moment hinter Rhys aus dem Wasser sprang, besaß vage Ähnlichkeit mit einer Krabbe. Sie hatte lange Gliedmaßen, die in scherenförmigen Händen mündeten. Der Kopf auf den unglaublich muskulösen Schultern war jedoch ganz und gar menschlich. Huxley rechnete fast damit, in Plaths verzerrte Gesichtszüge zu schauen, es handelte sich jedoch um einen Mann, dessen Gesicht zur grotesken Karikatur eines Geschöpfs aus irgendeinem Superheldencomic angeschwollen war. Als Huxley den Karabiner darauf richtete, verspürte er einen Anflug von Verwunderung, weil das Geschöpf eine Brille trug. Eine runde John-Lennon-Sonnenbrille verbarg seine Augen. Das Gestell war in das Fleisch eingewachsen, das sich an den Schläfen des Mannes gebildet und sein Gesicht verbreitert hatte. Mit einem

Schrei stürzte er sich auf Rhys. Seine Scheren schnappten nach ihrem Rücken. Die Worte, die er brabbelte, wurden von Huxleys Karabiner übertönt. Obwohl er einhändig feuerte, war er überraschend treffsicher: Eine Kugel flog direkt in den offenen Mund des Erkrankten und ließ die Rückseite seines Schädels explodieren. Das Gesicht mit der Brille wurde schlaff, Blut spritzte auf, als die krabbenähnliche Gestalt zurück ins Wasser fiel und verschwand.

Der Tod des Erkrankten schien für seine aquatischen Brüder und Schwestern ein Signal zu sein. Das Wasser schäumte, und ein Heer aus langen umherpeitschenden Armen durchbrach die Oberfläche. »Die Bombe!«, rief Huxley Rhys zu. Er senkte den Karabiner und feuerte eine Salve auf die Erkrankten ab. Mit der anderen Hand hielt er weiter das Seil fest, während Rhys die Bombe aus dem Schlauchboot zerrte. Sie schob die Kiste die Rampe hoch und lief zurück, um den zweiten Rucksack zu holen. Am Heck des Schlauchboots tauchte in diesem Moment ein weiterer Erkrankter auf, dessen Arme diesmal in dolchähnlichen weißen Knochenspitzen endeten. Rhys stolperte rückwärts. Die Dolche fuhren herab, bohrten sich ins Schlauchboot und rissen die Gummiwände auf.

»Lass ihn liegen!«, rief Huxley, als Rhys eine Hand nach dem verbliebenen Rucksack ausstreckte. »Komm!«

Er ließ das Seil los, hob den Karabiner an die Schulter, schaltete auf vollautomatisch und leerte den Rest seines Magazins in das Gesicht des Erkrankten. Als dieser leblos hinabsank, kletterte ein zweites, kleineres Geschöpf auf seinen Rücken. Es spreizte seine Hände mit Schwimmhäuten und klapperte mit langen Zähnen in einem kindlichen Gesicht. Huxley schlang sich den Karabiner über den Rücken und bückte sich nach dem Flammenwerfer.

Er aktivierte die Zündung und drückte den Abzug. Ein Feuerschwall traf den zähneklappernden Erkrankten mitten in der Luft, als sich das Geschöpf mit einem Sprung auf ihn stürzen wollte.

Es kam dicht neben seinem Stiefel auf dem Boden auf. Obwohl es in Flammen gehüllt war, bewegte es sich immer noch und gab ein Geräusch von sich, das sehr nach dem Schrei eines Kindes klang, das fürchterliche Schmerzen litt. Huxley trat die Kreatur ins Wasser und wich zurück, drückte erneut den Abzug der Waffe, als sich noch mehr Erkrankte mit ihren Klauen aus dem Wasser zogen. Der Feuerstrahl strich über sie hinweg, setzte sie in Flammen und leckte über das ölbedeckte Wasser. Vielstimmiges Kreischen ertönte. Die Explosion aus Hitze und verdrängter Luft schickte Huxley zu Boden, und er war dankbar dafür, dass er keine Haare mehr hatte und nur seine glimmenden Augenbrauen ausklopfen musste.

Als er wieder auf die Beine kam, war die Wasseroberfläche mit brennenden Inseln übersät. An manchen Stellen kräuselte sich das Wasser, offenkundig besaßen die verbliebenen Erkrankten aber noch einen Rest Überlebensinstinkt und ließen sich nicht blicken.

»Huxley!«, zischte Rhys. Er drehte sich um und lief die Rampe hinauf. Rhys kauerte in dem ausgefransten Loch, das dank Pynchons Selbstopferung entstanden war. Mit der Nachtsichtbrille spähte sie ins Innere, das für Huxley nur aus undurchdringlicher Schwärze bestand.

»Regt sich da was?«, fragte er und setzte sich ebenfalls das Nachtsichtgerät auf.

»Nichts.« Sie klang verwundert. »Viel geräumiger, als ich erwartet hätte.«

Als er die Brille aktivierte, sah er, was sie meinte. Die grünschwarze Szenerie vor ihm hatte etwas Kathedralenähnliches. Hohe, dichte Auswüchse bildeten spiralförmig gewundene Säulen, die etwa sechs Meter hoch zu einer gewellten Decke aufragten. Er senkte den Blick und sah am Boden überall Wasserpfützen, durchbrochen von kammartigen Erhöhungen, die an die Rippen eines gefallenen Riesen erinnerten.

Sie zuckten beide zusammen, als das Satellitentelefon ein Klicken von sich gab. Dann war die Stimme zu hören: »Gehen Sie hinein. Weiteres Zögern gefährdet die Mission.«

»Ach, halt die Klappe!«, fauchte Rhys. Sie holte tief Luft, schaute über die Schulter auf das flammengesprenkelte Wasser und seufzte. »Allerdings hat sie wahrscheinlich recht.«

»Willst du die tragen?«, fragte Huxley und nickte zu der Bombenkiste, die neben Rhys stand.

»Ich will ja deinen männlichen Stolz nicht verletzen, aber …« Sie deutete auf den Flammenwerfer. »Tauschen wir?«

DREIZEHN

Die Luft im Inneren des Gebildes war unangenehm feucht. Das Gewicht von Rucksack, Waffe und Atomsprengsatz brachte Huxley ins Schwitzen, und er fühlte sich zunehmend erschöpft. Der Gestank von Fäulnis, Öl und Abwasser, der jedes Mal aufstieg, wenn sie durch eine Wasserpfütze waten mussten, verstärkte sein Unbehagen noch. Er wusste, dass er nicht nur über die Überreste derjenigen hinwegschritt, die hier gestorben waren, sondern über das gesamte Abwasser einer toten Stadt. Hinweise auf ihren Untergang fanden sich überall. Aus den gewölbten Wänden des »Veggie-Fleischs«, wie Rhys es nannte, ragten zerbeulte Autos und Lieferwagen, verbogene Straßenlaternen und Ampeln hervor.

Nach ein paar hundert Schritten stießen sie auf einen Doppeldeckerbus, dessen Passagiere die Saat für den gewaltigen Auswuchs gebildet hatten, der aus dem Dach hervorspross. Natürlich fanden sie auch Knochen und Leichen. Interessanterweise gehörten die meisten Knochen zu Menschen, die Leichen hingegen nicht. Hunde, Katzen und Ratten hingen in Käfigen aus Veggie-Fleisch, zerquetscht, verstümmelt und teilweise verwest, die Mäuler in wütendem oder ängstlichem Knurren erstarrt, aber ansonsten unverändert. Bei den Knochen war es anders. An den meisten hingen keine Fleischreste mehr, jedoch wiesen alle Anzeichen von Missbildung auf. Ein Schädel war derart schaurig verunstaltet, dass Huxley, fasziniert von seiner schieren Hässlichkeit, unwillkürlich stehen blieb.

Die Hirnschale war schmal und länglich nach hinten gezogen. Augen, Zähne und Wangenknochen bildeten eine verzerrte, erhabene Maske, die man nur als dämonisch bezeichnen konnte. Der Schädel lag inmitten der Überreste eines kleinen Elektroautos, dessen Karosserie zerfetzt war, vermutlich von den sensenartigen Klauen, die sich an den zwei Meter langen Armen des Skeletts befanden. Huxley gewann einen vagen Eindruck davon, wie der Erkrankte ausgesehen hatte, als er noch mit Haut und Muskeln bedeckt war. Ein genaues Bild wollte sich jedoch nicht einstellen, außer dass es wahrlich albtraumhaft ausgesehen haben musste.

»Hey, Telefonstimmen-Lady«, sagte er, während er das Skelett betrachtete. Das Telefon hatte ihnen die Richtung gewiesen. Hin und wieder ertönte ein Klicken, und danach folgten Anweisungen wie »in zwanzig Metern links« oder »geradeaus«. Mitunter führte der vorgegebene Weg zu einer unüberwindlichen Mauer aus Wucherungen. Abgesehen von den Richtungsangaben hatte das Telefon ihnen keine weiteren Details zu ihrer neuen Umgebung mehr verraten, was er nicht länger hinnehmen wollte.

»In fünfzig Metern rechts«, wiederholte die Telefonstimme wie immer emotionslos ihre zuvor bereits gegebene Anweisung.

»Vergessen Sie das mal für 'nen Moment«, sagte er. »Mir ist aufgefallen, dass Sie uns noch gar nicht erzählt haben, woher das Bakterium kommt. Entstehungsgeschichte. Patient null, den ganzen Mist. Den muss es doch gegeben haben, oder?«

Er erwartete, wieder mit der Aussage abgespeist zu werden,

seine Frage sei für die Mission irrelevant. Stattdessen klickte es zweimal, dann folgte prompt eine Antwort. »Der Ursprung konnte nie genau ermittelt werden. Spekulationen von Sachverständigen brachten Hypothesen hervor, aber keine stichhaltigen Theorien.«

»Aber es waren keine Außerirdischen im Spiel, oder?«, fragte Rhys. Sie war ein paar Meter vor Huxley stehen geblieben, hielt den Flammenwerfer auf Hüfthöhe und drehte sich einmal langsam im Kreis, um nach Bedrohungen zu suchen. Dabei warf sie dem Telefon einen säuerlichen Blick zu.

»Es konnten keine Hinweise auf eine außerirdische Herkunft gefunden werden«, sagte das Telefon.

»Irgendwas muss es doch geben«, beharrte Huxley. »Es kann doch nicht einfach aus dem Nichts entstanden sein.«

»Der erste aktenkundig gewordene Fall war ein dreiundvierzigjähriger Lagerist aus Enfield in London. Zeugen berichteten von einer schnellen Umwandlung in etwas, das, ihren Aussagen nach, stark an einen Werwolf erinnerte. Es gab mehrere Tote, bevor der Infizierte überwältigt werden konnte. Später wurde die Theorie aufgestellt, eine Kiste mit Sporen könnte in dem Lagerhaus angekommen sein. Dort trafen Lieferungen aus aller Welt ein. Sollte die Hypothese korrekt sein, könnte die Warensendung von überall her gestammt haben. Allerdings hat es wahrscheinlich auch vorher schon Fälle gegeben, die übersehen wurden, weil sie nicht mit Gewaltausbrüchen verbunden waren.«

»Werwolf«, wiederholte Huxley. Er konnte den Blick noch immer nicht von dem grotesk verformten Gesicht abwenden. Jetzt kam es ihm vage reptilienartig vor, die Rundung des Unterkiefers und die spitzen Zähne erinnerten an einen Dinosaurier. *Als Kind hätte man sich vor so was gegruselt, wenn man* Jurassic Park *oder einen dieser alten Harryhausen-Filme mit den Stop-Motion-Szenen geschaut hat.*

»Albträume«, keuchte er leise, als ihm eine Erkenntnis kam. »Das ist es, was dieses Ding bewirkt. Es verwandelt einen in das, was einem Albträume bereitet.«

»Das M-Strain-Bakterium vermehrt sich besonders schnell in den Hirnarealen, die mit der Erinnerung verbunden sind«, sagte die Telefonstimme. »Und mit Emotionen. Furcht in Verbindung mit Erinnerung kann als Albtraum bezeichnet werden. Mithilfe eines bislang unbekannten Mechanismus gelingt es dem M-Strain-Bakterium, die menschlichen Zellen zu schneller Mutation zu zwingen. Die dabei entstehenden Missbildungen erinnern manchmal entfernt an fiktive Gestalten der Popkultur.«

»Eine Albtraum-Seuche«, sagte Rhys. »Mir fällt es immer schwerer zu glauben, dass dieses Ding natürlichen Ursprungs ist.«

In diesem Moment ertönte das Lachen – ein schwaches, aber unverkennbares Echo, das aus mehreren Richtungen gleichzeitig zu kommen schien. Rhys erstarrte mit erhobenem Flammenwerfer, während Huxley die Bombe abstellte und seinen Karabiner vom Rücken nahm. Das Lachen hielt eine Weile lang an. Es klang spöttisch und nach einer weiblichen Stimme, die Huxley vertraut vorkam.

»Plath«, sagte er.

»Sie ist vor uns hier angekommen.« Zähnefletschend hob Rhys den Flammenwerfer und knurrte laut: »Ich hab hier was für dich! Komm und hol's dir, du Miststück!«

Das Lachen hielt noch eine Zeit lang an, dann ebbte es zu einem Kichern ab und verstummte.

»Wie kann sie hier reingekommen sein, ohne ein Loch in die

Wand zu sprengen, so wie wir es getan haben?«, fragte Huxley das Telefon.

»Unbekannt.«

»Anscheinend fand sie unsere Unterhaltung amüsant. Warum?«

»Ebenfalls unbekannt.«

Lügnerin. Seufzend schulterte er seinen Karabiner und hob die Bombe hoch. »Wie lange noch, bis wir den Timer an dem Ding stellen können?«

»Folgen Sie weiter meinen Anweisungen. Die Primäre Detonationsstelle wird für Sie schon bald erkennbar sein.«

»PDS?«, meinte Rhys, richtete sich auf und stapfte weiter durch das stinkende Wasser. »Das mit dem Namengeben ist ein Faible von Ihnen, was?«

Nachdem sie eine weitere Stunde durch brackige Pfützen gewatet waren und ihre Lasten die aus Veggie-Fleisch bestehenden Hügel hochgeschleppt hatten, gelangten sie schließlich zu einem Hohlraum, der größer war als alles, was sie bisher gesehen hatten. Huxley trat aus einem schmalen Säulengang hervor und blieb abrupt stehen, als seine Nachtsicht von einem grellen Lichtschein geblendet wurde. Er nahm die Brille ab und entdeckte eine einzelne Laterne, die einen Straßenabschnitt beleuchtete, der an einen Park angrenzte. Wurzeln schlängelten sich über Asphalt und Pflastersteine und wickelten sich um die Parkumzäunung. Dahinter endete ein kleiner Flecken Rasen abrupt in einer Wand aus dichtem Material. Gegenüber des Parks befand sich eine Ladenzeile, die vom umgebenden Veggie-Fleisch noch nicht verschluckt worden war.

Sie blieben stehen, um sich umzuschauen. Huxley spähte durch das Visier seines Karabiners in sämtliche dunklen Winkel. Sie hatten Plath nicht noch einmal gehört, und sie hatte sich auch nicht blicken lassen, Huxley zweifelte jedoch nicht daran, dass sie sie auf Schritt und Tritt beobachtete. *Sie wartet darauf, dass wir uns ausruhen. Oder sogar schlafen. Als ob wir das hier drinnen könnten.*

»Wovor der sich gefürchtet hat, ist ja nicht schwer zu erraten«, sagte Rhys und deutete mit dem Flammenwerfer auf die Parkumzäunung. Huxley entdeckte eine Gestalt, die mit ausgebreiteten Armen über der gusseisernen Begrenzung lag, und trat näher heran. Der breite Oberkörper deutete auf einen Mann hin, aufgrund der Missbildungen und der Wurzeln, die über ihn hinwegwucherten, war es jedoch schwer, das eindeutig festzustellen. Die Zaunstäbe hatten sich durch die ausgebreiteten Arme und Beine gebohrt, der Kopf war in den Nacken gelegt und der Mund stand weit offen. Aus dem Schädel sprossen dornige Knochenfortsätze hervor und bildeten einen Kreis.

Nicht bloß einen Kreis, dachte Huxley, als er näher herantrat. »Eine Krone«, murmelte er.

»Denkst du, das ist vor mehr als drei Tagen passiert?«, scherzte Rhys mit hochgezogener Augenbraue.

»Wer immer du früher warst«, sagte Huxley und wandte sich ab, »eine Katholikin warst du jedenfalls nicht.«

»Im Gegenteil. Ich erinnere mich an die Worte des Ave Maria, des Vaterunser, der Beichte und einen Haufen anderen Mist, auf Englisch, Spanisch und sogar Latein. Auf dem Boot habe ich sie vor mich hin gesprochen und gewartet, ob ich dabei irgendwas … empfinde. Hab ich aber nicht. Künstlich herbeigeführte Amnesie scheint schlecht für den Glauben zu sein.«

Huxley nickte zu dem gekreuzigten Leichnam. »Eine Infektion dagegen ist offenbar förderlich.«

»Genützt hat es aber wenig.« Ihr spöttisches Lächeln verschwand abrupt, und ihre Augen verengten sich, während sie die Geschäfte musterte. »Oberes Fenster. Über dem Mini-Markt. Siehst du das?«

Er sah es tatsächlich: ein trübes gelbes Flackern hinter einer schmutzigen, gesprungenen Fensterscheibe. »Ein Brand?«

Rhys schüttelte den Kopf. »Kein Rauch. Ich glaube, es ist eine Kerze.« Sie packte den Flammenwerfer fester. »Es könnte *sie* sein. Die uns irgendwo reinlocken will.«

»So offensichtlich würde sie nicht vorgehen.«

»Überprüfen oder weitergehen?«

»Weitergehen«, sagte die Telefonstimme. »Das ist nicht Teil der Mission.«

»Ach, tatsächlich?« Rhys beugte sich zu Huxley vor und zischte in den Telefonhörer: »Und wer sagt, dass Sie hier ein Mitspracherecht haben? Allein deswegen sollten wir es uns genauer anschauen.«

»Rhys«, sagte Huxley, als sie kehrtmachte und auf den Mini-Markt zumarschierte. Sie drehte sich nicht um, sondern trat die teilweise zerstörte Tür ein und verschwand im Inneren.

»Anzeichen von Aggression«, sagte die Telefonstimme. »Irrationales Denken …«

»Ach, halten Sie verflucht noch mal die Klappe«, fauchte Huxley, packte die Bombe fester und trabte unbeholfen hinter Rhys her.

Im Inneren des Mini-Markts fanden sich leere Regale und über den Boden verstreute aufgerissene Lebensmittelverpackungen. In einer Kühltruhe flackerte Licht, der Gestank, der von der Truhe ausging, deutete jedoch darauf hin, dass sie schon seit Wochen nicht mehr funktionierte. Vor einer Selbstbedienungskasse lag ein vertrockneter Leichnam. Im Gegensatz zu den anderen, die sie seit Betreten dieses Ortes entdeckt hatten, wies er keine Anzeichen von Missbildung auf.

»Eingeschlagener Schädel«, sagte Rhys nach einem kurzen Blick auf die getrocknete Masse, die aus dem gespaltenen Kopf des Leichnams gesickert war. »Vielleicht ein Plünderer?«

»Oder jemand, der versucht hat, einen Plünderer aufzuhalten. Muss ziemlich am Anfang passiert sein, als das Chaos ausbrach.«

Rhys leuchtete mit ihrer Taschenlampe in den hinteren Bereich des Ladens. »Da ist eine Hintertür.«

Sie hängte sich den Flammenwerfer über den Rücken und wechselte zu ihrem Karabiner. Vorsichtig schob sie die Tür auf, hinter der eine Treppe zum Vorschein kam. Trübes, flackerndes Leuchten tanzte über die mit Teppich ausgelegten Stufen. Rhys ging ohne Zögern nach oben, Huxley überlegte kurz, die Bombe stehen zu lassen, verwarf den Gedanken jedoch und folgte ihr. Er zog seine Last mit einer Hand die Treppe hinauf, in der anderen hielt er die Pistole. Das Hartplastik gab bei jeder Stufe ein leises, aber hörbares Poltern von sich.

»So viel dazu, sich leise anzuschleichen«, murmelte Rhys und ging oben auf dem Treppenabsatz in die Hocke. Sie schwenkte den Karabiner, fand jedoch nichts, worauf sie schießen konnte. Vor einer Tür, die zu einem Raum auf der Straßenseite führte, hielt sie inne. Durch den Türspalt fiel ein sanfter Lichtschein, von innen war wiederholt ein gedämpftes Klicken zu hören.

»Wir könnten die Bude einfach abfackeln und weitergehen«, meinte Huxley, als er den Schweiß sah, der sich auf Rhys' Oberlippe sammelte.

»Neugier.« Sie zuckte die Achseln und lächelte gezwungen. »Ich kann nichts dafür. Manche Eigenschaften kann selbst eine Amnesie nicht auslöschen, schätze ich.«

Sie kam aus der Hocke hoch, ging langsam auf die Tür zu und stieß sie mit einer raschen Handbewegung auf. Sie trat einen Schritt zurück und legte den Karabiner an, um jeder Bedrohung mit einer vollautomatischen Kugelsalve zu begegnen. Statt zu feuern, erstarrte sie jedoch. Huxley trat einen Schritt vor, um über ihre Schulter zu schauen.

Auf einem Ledersofa für zwei Personen saß ein Mann. Rechts und links von ihm stapelten sich ordentliche Reihen Konservendosen, die – soweit Huxley erkennen konnte – größtenteils leer waren. Er trug ein gestreiftes Hemd und eine graue Hose, deren Stoff starr vor Schmutz war. Sein gesenkter Kopf war, bis auf einige Büschel wirren grauen Haars über den Ohren und im Nacken, kahl. Die Kopfhaut glänzte im spärlichen Licht eines Kerzenstummels, der auf einem Unterteller auf dem Kaffeetisch vor ihm stand. Der Mann schaute nicht hoch, als sie in der Tür erschienen. Seine Hände glitten über ein großes Puzzle hinweg, das fast den gesamten Tisch einnahm. Es war so gut wie vollständig, nur in der Mitte befand sich noch eine kleine Lücke, die sich rasch schloss, während der Mann geschickt Teile aus einer sorgfältig arrangierten Reihe neben dem Puzzle nahm und sie mit beiläufiger Genauigkeit an den passenden Stellen einfügte.

»Ähm«, räusperte sich Rhys. »Hallo.«

Der Mann puzzelte unbeirrt weiter, hob jedoch den Kopf. Huxley machte sich auf den Anblick irgendeiner grinsenden Horrorgestalt gefasst, wie sie die modernen Medien reichlich zu bieten hatten. Stattdessen sah er nur das Gesicht eines müden alten Mannes. Zu seiner Überraschung entdeckte er in seinen Augen keine Furcht. In den Augenwinkeln bildeten sich sogar Lachfältchen, als er sie mit erschöpftem Lächeln begrüßte.

»Hallo, junge Dame«, sagte er präzise in melodiösem Tonfall, wie jemand, für den Englisch nicht die Muttersprache war. »Bitte kommen Sie herein. Ihr Freund ebenfalls.« Seine Hände machten weiter, während er sprach. Die Puzzleteile fügten sich mit leisem Klicken in das fast fertige Bild auf dem Tisch ein. »Leider kann ich Ihnen keine Erfrischungen anbieten.«

Er lächelte wieder und konzentrierte sich auf das Puzzle. Rhys warf Huxley einen beunruhigten und verwunderten Blick zu und betrat das Zimmer. Sie hielt die Waffe auf den alten Mann gerichtet und ging rechts mit großem Abstand um den Tisch herum. Huxley wandte sich nach links, steckte seine Pistole aber ins Holster. Etwas – vielleicht sein Polizisteninstinkt – sagte ihm, dass der betagte Puzzlespieler keine Bedrohung darstellte.

»Darf ich?«, fragte er und klopfte auf den Sessel, der neben dem Sofa stand.

Der Alte neigte den Kopf, ohne den Blick vom Puzzle zu heben. »Bitte sehr.«

Sich hinsetzen zu können, war eine derartige Erleichterung, dass Huxley überraschend ein Ächzen entwich. Ihr Gastgeber kicherte. »Sie sind wohl schon eine Weile unterwegs, was?«

»Ja. Schon ziemlich lange, jedenfalls kommt es mir so vor.«

»Also sind Sie Soldaten aus Amerika.«

Huxley schaute zu Rhys, die mit misstrauischem Stirnrunzeln sorgfältig das Zimmer musterte.

»Es wird Sie vielleicht überraschen, aber wir haben keine Ahnung, wer wir sind«, sagte Huxley. »Ich bin wahrscheinlich Polizist, und meine Bekannte ist Ärztin. Aber wir können Ihnen nicht mal unsere richtigen Namen nennen.«

»Warum das?«

Da Huxley keinen Grund sah, ihn anzulügen, sagte er: »Uns wurden die Erinnerungen genommen. Irgendwas mit einer Operation und einem Implantat. Keine Ahnung, wie das genau funktioniert. Aber es hat uns geschützt, vor der Krankheit, meine ich.«

»Ah.« Der Alte legte ein weiteres Puzzleteil an seinen Platz. »Sehr clever.«

Huxley legte den Kopf schief, um das Puzzle zu betrachten. Statt einer Landschaft oder eines klassischen Gemäldes handelte es sich um ein Foto – ein Familienfoto, um genau zu sein. Sechs Leute, zwei Frauen und vier Männer, die sich lachend die Arme über die Schultern gelegt hatten. Der Mann in der Mitte stand etwas steifer da und bemühte sich um eine würdevolle Haltung, was die anderen offenbar lustig fanden. Das Foto war genau in dem Moment aufgenommen worden, als sie in Gelächter ausbrachen. Der Mann auf dem Foto war jünger und hatte weniger Falten auf der Stirn als der Alte auf dem Zweisitzer mit seinem schwindenden Vorrat an Lebensmitteln, aber Huxley erkannte ihn dennoch.

»Ihre Familie?«, erkundigte er sich.

»Jawohl. Das letzte Mal, dass wir alle beisammen waren. Das Foto hat mein Nachbar aufgenommen. Meine Frau hat es zu so einer Firma geschickt, die Fotopuzzles macht. Es war ein Geschenk zu meinem fünfundsechzigsten Geburtstag.«

Er verstummte, nachdem er das letzte Puzzleteil an seinen Platz gelegt hatte. Mit zitterndem Finger tippte er auf das Teil. Das Beben wanderte seine Hand und dann den Arm hoch, bis sein ganzer Körper schlotterte.

»Verzeihen Sie mir meine Unhöflichkeit«, sagte er und begann, das Puzzle wieder auseinanderzunehmen. Er legte die Hände mit gespreizten Fingern auf das fertige Bild und brach es entzwei. »Aber ich muss das tun, wissen Sie.«

»Warum?«, fragte Rhys.

»Es hält mich. Ich muss es tun.«

»Es hält Sie? Wie meinen Sie das?«

Der Alte begann, die einzelnen Puzzleteile aus den größeren Stücken herauszulösen und sie verkehrt herum auf den Tisch zu legen. »Es hält mich hier. Bei mir. Bei ihnen. Nur so kann ich weitermachen.«

Huxley schaute sich um. Das Zimmer sah aus, als sei es vor Kurzem noch sorgfältig gepflegt gewesen und erst in jüngster Zeit vernachlässigt worden. Die Schmuckgegenstände in den Regalen waren eingestaubt, aber weniger, als es hätte der Fall sein müssen. Hier und da glitzerten Spinnweben im Kerzenschein. »Sie waren von Anfang an hier«, sagte er. »Stimmt's?«

Der Alte nickte und nahm weiter das Puzzle auseinander. »Seit ...« Er hielt inne und schluckte. Sein Blick ging in die Ferne, während seine Hände weitermachten. »Ganz am Anfang ... Am ersten Tag, als es losging. Draußen auf der Straße war ein Haufen Lärm zu hören, Kreischen und Schreien. Sie sind nachsehen gegangen. Ich war im Lagerraum ...« Er schluckte. »Danach sah ich keinen Grund mehr, rauszugehen. Meine Frau ...« Er machte ein Geräusch, das wie ein reumütiges Lachen klang, aber sofort in ein schrilles, schmerzerfülltes Kreischen überging. Es wäre unerträglich gewesen, hätte der Alte es nicht unterdrückt, indem er sich den Daumen zwischen die Zähne schob. Blut quoll hervor und lief über verschorfte, vernarbte Haut. Huxley kämpfte gegen den Drang an, die Hand nach ihm auszustrecken. Er fühlte sich so machtlos und wütend wie nie zuvor, seit er auf dem Boot erwacht war.

Nach ein paar Sekunden senkte der Alte die Hand. Dass Blut auf die Puzzleteile tropfte, schien ihn nicht zu stören. Als er weitersprach, klang seine Stimme so angenehm und gleichmütig wie bei ihrer Begrüßung. »Meine Frau sagte, wir hätten gehen sollen, als die ersten Soldaten kamen. Wie so oft hatte sie recht, und ich lag falsch.« Diesmal gelang ihm ein echtes Lachen.

»Die ersten Soldaten?« Huxley beugte sich im Sessel vor, sein Instinkt war geweckt. »Soldaten kamen hierher, bevor Ihre … bevor alles anfing?«

»O ja. Etwa eine Woche vorher, um genau zu sein. Sie waren nicht wie Soldaten gekleidet und kamen in Lastwagen ohne Beschriftung. Aber ich war früher selber Soldat und weiß, wie sie aussehen, ob nun mit Uniform oder ohne. Unter den Jacken trugen sie gepanzerte Westen und hatten auch Waffen dabei. Die Lastwagen haben sie um die Lagerhäuser gegenüber vom Stadion geparkt. Auch die Polizei rückte an, sperrte Straßen ab und nahm Leute fest, die das Ganze mit ihren Handys filmten. Natürlich haben sie nicht alle erwischt, aber meine Tochter sagte, dass auf diesem Twitter und den anderen Orten im Internet nichts aufgetaucht ist. In den Nachrichten wurde auch nicht darüber berichtet.«

In diesem Moment klickte es im Telefon, doch die Stimme blieb stumm. Huxley nahm den Hörer aus der Hosentasche und starrte ihn an. Er stellte sich vor, wie die Aufseher in ihren Uniformen und weißen Kitteln angespannte Blicke austauschten.

»Haben Sie je herausgefunden, was da passiert ist?«, fragte er den Alten.

»Nein, nein. Sie sind etwa eine Stunde lang geblieben. Meine Tochter hat gefilmt, wie sie viele Kisten und Computer aus dem Gebäude getragen haben. Auch Leute wurden in die Lastwagen gebracht. Sie hat gesehen, wie sich ein Mann gewehrt hat, aber die Soldaten haben ihn ziemlich schnell verschwinden lassen. Nachdem sie wieder abgezogen waren, wurde das Gebäude dichtgemacht und Polizisten darum herum postiert. Natürlich fanden die Leute das seltsam. Es gab alle möglichen Gerüchte. Meine Frau meinte, wir sollten das Haus verlassen, nur für alle Fälle. Aber ich hab gesagt, dass wir mit unserem Kredit einen Monat im Verzug sind …« Er hielt inne und drehte das letzte Teil um, sodass nun alle verdeckt lagen. Ein kurzes Zögern, wieder fing erst sein Arm und dann sein ganzer Körper an zu zittern, bis er damit begann, die Puzzleteile aufzudecken.

»Irgendeine Idee, was sich in den Lagerhäusern gegenüber vom Stadion befunden hat?«, fragte Huxley.

»Alles Mögliche, da gibt es mehrere.« Nachdem der Alte sämtliche Puzzleteile umgedreht hatte, bildete er Stapel: Randteile, Eckteile, die restlichen nach Farben sortiert. »Sie sind aus einem bestimmten Grund hier, nehme ich an?«

»Ja.« Huxley klopfte auf die Kiste mit der Bombe und sagte gezwungen fröhlich: »Wenn das Ding hochgeht, ist alles vorbei. So heißt es jedenfalls.«

»Wird dann alles hier getötet?«

»So ist der Plan. Ihnen bleibt noch etwas Zeit. Sie können versuchen, hier rauszukommen …«

Wieder kam ein schriller, schmerzerfüllter Aufschrei über die Lippen des Alten, obwohl es ihm diesmal zum Glück gelang, ihn zu unterdrücken, ohne sich auf die Hand beißen zu müssen. »Nein. Ich kann nirgendwo hin. Ich gehöre hierher. Das hier ist meine Belohnung und meine Strafe.« Er blinzelte mit feuchten Augen und begann, die Puzzleteile wieder zusammenzufügen. Flink formte er eine Ecke. »Anfangs konnte ich noch einen normalen Tagesablauf aufrechterhalten. Essen, saubermachen, zur Toilette gehen. Ich verschloss meine Ohren vor all den schrecklichen Dingen, die ich draußen hörte. Die meiste Zeit saß ich nur hier und puzzelte. So konnte ich eine ganze Weile weitermachen, aber jetzt nicht mehr. Jetzt habe ich bloß noch das hier.«

Er hielt inne, woraufhin das Zittern zurückkehrte. Er richtete sich auf und sah Huxley an. »Als Kind habe ich immer im Garten meiner Großmutter in Mumbai gespielt, bis ich eines Tages von einer Schlange gebissen wurde. Es tat furchtbar weh. So sehr, dass ich schon dachte, ich müsste sterben.« Seine Hände gingen zu den Knöpfen seines Hemds, und er löste sie sorgfältig, sodass die Haut darunter zum Vorschein kam. Huxley konnte ein angewidertes Schaudern nicht unterdrücken, war aber zugleich unfähig, den Blick abzuwenden. Die Haut des Alten war von der Brust bis zum Bauch mit winzigen Narben übersät, die sich zu kräuseln schienen. Angeekelt und fasziniert sah Huxley, wie sie sich öffneten und schlossen, wie die Mäuler von Goldfischen. *Nein*, korrigierte er sich, als er die winzigen Fangzähne sah, die aus den Mäulern ragten und aus denen Gift hervorquoll. *Schlangen.*

»Sie beißen weniger, wenn ich das Puzzle mache«, sagte der Alte, der jetzt am ganzen Leib zitterte. »Ich glaube, es schreitet dann langsamer voran. Wenn man sich an die guten Dinge erinnert, meine ich. Solange man die schlechten Gedanken im Zaum hält, überlebt man. Aber das schafft auf Dauer niemand.« Er blinzelte, und Tränen liefen ihm über das zuckende Gesicht. »Ich möchte Sie bitten, mich zu töten, bevor Sie gehen.«

Huxley stellte fest, dass er dem Alten nicht in die Augen schauen konnte. Stattdessen hielt er den Blick auf die Puzzleteile gerichtet und keuchte leise: »Ich glaube nicht, dass ich das fertigbringe.«

»Sie müssen.« Die Stimme des Alten klang verzweifelt. »Ich habe es verdient. Wissen Sie, ich habe jemanden umgebracht. Einen jungen Mann. Einen Kunden von mir. Er hat versucht, mich zu bestehlen, deshalb habe ich ihn getötet. Sein Name war Frederico. Er kam alle paar Tage mal in den Laden und hat einen Sechserpack billiges Bier und die neueste Ausgabe der *Racing*

Post gekauft. Er hat mir Tipps gegeben, für Wetten. Aber ich hab nie was gewonnen.«

Der Leichnam unten mit dem eingeschlagenen Schädel. Einer von zahllosen Morden in einer von Albträumen heimgesuchten Stadt.

»Es verändert Sachen, wissen Sie.« Der Alte sprach leise, seine Hände waren zum Puzzle zurückgekehrt. »Die Erinnerungen. Es verdreht sie, verkehrt sie zu Lügen. Ich habe meine Familie über alles geliebt, und meine Frau und die Kinder hatten meine Liebe verdient. Aber wann immer ich innehalte, kommen mir seltsame Erinnerungen. Dann ist meine Frau eine Lügnerin, die mich betrogen hat, und meine Söhne werden zu Dieben. Dabei weiß ich, das ist so nie passiert. Ich glaube, es lebt von hässlichen Dingen. Es braucht unseren Hass, um sich zu vermehren. Wenn Sie mich nicht töten, werde ich irgendwann dem Hässlichen verfallen, und dann«, er breitete die Finger über den Puzzleteilen aus, »werden sie wirklich tot sein, und ich bin nicht länger … ich.«

Das letzte Wort presste er verzweifelt hervor und wandte sich danach augenblicklich wieder seiner Beschäftigung zu. Seine Hände bewegten sich so schnell, dass Huxley ihnen kaum mit dem Blick folgen konnte. Der Alte fügte die Puzzleteile mit einer Geschwindigkeit und Präzision zusammen, die über menschliche Fähigkeiten weit hinausging.

»Huxley«, sagte Rhys. Er schaute hoch und sah, wie sie zur Tür nickte. Ihr Finger wanderte zum Abzug ihres Karabiners. Huxley schüttelte den Kopf und stand auf. Er ließ die Bombe los und zog seine Pistole. Er hätte damit gerechnet, dass sein Arm zitterte, während er den Lauf auf die Schläfe des alten Mannes richtete, oder dass ihn im letzten Moment Feigheit überkam, aber das war nicht der Fall.

»Die ersten Soldaten.« Huxley hielt sich das Telefon dicht an den Mund, während sie den Mini-Markt verließen. Seine Worte waren abgehackt und überdeutlich. »Soldaten, die bei den Lagerhäusern gegenüber vom Stadion auftauchten. Soldaten in Zivil, die Wochen vor der Armee eintrafen. Sie haben das alles gehört, oder?«

Kein Klicken oder Zögern, allein die Promptheit der Antwort kam ihm schon verdächtig vor. »Infektionen mit dem M-Strain-Bakterium rufen bekanntermaßen Halluzinationen und falsche Erinnerungen hervor. Die Situation, die der Infizierte Ihnen beschrieben hat, hat so nie stattgefunden.«

»Unsinn. Sie haben mich für diese Mission ausgewählt, weil ich Polizist bin. Jahrelange Erfahrung bei der Wahrheitssuche macht mich zu einem lebenden Lügendetektor, ob ich mich nun erinnern kann oder nicht. Er hat nicht halluziniert, und er hat auch nicht gelogen.« Er und Rhys blieben neben dem überwucherten Wrack eines Polizeifahrzeugs stehen, während er weiter ins Telefon sprach. »Wer immer Sie und Ihre Leute sind, reden Sie verflucht noch mal Klartext mit uns. Wir machen keinen Schritt mehr, bevor Sie uns nicht genau sagen, was …«

Der Schuss war schlecht gezielt und verfehlte ihn um gut dreißig Zentimeter. Er zerschmetterte die Überreste des Ladenfensters hinter ihnen. Instinktiv suchte Huxley Schutz hinter dem Autowrack. Er ließ das Telefon fallen und hielt mit einer Hand die Bombenkiste fest, während er mit der anderen den Karabiner hob. Rhys erwiderte bereits das Feuer: zwei gezielte Schüsse in den überwucherten Park hinein. Er konnte nicht sehen, worauf sie schoss, bis er einen Mündungsblitz aufleuchten sah, flackerndes Stroboskoplicht, begleitet von rhythmischem Bellen, das auf Automatikfeuer schließen ließ. Er duckte sich, zerfetztes Metall und Glassplitter flogen durch die Gegend.

»Sie hat sich eine Waffe besorgt«, sagte er.

Rhys, die hinter der Radkappe am Heck des Wagens kauerte, schüttelte den Kopf und duckte sich, als die nächste Salve losbrach. »Das ist nicht sie.« Die Schüsse verstummten, bevor Huxley fragen konnte, was sie damit meinte. »Er ist draußen«, knurrte Rhys, kam mit angelegtem Karabiner hoch und gab zwei weitere Schüsse ab. Huxley erhaschte hinter der Parkumzäunung eine Bewegung – eine graugrüne, vage menschliche Gestalt, die ins Stolpern geriet, als Rhys' Kugeln sie trafen.

Durch das Visier des Karabiners konnte er die Gestalt klarer erkennen. Es war ein Mann, oder jedenfalls früher mal. Er war von Kopf bis Fuß mit Auswüchsen bedeckt, die sich an seinem Körper hochrankten und keine Einzelheiten mehr erkennen ließen. Der Hinterschaftlader, den er in den übergroßen Händen hielt, zeugte davon, dass er Soldat war. Rhys' nächste Salve riss Brocken aus Veggie-Fleisch von der Brust des Mannes ab und ließ ihn schwanken. Am Nachladen seiner Waffe hinderte ihn das aber nicht.

»Das Zeug ist zu dick.« Huxley richtete das Fadenkreuz des Karabiners direkt auf die Stirn des Soldaten. Der Schuss riss die Wucherungen weg, die sein Gesicht bedeckten. Blut spritzte auf. Dennoch ging der Mann nicht zu Boden. »Scheiße.« Huxley zielte noch einmal auf dieselbe Stelle und feuerte erneut. Es brauchte drei Versuche, bis es ihm gelang, dem Erkrankten eine Kugel ins Hirn zu jagen. Und noch immer ging dieser nicht zu Boden, sondern schwankte umher und feuerte wild um sich. Kugeln prallten Funken sprühend von der Parkumzäunung ab und rissen Löcher in den Asphalt.

Huxley und Rhys duckten sich tiefer, während die Kugeln um sie her durch die Luft pfiffen. Erst als das Gewehr des Soldaten verstummt war, hoben sie vorsichtig die Köpfe. »Ernsthaft?«, sagte Rhys. Offenbar besaß der Erkrankte nicht mehr die motorischen Fähigkeiten, um sein Gewehr nachzuladen, deshalb hatte er es fallen gelassen und stürmte jetzt mit ausgebreiteten Armen unter Wutgebrüll auf sie zu. Blut spritzte aus seinem Mund hervor. Selbst als er gegen die Parkumzäunung prallte, wütete er weiter. Ein Strom dunkelroter Flüssigkeit ergoss sich aus seinem Mund, seine Arme fuchtelten durch die Lücken zwischen den Eisenstäben.

»Scheiße«, fluchte Rhys leise. Huxley drehte sich um und sah, dass sie etwas anstarrte, das auf den Pflastersteinen lag. Das Satellitentelefon war in mehrere Teile zerbrochen, Plastik und Elektronik lagen überall auf dem Boden verteilt. Huxley bückte sich, um es aufzuheben und auf den grünen Knopf zu drücken, obwohl er wusste, dass es zwecklos war.

»Also, wohin jetzt?«, fragte Rhys matt und verzweifelt.

Huxley warf einen Blick zu dem Fenster über dem Mini-Markt, wo noch immer die Kerze flackerte. »Ich würde auf das Stadion tippen.«

»Großartig. Ich frage mal eben nach dem Weg, ja?« Rhys hob den Flammenwerfer und ging auf den Erkrankten zu, der sich weiter mit rudernden Armen gegen den Zaun presste und unverständliches Zeug von sich gab. »'tschuldigung. Gibt's hier in der Nähe vielleicht ein Stadion? Nein? Na gut, dann scheiß drauf.«

Das Tosen des Flammenwerfers erstickte die wütenden Schreie des Soldaten und das schmerzerfüllte Kreischen, das danach kam. Es dauerte absurd lange, bis er starb. Mit den Armen und Fingern, die nur noch schwarze Stummel waren, hieb er weiter nach Rhys. Noch zweimal richtete sie den Flammenwerfer auf ihn, bis er endlich als ein verkohlter Haufen liegen blieb. Mit angewiderter Miene wegen des Gestanks trat sie zurück.

Einen Moment lang betrachtete sie noch die rauchenden Überreste, dann schniefte sie. »Vielleicht hatte der alte Mann irgendwo eine Karte oder einen Stadtplan rumliegen.«

»Nicht nötig.« Huxley deutete über ihre Schulter auf eine teilweise zugewucherte Kreuzung zwanzig Meter weiter. Das Straßenschild war von den Ranken verdreht und verbogen, aber einige Wörter blieben lesbar. Vier davon, die neben einem nach oben deutenden Pfeil standen, fielen sofort ins Auge: Twickenham Stadium 1 Meile.

VIERZEHN

Sie beschlossen, sich von allem überflüssigen Gewicht zu befreien, um schneller voranzukommen. Rhys ließ ihren Karabiner zurück und behielt Pistole und Flammenwerfer. Huxley nahm Karabiner und Pistole mit und warf den ganzen Rest fort, bis auf die Bombe. Die Nachtsichtbrillen ließen sie beide aufgesetzt, hatten sie aber ausgeschaltet, um die Batterien zu schonen. Bevor sie aufbrachen, aßen sie noch die Proteinriegel und tranken das verbliebene Wasser aus ihren Feldflaschen. Da sie nur etwas mehr als einen Kilometer zurücklegen mussten, erschien es nicht sinnvoll, es sich aufzusparen. Huxley war gar nicht bewusst gewesen, wie hungrig er war, bis er den ersten Bissen nahm. Danach schlang er den gesamten Riegel hinunter und wickelte rasch den nächsten aus. Vielleicht hing sein Hunger ja mit seinem bevorstehenden Ableben zusammen – irgendein verzweifelter innerer Wunsch, noch ein paar letzte Sinneseindrücke zu sammeln, bevor es zu Ende war. Oder er war einfach nur müde und sehr hungrig.

Hinter dem Straßenschild, das sich über die Kreuzung neigte, wurden die Säulen aus Wucherungen dichter und zahlreicher und bildeten eine Art Wald, der bald schon in etwas überging, das an Katakomben erinnerte. Dazwischen flackerten überall Straßenlaternen, sodass sie die Nachtsichtbrillen nicht brauchten. Dennoch war es ein zermürbend stiller Ort mit zahllosen Schatten und Wasserpfützen, von denen nach wie vor ein grauenhafter Gestank ausging.

»Da hat er ja ein paar interessante Fragen aufgeworfen, was?«, meinte Rhys, die wieder voranging, während Huxley ihr mit der Bombe folgte. Die dichten Auswüchse ließen kaum noch etwas von der Stadtlandschaft erkennen, die Bordsteinkanten der Straßen waren jedoch leicht auszumachen, sodass es ihnen gelang, einen einigermaßen geraden Weg einzuschlagen.

»Wer?«, fragte Huxley.

»Der Puzzle-Mann. Was er über die Krankheit gesagt hat. Sie lebt nicht nur von Erinnerungen, sondern verändert sie. Als würde sie unseren Hass, unsere Wut brauchen. Meine Vermutung ist, dass Hormone auf den Erreger stimulierend wirken, Adrenalin, Kortison, die ganze chemische Suppe, die zu kochen beginnt, wenn jemand gestresst ist. Das ist seine Nahrung.«

»Ergibt Sinn«, erwiderte Huxley vorsichtig. Die Vehemenz, mit der Rhys sprach, beunruhigte ihn. *Aggressiv. Vielleicht irrational?* Begriffe, die die Telefonstimme gebraucht hätte. Und die er jetzt dachte.

»Und um das zu bekommen, muss er mit unseren Gedanken spielen, sie verändern«, fuhr Rhys fort. »Das gibt mir zu denken. Wegen Dickinson, meine ich. Wurde sie wirklich missbraucht, oder war das nur eine Erinnerung, die das Bakterium erzeugt hat, um sie in den Wahnsinn zu treiben?«

»Was auch die Frage aufwirft, ob Plath tatsächlich so psycho ist, wie wir glauben.«

»Oh, das ist sie auf jeden Fall. Da musste das Bakterium gar nicht mehr nachhelfen. Sie hatte auch vorher schon jede Menge krudes Zeug im Kopf. Würde mich nicht wundern, wenn die

Leute, die an diesem Ort am längsten überlebt haben, ohne zu mutieren, die Psychopathen, Soziopathen und selbstsüchtigen Gestörten waren, die in dieser beschissenen Welt auch sonst so gut zurechtkommen …«

»Rhys …«

»… und warum auch nicht? Warum sollte es ihnen nicht gutgehen? Immerhin haben wir eine richtig abgefuckte Welt geschaffen, in der sie gedeihen können. Eine Welt, in der wir uns von gierigen Lügnern regieren lassen, die sich ständig in die eigene Tasche wirtschaften. Warum also sollte es ihnen hier unter diesen Umständen nicht auch bessergehen?« Sie war jetzt stehen geblieben, und ihre Schultern sanken erschöpft herab. Ihrer Schimpftirade tat das jedoch keinen Abbruch. »Die ersten Soldaten. Wer waren die? Kein Zufall. Kann es gar nicht …«

»Rhys!«

Sein barscher Tonfall ließ sie zusammenzucken, und sie verstummte. Sie drehte sich nicht um, doch er sah sie zittern.

»Hast du dich an irgendwas erinnert?«, fragte er.

Sie antwortete so lange nicht, dass ihm deutlich bewusst wurde, dass er mit beiden Händen die Bombenkiste hielt. Sollte sie ihn mit dem Flammenwerfer rösten wollen, bliebe ihm wohl keine Zeit mehr, seine Pistole zu ziehen. Als sie sich schließlich umwandte, verflüchtigte sich beim Anblick ihres Gesichts jedoch seine Furcht. Statt Wahnvorstellungen sah er nur Trauer darin. Keine Missbildungen und keinen Hass. Lediglich eine tiefe Trauer, deren Anblick indes ebenso schwer zu ertragen war.

»Das ist es ja gerade«, krächzte sie leise. »Ich hab meinen Sohn angeschaut und nichts gespürt. Irgendwas hätte da doch sein müssen, oder? Wenn es ihn wirklich gibt. Wenn ich tatsächlich Mutter bin. Da müsste irgendwas sein. Aber ich hab ihn nicht erkannt.

Ich träum nicht mal von ihm. Stattdessen träume ich ständig nur von dieser beschissenen Notaufnahme. Was immer die mit uns gemacht haben, es ist von Dauer. Selbst wenn wir es hier rausschaffen, die Menschen, die wir mal waren, sind schon gestorben, bevor diese Reise überhaupt begonnen hat.«

»Es gibt ihn wirklich.« Huxley nahm eine Hand von der Bombenkiste und griff sie an der Schulter, zog sie zu sich heran. »Genauso wie es dich und mich gibt und die Frau, mit der ich verheiratet bin. Daran müssen wir festhalten. Es ist alles, was wir haben.«

Sie lehnte die Stirn gegen seine Brust und gestattete sich ein paar keuchende Schluchzer, bevor sie sich zurückzog. »Ich wünschte nur, die hätten mir seinen Namen genannt.«

Nicht lange danach entdeckten sie die erste Blume. Die Katakomben wurden eine Zeit lang immer enger, bis sie sich schließlich zu einer Reihe höhlenartiger Tunnel weiteten. Zum ersten Mal, seit sie den Fluss hinter sich gelassen hatten, sah Huxley wieder Nebel. Er lag in dichten Schwaden am Ende des längsten Tunnels. Vielleicht befand sich dort ein größerer Raum, womöglich sogar unter freiem Himmel.

»Hübsch«, stellte Rhys fest, die neben einem Hügel aus Wucherungen stehen geblieben war. Als Huxley näher herantrat, bemerkte er eine vage Ähnlichkeit mit einem sich umarmenden Pärchen. Waren es Geliebte gewesen? Freunde? Oder Fremde, die im Angesicht ihrer Auslöschung Trost bei einem anderen Menschen gesucht hatten? Die Blüte, die Rhys' Interesse geweckt hatte, sproß aus etwas hervor, das früher vielleicht der Kopf der größeren Gestalt gewesen war: ein kurzer Stängel, gekrönt von einem geschlossenen Kelch aus dunkelroten Blütenblättern.

»Mir sind hier nicht viele Pflanzen aufgefallen«, fügte Rhys hinzu. »Sämtliche Bäume oder Büsche, die wir gesehen haben, waren entweder abgestorben oder kurz davor.«

»Ich glaube nicht, dass es eine Pflanze ist«, sagte Huxley. Er nickte zu dem Dunst, der im Tunnel vor ihnen hing. Der Boden und die gewölbten Wände waren von weiteren dunkelroten Blumen bedeckt. Als er näher heranging, bemerkte er, dass die Blüten bei diesen geöffnet waren. Die Blütenblätter waren zurückgebogen und enthüllten eine Öffnung, die an einen Mund erinnerte. Weiter vor ihnen wurden die Blumen zahlreicher, und als er aus dem Tunnel trat, breiteten sie sich wie ein Teppich aus roten Blüten vor ihm aus. Darüber hing ein undurchdringlicher roter Dunst. Autos, Lastwagen und Busse ragten aus der weiten Fläche auf und wurden von den Blumen bedeckt, sodass nur noch vage Umrisse zu erkennen waren.

»Sie reagieren auf Licht«, sagte Rhys und trat zu ihm. Sie aktivierte den Zünder des Flammenwerfers, beugte sich vor und hielt ihn dicht an eine halbgeöffnete Blüte. Die Blütenblätter zuckten und breiteten sich aus. Aus dem Mund wehte eine kleine, aber sichtbare rosafarbene Partikelwolke hervor. Rhys richtete sich auf und musterte die blumenbedeckte Fläche vor ihnen. »Die Brutstätte des M-Strain-Bakteriums«, sagte sie, wandte sich Huxley zu und hob fragend die Brauen.

»Wir sind noch nicht im Zentrum.« Er packte die Bombenkiste fester und watete weiter durch das Blumenmeer. Der Untergrund fühlte sich unter seinen Stiefeln uneben an, raue Hügel aus Wucherungen wechselten mit blankem Asphalt und Pflastersteinen. »Wir haben das Stadion noch nicht erreicht.«

»Twickenham Stadium.« Sie ging neben ihm her. »Klingt pittoresk, findest du nicht? Irgendwie nach Hobbits. Was dort wohl gespielt wurde?«

»Fußball«, sagte er. »Bei den Briten wird meistens Fußball gespielt.«

»Rugby.«

Sie erstarrten. Die Stimme kam aus dem Dunst und hallte auf unnatürliche Weise wider. Von vorn, von hinten, von rechts oder links – Huxley hätte es nicht sagen können. Sie hatten sich einem der überwucherten Busse genähert, und Rhys richtete den Flammenwerfer darauf, weil er das offensichtlichste Versteck war. Huxley ging in die Hocke und stellte die Bombenkiste ab, um seinen Karabiner vom Rücken zu nehmen.

»Dort wurde Rugby gespielt«, sagte die Stimme. Trotz des Widerhalls erkannte Huxley sie sofort. Er blickte durch das Visier seines Karabiners und schwenkte die Waffe über die Fläche voller roter Blüten hinweg, die in etwa sechs Metern Entfernung mit dem Dunst verschmolzen. Er sah keine Bewegung, und als Plath erneut sprach, konnte er immer noch nicht genau verorten, woher die Stimme kam.

»Ich muss zugeben, ich hätte nie damit gerechnet, dass ihr beide so weit kommen würdet«, sagte sie in beiläufigem Plauderton. »Ich hatte immer gedacht, am Ende würden nur Pynchon und ich übrig bleiben. Alle Modelle hatten es so vorhergesagt.«

»Wirklich faszinierend«, erwiderte Rhys, deren Gesicht erbitterte Feindseligkeit ausstrahlte. »Warum kommst du nicht her, und wir unterhalten uns darüber?«

Ein leises, hohles Lachen. Huxley hörte rechts von sich ein rhythmisches Ticken und riss den Karabiner hoch. Durch das Visier war Feuchtigkeit zu sehen, die vom zersprungenen Außenspiegel eines überwucherten Autos tropfte.

»So erpicht darauf, mich zu töten, Doc?«, fragte Plath. »Dein hippokratischer Eid ist wohl der Amnesie zum Opfer gefallen.«

»›Ich werde den höchsten Respekt vor menschlichem Leben wahren.‹« Rhys drehte sich langsam. Ihre Augen glänzten, und ihr Finger spannte sich um den Abzug des Flammenwerfers. »Du bist eine Gefahr für das menschliche Leben. Ich könnte wetten, dass du schon lange vor dem ganzen Scheiß hier krank warst.«

Wieder ein Geräusch, diesmal ein leises Rascheln. Huxley sah den Dunst leicht aufwirbeln.

»Krank ist so ein albernes Wort.« Plath seufzte müde. »Es klingt so, als wäre Krankheit irgendwie eine Anomalie in dem Gefüge, in dem wir uns entwickelt haben. Dabei trifft das Gegenteil zu. Diese Welt ist tödlich für uns. Eigentlich sollten wir darin gerade lange genug überleben, bis wir uns fortgepflanzt haben. Das ist das wahre Gleichgewicht der Natur. Jetzt verstehe ich es. Krankheit ist keine Anomalie, auch diese hier nicht, trotz ihres einzigartigen Ursprungs. *Wir* sind die Anomalie. Eine Spezies, die so erfolgreich ist, dass sie ihre Umwelt verschlingt und damit ihren eigenen Untergang sichert. Was jetzt geschieht, ist lediglich ein notwendiges Korrektiv.«

Rhys nahm die Hand vom Abzug des Flammenwerfers, klopfte Huxley auf den Arm und nickte vielsagend zum Bus hin. Als er skeptisch das Gesicht verzog, drückte sie noch einmal nachdrücklich seinen Arm. Er nickte und packte die Bombenkiste an einem Griff. Geduckt schlich Rhys auf das in Blumen gehüllte Fahrzeug zu, während Huxley ihr folgte und dabei die Kiste hinter sich herzog.

»Wollt ihr es denn gar nicht wissen?«, fragte Plath, während sie den Bus umrundeten. Huxley lauschte, ob aus dem Inneren des Fahrzeugs etwas zu vernehmen war, hörte jedoch nichts. Rhys hielt dennoch weiter auf den Bus zu und führte sie in einem weiten Bogen durch die Blumen näher heran.

»Was wissen?«, rief Huxley zurück, in der Hoffnung, die Richtung bestimmen zu können, aus der die Antwort kam.

»Na, den Ursprung natürlich. Die Entstehung des M-Strain-Bakteriums.«

»Klar.« Sein Blick wanderte über die in Dunst gehüllten Blumen. Mit einer Hand hielt er den Karabiner im Anschlag. »Erzähl es uns.«

Eine Pause folgte, und ihm drängte sich absurderweise das Bild auf, wie eine deformierte Plath mit Notizen in der Hand auf ein Podium trat – eine Professorin, die gleich eine Grundsatzrede halten würde. »Es ist überraschend banal«, sagte sie schließlich. »Vorhersagbar und zugleich unglaublich.«

Diesmal hatte Huxley eindeutig das Gefühl, dass sie näher gekommen war. Er klopfte Rhys auf die Schulter, damit sie stehen blieb. Sichtlich widerwillig gehorchte sie, offenbar wollte sie nur zu gern den Bus abfackeln.

»Am Ende läuft es auf Selbstüberschätzung hinaus«, fuhr Plath fort. »Auf Einbildung und Arroganz, wovon die Menschheit besessen ist, seit der erste Affe mit einem Feuerstein ein paar Funken geschlagen hat. Die Illusion, dass wir uns über die Naturgesetze hinwegsetzen könnten. Wir streben ständig danach, die Welt zu verstehen, aber nicht um der Erkenntnis willen, sondern um sie zu beherrschen. Um Macht auszuüben. Als Spezies ist es immer schon unser Ziel gewesen, uns die Natur gefügig zu machen. In diesem Fall die Kraft der Mutation.«

Rhys knurrte verärgert. Anscheinend war sie hin- und hergerissen zwischen ihrer Neugier und dem Wunsch, Plath brennen zu sehen. »Erzähl uns was, was wir noch nicht wissen«, rief sie. »Natürlich ist Mutation eine Komponente des M-Strain-Bakteriums. Das ist doch offensichtlich.«

»Mutation ist der Motor der Evolution«, gab Plath zurück. »Aber sie ist vom Wesen her zufällig, unvorhersehbar. Alle nennenswerten Fortschritte in der natürlichen Auslese brauchten Generationen, um sich durchzusetzen, Tausende Jahre Arbeit des blinden Uhrmachers, wie Dawkins ihn nennt. Aber was, wenn man die Mutation lenken, steuern, beherrschen könnte?«

Obwohl ihre Stimme immer noch den frustrierenden Widerhall besaß, lenkte der Polizisteninstinkt Huxleys Blick vom Bus weg. *Ein viel zu offensichtliches Versteck.* Rücken an Rücken mit Rhys drehte er sich um und stellte die Bombenkiste ab, damit er den Karabiner besser greifen konnte.

»Die Arbeit von Jahrtausenden könnte in Jahrzehnten oder noch schneller geschehen«, redete Plath weiter. »Krankheiten heilen, die Intelligenz steigern – höher, schneller, weiter. Das menschliche Potenzial zur vollen Entfaltung bringen. Es gab da einen Mann – ihr werdet nicht überrascht sein, dass es jemand mit sehr viel Geld war. Dieser Mann fürchtete sich vor seiner eigenen Sterblichkeit und davor, seinen Reichtum und seine Macht zu verlieren. Deshalb investierte er sein Vermögen in Forschung – Gentechnik, Neurobiologie und Virologie –, ein gewaltiges Projekt, um die Evolution dem menschlichen Willen zu unterwerfen. Er wollte alles sein, was er sein konnte, alles, was er sein wollte. Aber stattdessen gab er uns die Fähigkeit, uns in das zu verwandeln, was uns die schlimmsten Albträume bereitet, und läutete damit den Weltuntergang ein.«

»Das M-Strain-Bakterium ist künstlich«, sagte Rhys.

»Natürlich ist es das. Nur die Menschheit konnte etwas so wunderbar Grausames hervorbringen. Etwas so Heimtückisches. Auch die Natur ist grausam, aber sie ist unsentimental. Sadismus ist eine lehrreiche Eigenschaft. Eine Katze, die keinen Spaß am

Töten hat, verhungert. Doch nur die Menschen foltern allein zum Vergnügen. In diesem Sinne ist das M-Strain-Bakterium Menschlichkeit in ihrer reinsten Form. Wir waren immer schon ein Albtraum.«

»Irgendein reicher Typ hat das Ding also geschaffen.« Huxley suchte den Nebel nach einem verräterischen Zucken oder Wirbeln ab. »Und es in einem Lagerhaus im Westen Londons untergebracht.«

»Nicht ganz. Um einen derart komplexen und gefährlichen Krankheitserreger im Geheimen zu erschaffen, war einiges an Aufwand nötig. An mehreren Orten wurden versteckte Labore eingerichtet. Es war eine Arbeit von Jahren, zu immensen Kosten. Bei dem Labor in London handelte es sich lediglich um eine Teststation. Obwohl London eine der reichsten Städte der Welt ist, ist die Zahl an Armen und Obdachlosen erschreckend hoch. Hier Probanden zu finden, die niemand vermissen würde, war nicht weiter schwierig.«

Huxley bemerkte einen Hauch von Nostalgie und Bedauern in ihrer Stimme. »Du warst Teil davon«, sagte er. »Das hat dich für diese Mission so nützlich gemacht. Du hast das M-Strain-Bakterium miterschaffen.«

»Ich weiß nicht, ob ›erschaffen‹ das richtige Wort ist. Ich war lediglich eine von vielen, die bei seiner Geburt behilflich waren – eine unvermeidliche Geburt. Vielleicht überrascht es euch, dass wir gar nicht wussten, woran wir da arbeiteten. Dafür war unser Kind zu komplex, zu mächtig. Eigentlich sollte es gar nicht anstecken oder dazu fähig sein, sich selbst zu vermehren. Unserem milliardenschweren Geldgeber schwebte eher vor, dass ihm einmal im Jahr ein Untergebener eine Pille auf dem Silbertablett serviert, die ihm seine Göttlichkeit bewahrt. Man kann aber nicht in das Wesen der Evolution eingreifen und hoffen, das Ganze beherrschen zu können.«

»Eines wüsste ich gerne«, sagte Rhys, und Huxley spürte, wie sie sich kampfbereit anspannte. »Ist es aus dem Labor entkommen, oder hast du es absichtlich freigesetzt?«

Die darauffolgende Pause dauerte ziemlich lange, und Huxley entdeckte das erste Anzeichen von Bewegung im Nebel: ein plötzliches Wirbeln, begleitet vom Aufstieben von Blütenblättern. Er widerstand dem Drang, darauf zu schießen. Was immer Plath jetzt war, sie bewegte sich zu schnell, als dass er sie treffen könnte, zumindest auf diese Entfernung.

»Sie ist nicht im Bus«, flüsterte er Rhys zu, bevor Plath wieder das Wort ergriff. Inzwischen war sie näher dran, aber zu seiner Verärgerung konnte er immer noch nicht erkennen, wo genau sie sich befand.

»Du denkst so schlecht von mir, Doc. Und ja, ich gebe zu, dass ich gewisse … Vorlieben habe, die gesellschaftlich nicht anerkannt sind. Trotzdem bin ich für das alles nicht allein verantwortlich, auch wenn ich die Notwendigkeit völlig einsehe. Hier kommen wir zum banalen Teil der Geschichte. Am Ende lief es auf eine Mischung aus Bürokratie und Faulheit hinaus. Irgendwo in der Logistikkette beschloss ein Projektleiter auf mittlerer Ebene, ein paar Cents zu sparen und auf ein Protokoll zu setzen, das nur eine neunundneunzigprozentige Sicherheit bot. In einem komplexen System stellt ein Prozent aber einen gewaltigen Fehlerspielraum dar. Ein gelangweilter Wachmann dehnte seine Pinkelpause einen Moment zu lange aus, und einer der Probanden entwischte. Es dauerte nicht lange, bis der Mann von den Behörden aufgegriffen wurde, und er war noch klar genug bei Verstand, um ihnen zu erzählen, was er durchmachen musste. Man versuchte, unauffällig vorzugehen, die Sache unter dem Deckel zu halten. Kein Skandal. Keine Anklage. Welche Regierung würde etwas so Mächtiges nicht gern in die Finger bekommen? Aber natürlich war es schon viel, viel zu spät. Ich erspare euch die langweiligen ›Katze aus dem Sack‹-Metaphern.«

»Du wurdest festgenommen.« Huxley ließ den Karabiner an der Stelle, wo er die aufstiebenden Blütenblätter gesehen hatte, hin und her wandern, jedes Mal in größerem Bogen. »Rekrutiert, um an einem Gegenmittel zu arbeiten.«

»Rekrutiert ist für das, was sie mit mir gemacht haben, ein viel zu nettes Wort. Je verzweifelter eine Machtstruktur, desto brutaler ihre Methoden. Obwohl ich von Anfang an kooperiert habe, behaupteten sie dennoch, ich würde etwas verschweigen. Ich glaube, hinter der Folter steckte eine ganze Menge Rachsucht. Als der Ausbruch schlimmer wurde, ließen sie die Quälerei mit dem schmerzerzeugenden Nervengas irgendwann sein und steckten mich ins Internationale Pandemie-Reaktionsteam. Den Rest könnt ihr euch sicherlich denken.«

Wieder ein Wirbeln von Blütenblättern zehn Meter weiter rechts. »Sie umkreist uns«, flüsterte Huxley. Er und Rhys drehten sich gemeinsam und hielten sich weiter geduckt, Rücken an Rücken.

»Du sagtest, es sei deine Idee gewesen«, rief Rhys. »Einen Haufen Freiwillige zusammenzusuchen, ihnen das Gedächtnis zu löschen und einen Impfstoff zu verabreichen, um sie dann mit einer Thoriumbombe ausgerüstet loszuschicken. Wahrscheinlich war dir nicht klar, dass du selber würdest mitgehen müssen.«

»Es war ein kleiner Schock, als meine Erinnerungen zurückkehrten, ja. Und als mir die Wahrheit über den Impfstoff klarwurde, packte mich die Wut – eine seltene Empfindung für mich.«

Huxley musste an die Flecken denken, die er und Rhys hatten und die bei Pynchon feucht und blasig gewesen waren. Bei Plath hatte er keine solche Flecken gesehen. »Dein Injektor war leer«, sagte er. »Wir haben die Impfung erhalten, aber du nicht.«

»Impfung?« Plath stieß ein hässliches Geräusch aus, das wohl ein Lachen sein sollte, aber eher einem schrillen Kreischen glich. »Glaubst du immer noch, dass es eine Impfung war? Du verfluchter Idiot. Und mein Injektor war nicht leer, der Inhalt hat bei mir nur schlicht nicht gewirkt. So was passiert eben bei Experimenten, die die Grenzen der Wissenschaft ausloten. Die klügsten Köpfe der Medizin auf der ganzen Welt versuchten monatelang, einen wirksamen Impfstoff zu entwickeln, und das Beste, was sie zustande brachten, war invasive Hirnchirurgie. Dass ihr keine Erinnerungen habt, ist euer einziger Schutz, und der wird nicht mehr lange anhalten. Was die Bombe betrifft …«

Ihr Angriff kam so plötzlich, dass Huxley kaum noch Zeit blieb, den Karabiner hochzureißen. Er fuhr herum und richtete ihn auf die Explosion von Blütenblättern, die etwas Dunklem folgte, das blitzartig heranraste. Ein stahlharter Aufprall von der Seite, der ihn mit so viel Kraft hochschleuderte, dass er sich in der Luft überschlug. Er stieß einen Schrei aus, als er auf dem Boden aufkam, heftiger, tiefer Schmerz und knirschende Knochen ließen keinen Zweifel daran, dass Plath ihm die meisten, wenn nicht gar alle Rippen in der rechten Körperhälfte gebrochen hatte. Sein Karabiner war weg, auch wenn sein Finger weiter reflexartig einen unsichtbaren Abzug drückte.

Karabiner! Er wälzte sich zwischen den Blumen hin und her, immer noch unter Schmerzensschreien. Wegen des Schocks konnte er bloß hilflos um sich schlagen. Rhys' Flammenwerfer gab ein zischendes Tosen von sich, das jedoch nur kurz anhielt.

Gleich darauf waren ein Aufschrei und mehrere polternde Schläge zu hören. *Hol dir deine verdammte Waffe!*

Speichel rann zwischen seinen zusammengebissenen Zähnen hervor, während er seinen gelähmten Körper zur Bewegung zwang. Er rollte sich auf den Bauch und blinzelte die Tränen aus den Augen, um sich nach dem Karabiner umzusehen. Dieser lag mindestens drei Meter entfernt – eine Strecke, die mit einem Mal marathonähnliche Ausmaße angenommen hatte. Er begann darauf zuzukriechen und stöhnte bei jedem Vorwärtsschieben seines verletzten Körpers auf. Der Speichel, der ihm von den Lippen tropfte, war blutrot verfärbt. Jedes Mal, wenn ihn eine Schmerzwelle durchlief, verschwamm seine Sicht, aber er gestattete sich nicht, innezuhalten. Als er mit einer Hand den Schaft des Karabiners zu fassen bekam, floss bereits deutlich mehr Blut als Speichel aus seinem Mund.

Er wollte aufstehen, brach jedoch sofort wieder zusammen. Stattdessen zwang er sich in eine sitzende Haltung und legte den Karabiner an der Schulter an. Als er zielte, trübte sich erneut sein Blick, und es gelang ihm nur durch schiere Willenskraft, wieder klar zu sehen. Vor ihm tauchte eine Gestalt auf, die so grotesk verformt war, dass es ein paar wertvolle Sekunden dauerte, bis er akzeptiert hatte, dass es sie wirklich gab.

Plaths langgezogenes Gesicht sah noch genauso aus wie die Fratze, die er kurz erblickt hatte, bevor sie von Bord gegangen war. Lediglich an der linken Stirnseite befanden sich einige geschwärzte und verbrannte Stellen, die wohl von Rhys' letztem Feuerstoß mit dem Flammenwerfer herrührten. Ansonsten war von Plaths menschlicher Gestalt nicht mehr viel übrig. Ihr Körper war jetzt mindestens drei Meter lang, ihr Oberkörper viel schmaler als die Hüften. Die Arme besaßen jeweils zwei zusätzliche

Gelenke und waren um fast einen Meter angewachsen. Die Beine waren noch länger, und aus der Körperrückseite wuchsen schartige Muskel- und Sehnenberge hervor. Die tiefgreifendste Veränderung bestand in den beiden zusätzlichen Beinen an ihrer Taille. Sie waren kleiner als die anderen, die Haut daran von offenen, feuchten Stellen überzogen. Diese und die Hinterbeine endeten in einer klauenartigen Karikatur menschlicher Füße, während die Arme sich zu ungleichmäßigen Dornen verjüngten.

Die Arme baumelten über einer betäubten, reglosen Rhys, die ausgestreckt auf dem Boden lag und aus deren Mund und Nase Blut sickerte. Huxley konnte keinerlei Lebenszeichen erkennen. Aus irgendeinem Grund zögerte Plath, ihr hilfloses Opfer mit den Dornen zu durchbohren, auch wenn sich auf ihrem rauchenden, teilweise entstellten Gesicht nackter Hass abzeichnete. Sie beugte sich zu Rhys hinab und zischte: »Miststück!«

Huxley drückte den Abzug des Karabiners, hatte vor lauter Schmerzen und Panik aber vergessen, die Waffe zu entsichern. Seine Hände zitterten, als er mit dem Daumen auf vollautomatisch umschaltete. Zu diesem Zeitpunkt hatte Plath bereits mit wenigen Sprüngen ihrer absurd langen Gliedmaßen die Entfernung zwischen ihnen überwunden. Ein blitzschneller Hieb ihrer spitzen Arme, und der Karabiner flog davon. Dann setzte sie ihm einen der großen Füße ihrer neugewachsenen Beine auf die Brust.

Schmerz explodierte blendend hell. Er hätte geschrien, wenn noch Luft in seinen Lungen gewesen wäre.

»Einen Moment noch«, sagte Plath und verschwand außer Sicht. »Wir haben unser kleines Gespräch noch nicht beendet.«

Keuchend lag er da, erstaunt, dass er überhaupt noch atmen konnte. Das Blut, das bei jedem Atemzug aus seinem Mund hervorquoll, ließ jedoch keinen Zweifel daran, dass es nicht mehr lange so bleiben würde.

»Thoriumbombe.« Er hörte Plath wieder lachen, und als er hochschaute, sah er, wie sie sich über die Bombenkiste beugte. »Es kränkt mich, dass sie dachten, ich würde auf so was hereinfallen. Hätte sowieso nicht viel genützt, die Wurzeln der Brutstätte gehen viel zu tief. Hundert Megatonnen würden da nicht ausreichen.«

Huxley sank wieder zu Boden, als ihn eine weitere Schmerzwelle durchflutete. Sein Blick glitt von Plath ab, und er sah nur noch die Blumen mit den roten Blütenblättern. In dem Moment bemerkte er es.

»Das war übrigens nicht meine Idee«, fuhr Plath fort. Ihre Stimme drang bloß noch gedämpft zu ihm durch, während die Blumen seine ganze Aufmerksamkeit beanspruchten. *Schwarz.* Mit einer Hand tastete er unsicher nach einer Blume in seiner Nähe. Die Blütenblätter waren rot, aber mit schwarzen Punkten gesprenkelt.

»Ich wollte es einen biologischen Zerstäuber nennen. Man befürchtete jedoch, Rhys könnte das durchschauen. Eine Atombombe wurde als glaubhafter angesehen. Wahrscheinlich setzten sie darauf, dass ich mich mit radioaktiven Stoffen nicht so gut auskenne.«

Huxley hustete, und ein dicker Klecks Blut spritzte aus seinem Mund auf die Blume. Sofort wurden die Blütenblätter dunkel und der Stängel verwelkte, bis nur noch ein trauriges schwarzes Häufchen übrig war. Die anderen Blumen im Umkreis verdorrten ebenfalls an den Stellen, an denen sie mit seinem Blut in Berührung gekommen waren. Sie wurden schwarz, und das Phänomen breitete sich immer weiter aus. Als er sich umschaute, stellte er fest, dass er inmitten einer immer größer werdenden Pfütze aus Schwärze lag. Überall um ihn herum starben die Blumen.

Antikörper. Das Wort, in Blut auf die Wand geschmiert, blitzte vor seinem geistigen Auge auf. *Antikörper … Genau das sind wir …*

Plath ragte über ihm auf. Ihre dornenähnlichen Gliedmaßen fuhren herab und bohrten sich zu beiden Seiten seines Kopfes in den Boden. Huxleys Blick ging zu dem Dorn neben seinem rechten Ohr, mit dem sie Pynchon aufgespießt hatte. Er war dünner als der andere, zerschrammt und abgenutzt.

»So ist das mit der Unwissenheit.« Plath beugte sich über ihn, sodass ihr Gesicht nur wenige Zentimeter von seinem entfernt war. »Sie ist äußerst gefährlich. Aber nicht für mich. Mir war schon frühzeitig klar, dass ich so viel Wissen erwerben musste, wie ich konnte, wenn ich in dieser Welt bestehen wollte. Wie zum Beispiel die Tatsache, dass es keine Thoriumbombe gibt.«

Ihr linkes Auge war unter einer Masse aus rußschwarzem Fleisch verschwunden, das andere hingegen glänzte hell und klar, als sie sich noch tiefer herabbeugte. »Ich habe deine Akte gelesen, Special Agent«, flüsterte sie geheimniskrämerisch. »Eigentlich durfte ich das nicht, aber ich wusste, wie ich mir Zugang verschaffen konnte. Eine brillante Karriere, die du da weggeworfen hast. Die haben dir wohl gesagt, dass du noch verheiratet bist, oder? Was für eine hübsche Frau.« Ihr entstelltes Gesicht verzog sich zur Karikatur eines mitfühlenden Stirnrunzelns. »Denkst du, dass deine Frau auf dich wartet …?«

Die Frau am Strand, wie sie ihn anschaute. *Ein Abschied? Eine endgültige Abkehr von dem alkoholsüchtigen Versager, den sie geheiratet hatte?* Er wusste nicht, warum, aber er glaubte nicht daran.

Huxley holte zittrig Luft, richtete den Blick auf Plaths verbliebenes Auge, in dem Grausamkeit leuchtete, und spuckte einen dicken Klumpen Blut hinein.

Ihre Reaktion war spektakulär in ihrer Unmittelbarkeit und Heftigkeit. Ihr massiger, deformierter Körper bäumte sich auf, die verkrümmten Gliedmaßen peitschten durch die Luft, und ein wutentbrannter Schmerzensschrei brach aus ihrer Kehle hervor. Trotz seiner eigenen Schmerzen rollte Huxley sich nach links und entging dadurch nur knapp dem verkümmerten Dorn, der sich bloß einen Zentimeter von seinem Rücken entfernt in den Boden bohrte. Er rollte weiter und schrie dabei vor Schmerz wegen der gebrochenen Rippen. Erst als das Trommeln ihrer zahlreichen Gliedmaßen sich entfernte, reckte er den Hals und sah, dass sie auf der freien Fläche einen verrückten Tanz vollführte. Aus ihrem offenen Mund kam ein endloser Strom hasserfüllter, wirrer Obszönitäten, begleitet von dickflüssigem, dunklem Blut. Eine Weile lang tanzte sie noch umher, bis sie schließlich zitternd vor Qualen zusammenbrach, und in Huxley kam die Hoffnung auf, dass sie einfach sterben würde.

Auf sein Glück verlassen wollte er sich aber nicht, darum suchte er nach dem Karabiner, fand jedoch nur schwarz angelaufene Blumen. *Die Pistole*, fiel es ihm ein. Er tastete nach dem Holster, doch es war leer. Wahrscheinlich hatte er die Waffe bei Plaths erstem Angriff verloren. *Scheiße …*

»DU DRECKSKERL!« Das Kreischen klang beängstigend laut. Ebenso bedenklich war die Entschlossenheit, mit der Plath sich auf ihren missgebildeten Gliedmaßen hochstemmte. »Jämmerlicher, wertloser, beschissener Versager …«, wütete sie. Bei jedem Wort spie sie einen dicken blutigen Fleischklumpen aus, während sie auf ihn zugekrochen kam, inzwischen vermutlich nur noch von raubtierhaftem Instinkt getrieben. Jetzt waren beide Gesichtshälften schwarz, die eine verbrannt, die andere ver-schrumpelt und eingefallen, wie die Blumen, die mit seinem Blut in Berührung gekommen waren.

Huxley krabbelte rückwärts. Seine Fersen kratzten über tote schwarzverfärbte Wucherungen und Asphalt. So wie Plath stol-perte und Stücke ihrer Eingeweide erbrach, würde sie wohl eben-falls bald tot sein, nachdem sie ihn getötet hatte. Leider schenkte ihm der Gedanke keinen Trost.

Der Feuerschwall leckte zuerst über Plaths spitz zulaufende Arme, woraufhin sie abrupt innehielt. Aus ihrem Mund drang ein Kreischen, das noch schmerzhafter in Huxleys Ohren klingelte als zuvor, während sie sich in die Richtung drehte, aus der das Feuer kam. Der Flammenstrom wurde intensiver, und die Quelle näherte sich ihrem Ziel. Die gleißend orangegelbe Feuerzunge riss einen Großteil von Plaths Oberkörper fort und hüllte sie in schwarzen Rauch und wirbelnde Glut. Am Rand des Hitze-schleiers tauchte Rhys auf, die durch den Rauch angehumpelt kam und den Flammenwerfer auf Plaths zusammenschmelzende Gestalt gerichtet hielt. Rhys blieb stehen und fiel auf die Knie, ihr Finger umklammerte jedoch weiter den Abzug der Waffe, bis der gesamte Brennstoff verbraucht war. Ein letzter Schwall brennen-der Chemikalien ergoss sich über die in Flammen stehende Plath. Schließlich erstarb die Waffe flackernd.

Huxley sah, wie Rhys zusammensackte, und rechnete damit, dass auch sein eigenes Herz jeden Moment langsamer schlagen und ihm schwarz vor Augen werden würde. Stattdessen durch-zuckte ihn neuer Schmerz, und er hustete noch mehr Blut auf die bereits toten Blumen.

»Das klingt nicht so gut«, krächzte Rhys und wandte sich ihm zu. Ihr Gesicht war mit Ruß und Blut verschmiert. »Wenn ich das mal sagen darf.«

»Es ist nur … eine Fleischwunde.« Er lachte und wünschte sich sofort, er hätte es nicht getan, als er augenblicklich von Schmerzen geschüttelt wurde. Zumindest verflog dadurch seine Erschöpfung. Keuchend kam er auf die Knie hoch, was ewig zu dauern schien. Danach schaffte er es sogar, sich hinzustellen. Er hielt sich die gebrochenen Rippen aus Furcht, Teile seines Innenlebens könnten herausfallen. So stolperte er auf Rhys zu.

»Ich dachte, sie hätte dich erledigt«, bemerkte er überflüssigerweise.

»Ach ja?« Sie hob mühsam einen Arm und deutete mit zitterndem Finger auf Plaths rauchende Überreste. »Tja, stattdessen habe ich sie ganz schön erledigt, was?«

Sie verzog das Gesicht und senkte den Arm. Der Fleck an ihrem Hals war größer geworden, und es hatten sich noch weitere hinzugesellt. Wie bei Pynchon kurz vor seinem Tod glänzte die Oberfläche feucht und schlug Blasen. Er tastete nach seinem Brustbein und erschauerte unter der Berührung. Der Schmerz war heftiger und tiefer als alles zuvor und setzte sich in seinen Rücken und seine Oberschenkel fort, wo wohl die nächsten Flecken auftauchen würden.

»Wunden«, sagte er. »Dadurch wird die letzte Phase eingeleitet.«

Rhys schaute blinzelnd zu ihm hoch. »Wie bitte?«

Er antwortete nicht, sondern sah sich um, bis er die Bombenkiste entdeckt hatte. Er stolperte darauf zu, fiel auf die Knie und zog sie zu sich heran, um den Timer zu betrachten.

»Nicht!«, lallte Rhys, als er die Sequenz eingab und den Countdown aktivierte. »Wir sind noch nicht ganz da.«

Huxley stellte die Bombenkiste ab und drehte die Anzeige so, dass Rhys sie sehen konnte. Der Timer zählte rückwärts: 00:28, 00:27, 00:26 …

»Stopp!« Ächzend zwang Rhys sich, aufzustehen. »Halt ihn an!« Sie schaffte nur wenige Schritte, bevor sie wieder zusammenbrach und ihn mit flehendem Blick ansah. »Wir können nicht … nicht jetzt … nicht hier …«

»Eine Thoriumbombe«, sagte Huxley und sah zu, wie der Timer ablief: 00:15, 00:14, 00:13 … »Plath hat gesagt, so was gibt es nicht.«

»Du …« Rhys krallte sich in die schwarzen Überreste der Blumen und zog sich näher heran. »Du kannst … ihr nicht glauben …«

»Nein.« Huxley nickte zustimmend. »Nicht alles. Aber das hier«, er tippte auf die Timer-Anzeige, »das glaube ich.«

00:06, 00:05, 00:04 …

»Huxley!« Sie spreizte die Finger und streckte die Hand nach ihm aus. »Bitte!«

»Das ist nicht mein Name.«

00:00.

Die Nullen auf der Anzeige blinkten zweimal, dann erstarb das Display. Huxley starrte die Kiste noch einen Moment an und schob sie schließlich mühsam beiseite. »Und das hier ist keine Bombe.«

Er stieß den Atem aus, während er hochkam. Dann ließ er sich neben Rhys auf die Knie sinken, um ihr hochzuhelfen. »Siehst du?« Er zog den Kragen seines Militäranzugs nach unten, um ihr den feuchten Fleck zu zeigen, der jetzt noch mal um einiges größer war. Die Stelle pulsierte, so als könnte sie jeden Moment aufplatzen. »Es ging nie um eine Bombe. Es ging um uns.« Er nahm ihren Kopf zwischen die Hände und drückte seine Stirn an ihre. »Wir sind die Bombe. Wir waren es von Anfang an. Über-

leben, erinnerst du dich? Bei dieser Mission geht es ums Überleben. Wir mussten lange genug durchhalten, um bis hierher zu
kommen.«

Sie drückte sich an ihn. So heftig, wie sie zitterte, litt sie mindestens ebenso starke Schmerzen wie er. »Na dann ...«, keuchte
sie schließlich und legte beide Hände auf seine Schultern, um
sich aufzurichten, »sollten wir wohl tun ... weswegen wir hier
sind.«

Er schaute hoch und sah, dass sie ihm eine Hand entgegen-
streckte. Eine tiefe, bittere Müdigkeit wollte ihn die Geste schon
ausschlagen lassen. *Die Frau am Strand ... Meine Frau. Rhys' Sohn.
Pynchons Mann. Und für wen auch immer Golding und Dickinson
das hier getan haben.*

Huxley ergriff ihre Hand und hätte Rhys beinahe zu Boden gerissen, als er sich auf die Beine zog. Sie mussten sich gegenseitig
stützen, um nicht hinzufallen, während sie weiterstolperten. Ihr
Ziel war inzwischen offensichtlich – eine Dunstwolke, so dicht,
dass sie wie ein riesiger Bluterguss aussah. Beide verloren sie
beim Laufen Blutstropfen und hinterließen eine Spur aus schwarz
angelaufenen, sterbenden Blumen. Huxley spürte die Impfung in
sich wirken, eine fiebrige Übelkeit, die immer wieder Schmerz-
blitze durch seinen Körper jagte und jeden Schritt zum reinsten
Masochismus machte. Rhys schluchzte vor Anstrengung, doch
jedes Mal, wenn er glaubte, sie würde zu Boden sinken, klammerte sie sich an ihn und ging weiter.

Als die rote Wolke Huxleys gesamtes Blickfeld einnahm, bemerkte er zum ersten Mal den breiten, monumentalen Umriss
darin. »Das Stadion«, sagte er. Das Sprechen kostete ihn so viel
Kraft, dass er von einem Krampf geschüttelt wurde und einen
feuchten, festen Brocken erbrach. Er wäre zu Boden gestürzt,

hätte Rhys ihn nicht gerüttelt, bis er wieder einigermaßen bei Bewusstsein war. Er richtete sich schmerzerfüllt auf und musterte das Stadion. Der Nebel blieb undurchdringlich, aber er konnte dennoch die dichte Masse an Blumen erkennen, mit denen das Bauwerk bedeckt war.

»Hierher … sind sie gegangen«, keuchte Rhys. »Tausende … kamen hierher, um zu sterben.«

Huxley zog sie fester an sich, und sie gingen in den Dunst hinein. Nachdem sie eine Weile weitergestolpert waren, gelangten sie zu einer gewaltigen Blumenwand. Huxley schaute nach oben. Das Stadion war komplett in Blüten gehüllt, deren Kelche weit geöffnet waren und die Substanz abgaben, die Plath als »notwendiges Korrektiv« bezeichnet hatte.

»Vielleicht hatte sie ja recht«, murmelte er undeutlich.

Rhys drückte sich gegen ihn, ohne den Kopf zu heben. »Wer?«

»Plath … die Welt retten … wozu? Damit sich das …«, er hob einen Arm und deutete schwankend auf die Blumenwand, »… das alles einfach wiederholt?«

Rhys' Antwort wurde von einem leisen Schluchzen begleitet und einer Bewegung, die vielleicht ein Achselzucken war. »Vielleicht … passiert das ja nicht.«

Pynchons Mann. Rhys' Sohn. Meine Frau. »Ja.« Er ging weiter und zog sie mit sich. »Vielleicht.«

Ein Stück vor der Blumenwand blieben sie stehen. Aus Rhys' Augen rannen rote Tränen, während sie blinzelnd die Barriere betrachtete. »Da ist kein Eingang.«

»Ich glaube … das spielt keine Rolle.« Huxley schaute auf den Weg zurück, den sie gekommen waren – ein Pfad aus verwelkter Schwärze, der sich langsam über die gesamte Fläche ausbreitete. Der Boden war an den Stellen glänzend feucht und wirkte weich und matschig. Hier und da taten sich Risse auf, wo die Fäulnis bereits von den Blüten auf die Wurzeln übergegangen war. *Die Wurzeln der Brutstätte gehen viel zu tief …*

Er löste sich schwankend von Rhys und ergriff ihre Hand. »Bereit?«

Unglaublicherweise gelang es ihr, zu lächeln und leicht seine Finger zu drücken. Worte brachte sie jedoch nicht mehr hervor. Während er in ihre geröteten Augen schaute, wusste er, dass sie nicht ihn sah, sondern einen lachenden Jungen, an dessen Namen sie sich nicht erinnerte.

Er erwiderte ihr Lächeln, und gemeinsam gingen sie in die Wand hinein. Anfangs schrumpften die Blumen unter ihrer Berührung und zogen farblose Fäden. Ein paar Schritte weiter wurde die Barriere jedoch dichter. Die Blumen starben zwar, waren aber so zahlreich, dass sie eine weiche, elastische Masse bildeten. Huxley lief, so weit er konnte, zwang sich mit zitternden Knien, einen Schritt nach dem anderen zu gehen. Als seine Beine irgendwann nachgaben, stürzte Rhys mit ihm zu Boden. Ihre Hände blieben weiter verschränkt. Umhüllt von den welken Wucherungen spürte er, wie die Flecken an seinem Körper aufbrachen und einen letzten Strom Gift abgaben. Da waren Schmerz, dann Kälte und ein perverses Gefühl von Verbundenheit. Womöglich lag es daran, dass sein Verstand langsam aussetzte, doch er meinte wahrzunehmen, wie die ganze monströse Brutstätte zu sterben begann. Das Gift, das aus seinem aufgeplatzten Körper floss, breitete sich bis zu jedem Stängel und jedem Blütenblatt aus. Ihr Tod erfüllte ihn mit Freude.

Während sein Herz die letzten Schläge machte, erwachten die abgeschirmten Teile seines Gehirns, das den Tod wohl mit Schlaf verwechselte. Und in diesen Sekunden träumte er. Eine Frau am

Strand, ihr Haar wehte in der salzigen Brise. Sie wandte sich ihm zu, die Miene von furchtbarer Trauer erfüllt.

»Geh nicht«, flehte sie. »Wir haben uns doch gerade erst wiedergefunden.«

»Ich muss«, sagte er, und sie presste sich an ihn. Er hielt sie fest, während sie weinte. Genoss das Gefühl, ihren Körper zu spüren, den Duft ihres Haars zu riechen, den der Wind ihm ins Gesicht wehte. Dann drehte sie sich, sodass ihre Lippen dicht an seinem Ohr waren, und flüsterte etwas hinein.

»Mein Name«, stammelte er mit dem letzten Zittern seines Körpers. Er hielt immer noch Rhys' Hand, die aber schon leblos war. »Sie hat … meinen Namen gesagt.«

Anthony Ryan
Der Paria
Der stählerne Bund 1
Aus dem Englischen von Sara Riffel
720 Seiten, gebunden mit Schutz-
umschlag
ISBN 978-3-608-98091-2

»Anthony Ryans bestes Buch.« *Michael Fletcher*

Es ist die Zeit des großen Aufruhrs und Alwyn
wächst als Gesetzloser heran. Er ist ebenso gewieft
im Umgang mit einer scharfen Klinge wie mit seinem scharfen Verstand – und er liebt gleicherma-
ßen die Freiheit der Wälder und die Kameradschaft
seiner Diebesbande.
Der Auftakt einer neuen sagenhaften Trilogie des
Bestsellerautors Anthony Ryan.